旧城少年·糖水屋 | 左马

DUKU

读库

2201

主编　张立宪

新 星 出 版 社　NEW STAR PRESS

读库 DUKU

特约编辑　杨　雪
装帧设计　艾　莉
图片编辑　黎　亮
助理美编　崔　玥

特约审校：黄英｜吴晨光｜李英子｜马国兴｜刘亚｜朱朝晖

目录

1 二十五种营生 ………… 常宁
我爹这一辈子,大概干过二十五种专业或职业,从种菜开始,以清洁工结束。

69 叶落归根 ………… 绿茶
这是一组回乡偶记,记录我眼中的迟暮乡村。

112 劫中护书记 ………… 马伯庸 吴真
在文化领域与日本人打一场仗,一场地位力量悬殊的游击战。

134 故人温情 ………… 吴夜雨
细数鲁迅先生的"笺谱"朋友圈。

196 办证 ………… 尹甯
从2004年到2021年。

247 次子穆加贝 ………… 克韩
他凝视了深渊许久,最终化身为深渊。

297 福里杰斯公馆的前世今生 ………… 史烨婷
我所知所识的波尔多建筑瑰宝。

327 上帝是左撇子吗? ………… 汪诘
科学精神,让我们正确认识科学理论的错误。

二十五种营生

常 宁

我爹这一辈子，大概干过二十五种专业或职业，从种菜开始，以清洁工结束。

1961年，正月十六，天还不亮，我爹跟他堂哥一起离开老家。这年我爹不满十六周岁，面黄肌瘦，背一个铺盖卷、一个包袱衣裳，带着四十块钱，一包用萝卜缨子、地瓜叶子蒸成的东西。两人走路赶往距离我家十五里地的明化镇，打算到东北找他大哥。

跟爹同行的堂哥叫常旺立，他本来应该当兵的，五〇年抗美援朝征兵，晚上村里年轻人集中起来选拔，半天出不来人选，他熬不住了一打盹，就选上他了，落了个话把儿"俺打盹了，选上俺了"。要当志愿兵的都戴上大红花骑马游街，爹说其中一个当兵的姓曹，小马都上不去。邻居家家都请他们吃饭，结果最后这批没去。这一回，堂哥又没去成，汽车站不卖给他车票，因为他已三十多岁，成年人不卖给票，只卖给老人小孩。没办法，爹只好一人启程。

我爹这时应该上初三。1958年完小毕业后，他考上了河北省枣强县重点中学大营中学，本来可以转成非农业户口吃商品粮，但由于他的二哥在枣强上初二，已经转了户口，他要是再转户口住校，每月交八块钱伙食费，家里就困难，所以没转户口，骑车走读，由于离家有八里路远，就从家里带干粮。到六○年，家里没一点粮食了，开始还能带上个胡萝卜，后来就吃用布包上山药秧子、萝卜缨子，经过碾子压碎蒸熟的东西，连一点儿玉米面子都没得掺，饿得骑不动车子。实在没办法挺了，还差半年初中毕业，就退学了。刚过去的年三十晚上，爹又到对门村支书代春家去玩，爹跟他家几个儿子岁数差不多，整天在一块，一眼看见锅里的饺子，身不由己趴下去看，恨不能下手去抓，人家也没给他吃一个。

爹回忆说："那时国家政策是粮食统购统销。我村是个先进村，支书直爽，粮食都上交了。这下可坏了，统销没有了，社员没粮食吃。有的村支书心眼多一点的，社员就好过一点。我邻村高家庄的同学都有干粮可拿。我同桌是本村的刘恒良，他把中学上下来了，他爹在北京皮毛厂上班，他后来在衡水电池厂工作，但在'文革'时被打成傻子。"

路上倒还顺利，当天晚上就到了北京。本来就想到北京的姑姑家站站脚，但就是打听不到姑姑待的地方。爹说自己还是有了心眼，找到附近的派出所，终于找到姑姑家。姑姑叫常金玉，我爷爷兄妹四人，就他一个男孩。爹说："小姑姑比我大哥才大六岁，比我大十二岁。当时我们就像姐弟一样，不觉得她是长辈。我们三个小时候的生活大部分由姑姑照管，大约1953年的时候姑姑嫁到北京，在那里定居了下来。"姑奶奶给我说："常家有名的老实。娘脾气大，挺厉害，闹日本那一年疯了，三个孩子都是跟着我睡觉。有一次，带着他们三个到地里玩，烤麦穗吃，不知道怎么四个人打了起来，娘狠狠地训我一顿，从那以后再没跟他们打过架。"姑奶奶没上过学，二十岁嫁给在北京建工集团做木匠的孙友超，姑爷爷老家是孙王滩村的，离鹿家屯五里地。姑爷爷说他曾经住在正阳楼上，修过正阳楼。

我爷爷外号"常毛子"。关于这个外号的来历，爹给我说："老年间，叫苏联人老毛子，俺爹在农村里老干新鲜的事，别人没干过的，不是干这个就是干那个，不闲着，农村里就糟改他，有点儿贬义。"爷爷这一辈子就是做小买卖，年轻的时候卖煤，解放后入社前这一段时间，到衡水和故城县的郑口拉煤，回来赶集卖。爹七八岁的时候都跟着我爷爷、我大爷俩人去郑口拉煤，吃了晚饭后就走，头明到郑口，装上车就回来。郑口是大运河的一个码头，爹记得河里的水都是黑的。爷爷还到集市上卖过大锅菜，熬白菜，跟陈国起他爹搭伙。大锅里放上一块猪肉，赶多少集还是这块肉，菜汤里漂上点油花儿。那时候，人们赶集晌午回不来，就买了饼卷肉，再吃一碗菜汤，是很好的享受了。家里有一头大白花牛，后来换成一头黄牛，爹说爷爷不够勤快，喂不好，瘦得不行，后来卖给孙利，牛变得毛锃明瓦亮，后来又换成一头大公驴。开始还是木头轱辘的大车，后来换成铁轱辘大车，车圈外边缠上汽车外胎剪下来的一条一条的橡胶带。就在该换成胶皮轱辘车的时候，开始入合作社了。本来家里准备盖房，砖、门墩子都买了，一入社，砖就陆续叫队里拉走打井了。到我记事的时候，爷爷经常赶集卖葱、卖菜，我听坡叔叔说，我爷爷就是秤上把得准。

爷爷对我们小孩子很亲。小时候，爹经常出差，娘是村干部，晚上经常出去开会，爷爷就到家里看着我们弟兄三个。爷爷给我们打手影，在煤油灯的映照下，用手打在墙上影出兔子的形状，两只耳朵四条腿，还会动，我也学会了。算下来我有三个奶奶，亲奶奶我都没见过，身体一直不好，1963年死于心脏病。娘说她头一天还到处串门呢，第二天早上，在生产队看管牲口住在牲口圈的爷爷回家吃饭，门在里面插着，没人开门了。第二个奶奶精神有毛病，小时候看着我们，老叫我们给她抬着大秤称口袋里的粮食，怀疑隔壁二大娘偷她的东西。二奶奶自己有个姑娘，在西安，1980年就离开爷爷到西安去了。第三个奶奶人好，给爷爷做饭，伺候爷爷，1985年死了。大概1980年左右，村子几丈深的水库干涸，好多人下去逮鱼，爷爷捉了一些泥鳅，用醋煮熟了，把他的五个孙子都喊来，我们围着小锅吃得很香，馋得邻居小孩围着我们转，爷爷就甩给他们几条。爷爷死于1989年正月，虚岁七十。

我爹走后没多长时间，老爷爷（我爷爷的爹）就饿死了。当时我们村饿死了有三百多人，好多人都葬在村边上，因为活人抬不动棺材，后来年景好了才又迁出去。许金庭比我爹小五六岁，在墙根底下躺着，大肚子，从肚皮都能看见肠子。老爷爷常东太，饿得啃早年间腌的水萝卜老咸菜，八十八岁死的，到死没掉一颗牙，八十多岁还能下地、挑水，能吃炒豆子，走路腾腾的，说话杠杠的，不会小声说话。姑奶奶说，老爷爷有句口头语，整天拉嘴，拉了一辈子：不抽烟、不喝酒、不玩牌，到他这一辈三辈儿了，也没有离婚的。老爷爷年轻的时候在热河（今承德）跟人搭伙开皮毛作坊，有一年过年前他一个人回老家，赶着一头驴，被劫道的跟上了，东西抢走后，人被捆了扔到井里。好在是一口干井，他弄开绳索爬出来，捡了一条命，从此认了命。每年过年三十晚上在老影儿（家谱）前跪着，一直跪到天明，感谢祖宗保佑。

在姑姑家住了一两天，我爹就坐火车继续行程。先到沈阳倒车，再到哈尔滨，走了三天才倒到泰康。

爹说，从泰康下了火车，已经是傍晚时分，经过多次打听，才找到南街生产大队。他大哥在的生产小队在郊外四里地的路程，天已经很黑了。可是在大队没吃没喝没地住，只好硬着头皮往前找。在漆黑的夜里，顺着铁路往前走了四五里路，终于找到了第四生产队。一见到哥哥，一路上的疲惫、担心、害怕和委屈无助，一下子涌上心头，止不住嚎啕大哭起来。生产队的队长叫盛春祥,是一个受过伤的转业兵,看到这情形很是感动,忙叫食堂给找窝头和菜,半年多来几乎没见过粮食的我爹可高兴了。

第二天,爹跟别人一样打饭,吃棒子面窝窝头,当时激动得恨不能把窝窝头按原样画下来寄给他爹。这里主食以窝窝头、小米蒸饭为主,窝窝头有时还掺点小米、豆面,很好吃,中午晚上还有一碗菜,尽管油水不大,但能见到粮食,一两个月脸就看出胖了。爹的大哥、我的大大爷是一年前来到东北的,开始在南岔桥梁队管水泵,一个月挣五十多块钱,他觉得老是野外施工太苦,就重新回到哈尔滨,还有老武城的两个老乡,一同去的哈尔滨,又在哈尔滨被骗过来种地。当时他们三个到泰康后,一看是种菜,那两个老乡年龄稍大,没住几天就走了,到后来一直没有联系,大哥是因为一直等我爹,所以就没有去别的地方。

爹生于1945年,农历四月,哪一天,就不记得了。我们家没有给大人孩子过生日的习惯,真正操办的生日,一生只有一次,就是"三生日",也就是祝贺三周岁生日,但是一般并不会定于三岁生日那一天,而是在零至三岁之间的任何一天办都行,大人根据情况而定,把七大姑八大姨亲戚都招来参宴掏钱。

爹叫常旺起,弟兄三个他最小,大哥常旺升,二哥常旺高。别人说他兄弟仨,升高了就起来了。姑奶奶说其实还有两个女孩,早死了,那时候医疗条件差,其实也没有什么医疗，有病就是扛着，顶多到土大夫那里扎扎汗针。孩子多，死个也不当回事。大大爷比我爹大六岁，小学毕业，没上完小。完小就是小学五年级、六年级，四年级毕业考上才能上完小。二大爷小名"二老响"，生于1942年，生他那天，日本鬼子来扫荡，从北石村打了一炮，一声巨响把村东头的大庙给炸了。那是一大片房子，有石头的大乌龟、大狮子，后来大庙拆了盖成小学学校。二大爷在枣强县城上的初中，毕业后回到村里教学、当校长，再后来调到公社税务所收税，有退休金，打了一辈子麻将，腰都弯了。

爹记忆中的老家是这样的：鹿家屯是一个大村，东西长三里地，就一条大街，当时就可能有上千人了。村里还有个集，每逢一逢六是赶集的日子，集上很繁华，各种生活用品、粮食、菜类，还有牲口市，春节的时候有鞭炮市，热闹得很。村子周围都是大坑，那时雨水很多，坑里长年有水。我们夏天在坑里玩水、捉鱼，冬天在冰上滑冰。回想起小时候的生活，到六七岁时玩的花样就更多了，赶老窝、扔铁砣、压制钱（清朝时期的铜钱，有光绪、道光）等等。

我们村曾发生过一件大事，大闹朱家湾。说的是1942年左右，因为逮鱼，东半村和西半村的人打仗，还死了一个人，名朱章。就因为坑里鱼确实很多，也很大，大的有簸箩这么大，簸箩就是当时老百姓磨米面用的日常生活用具，鱼叫黄箭，头部像圆锥一样，水萝卜一样圆圆的身子，长长的。朱章老叫嚷弄死西边村里的人，把人惹烦了，几个人集合起来，找到朱章，徐建文上去拿砍刀把人给劈了。徐是个光棍，人高马大，身材魁梧。那时可能政权还不是很稳定，虽然也打了官司，可因各方都去送礼说情，最后也没结果，不了了之。这事就成了周围这个地方的俗话：大闹朱家湾。后来还编了小戏，但是没能流传下来。

我们村还有一个很有趣又很痛心的故事，发生在大闹朱家湾以前，时间不确定了。农民以种地为生，因此大部分家庭都喂着牛，或者驴马，喂牛的多，有些公牛大了不好喂养和使用，就兴起锤牛来，方法就是把牛弄倒捆好，用个木棒把它蛋子捣碎，它就再没有公牛的凶猛了。锤牛时，小孩都来看热闹，有三个十多岁的男孩学会了。有一天，三个男孩去地里拔草，想起了锤牛，两个男孩就摁倒另一个，锤了起来。这下可坏了，人哪有牛的生命力强啊，给锤死了。两人傻了眼，知道闯了大祸，回家没法交代，怕挨打，索性跑了，从此不知去向。事情传到周围村里，因此得了话把儿，"鹿家屯砍草的——远了"，这个俗语我到东北都有人知道。

按说，爹对日本鬼子并没有记忆，但由于他长大的过程中，日本鬼子还是大人们的日常话题，所以他老给我们提起日本，常说的一句话是"伺候日本"，形容人干活不上心，应付差事，就像当年给日本鬼子当差一样，出工不出心，敷衍了事。我小时候村里人都会几句外语，当然是日语，什么"咪西咪西""八格牙路"。

爹说：每个村都有三个村长和粮秣（粮秣就是管各家拿粮），日本鬼子的、共产党的、国民党的，分管各方摊派。哪个政权来了，哪个村长迎接，但是谁也不愿意当日本村长。在那种情况下，没有人迎接又不行，老百姓没办法也得委托一个人办事呀，村民共同委托一个叫曹永利的人担当此事。但是到文化大革命的时候，红卫兵还想斗他，在老人们的阻止下，也没受到什么处理。

我们村基本没受到日本鬼子的骚扰破坏，死在鬼子手里就是一个人，周二他叔叔。有一天鬼子来了，他顺着道沟跑，被鬼子看见，鬼子半蹲下举起枪瞄准，把他打死了。那时候村跟村之间都是道沟相通，一人来深，深的地方也有两人深的。这是共产党发动老百姓挖的，平坦的华北平原对日本鬼子机动作战很有利，挖上道沟既不便于鬼子活动，也有利于八路军藏身。

有一个英雄故事的创造者，是叫曹永来的人。有一天中午，夏天，天很热，有一个日本兵从大营炮楼到乔村据点，途经我村西头，是一片枣树行子，树很密，都是很多年的大树，树荫下凉快，鬼子走到树下，把马一拴，枪一放，躺在树下睡着了。曹永来悄悄上前，把枪拿走，回村躲了起来，后来交给了八路，听说奖给了他一口袋小米。

爹给我说："解放后跟解放前比生活好了许多，日子也很太平，公粮税务很少，百姓生活很幸福自由。大街上有开茶馆的，村中间有小饭店，小车马店。当时我家胡同口就有一个茶馆,是人们喝水买开水的地方,也是人们聊天的地方。那时我爷爷就有喝茶的习惯,我每天中午饭后就拿一个大瓷壶买一壶开水来,喝完茶后再去地里拔草,回来喂牛羊。"

在爹的记忆里,小时候家里就是个动物园。四间北房,两间耳屋装满柴火,西屋盛草,东屋是兔子窝,兔子就在屋里地下打洞,爹说大兔子出洞找吃的,出来都把洞口用土堵上,还要拍得溜平铿亮,奇怪的是小兔子也憋不死。爹都不知道究竟有多少只兔子,数都数不清。他们弟兄们拔草回来,兔子从东屋里跑出来吃草,乱哄哄的,很热闹。老爷爷晌午泡一瓷壶茶,中午喝饱了,就下地砍草,等下午背一大筐草回来,兔子一拥而上,脊梁轱辘,也不知道有多少只。南屋里养的是一群鸽子,花的、青的、橘色的,各种色的都杂交了。爷爷还养过一只公羊,好高,可孬了,见人就抵,平常都拴着,这一天不知道怎么开了,爷爷从地里背着草回来,在门口就被羊顶倒,流了一身血,把老爷爷气坏了,随着把羊卖了。

小时候填家庭成分,我每次都感觉不好意思,中农,好羡慕人家大多数同学那样填贫农。土改时,家里有十八亩地、一头驴,评成中农。从土改到入社那几年,是爷爷一生中最辉煌的几年,孩子逐渐大了,能腾出手来了,我爹说:"那几年可好混哩,一亩地收十斤二十斤小米,打的粮食吃不了,又从邻居李香亭手里买了四亩地,在村里东北角上,也不是好地,就是拿来种苜蓿、高粱。家里当时攒了很多粮食，用囤盛着，往外拉粮食的时候，墙上黑压压一片，都是牛子，吃粮食的害虫。"爹清楚记得买地，在家里喝酒，请的村里人做证人。李香亭的爹是"三碗凉水治家"，吃饭前先喝三碗凉水再吃饭，省下钱买地盖房。到李香亭这辈好吃懒做，家败了。不过没几年一入社，大家就都一样了。1958年"大跃进"，搞人民公社，大炼钢铁，把家里的铁锅、铁桶、洗脸盆、门钉锔、箱子上的合页都拆了去炼钢，好在留下一口铁锅，是奶奶偷偷埋到了土里。五八年吃食堂，没吃到过年就散了。生活越来越困难，到六〇年的时候最困难，吃没吃的，烧没烧的，把破椅子都当柴火烧了。

爹虚岁八岁开始上学，就在村里学校。学校是没收的地主高纪星的房子，他家地并不多，主要在北京做买卖，房子多，北房一大排，西房一大排，南房不多，西房给他留了两间，所以他经常到学校里来，很客气。村里斗地主，叫他家的长工张立堂上台批，他说："俺东家可不赖哩，夏天给单衣裳，冬天给棉衣裳，过了麦给吃馍馍……"还没说完，主持人说快下去吧，不让说了。

爹对上学的记忆是，那时上学不拿学费，书本也很便宜，语文五分钱一本，内容也很简单，他还能背上几课。第一课三个字：开学了。第二课：我们上学。第三课：学校里人很多。下午老师基本不讲课，就是叫自习背诵，从头到尾、翻来覆去地大声招呼。低年级时候，教室少，经常几个年级在一间屋里上课，每人都大声背书，就像蛤蟆吵湾一样，心里高兴得很。放学后，爹就跟他两个哥哥去地里拔草。家里喂着羊和一头牛，还喂着一群兔子。

爹说那时候上学也经常参加政治运动。小学二年级的时候，晚上吃了饭，到房顶上传口号，从西头开始喊，然后第二个人喊，一直传到东头，内容都忘了。上六年级，经常排队到街上胡同里游行，爹是带头喊口号的，他还清楚地记住一句：反对美帝国主义挑衅。"衅"字念成pàn。

爹读完小时跟我娘同学，还是前后桌。娘是鹿家屯西边村子东张米的，村名张米的来历据说是"张飞借米"，三国时，张飞带兵打仗，从这里借过小米。我考证了一下，从刘备所在的平原郡到冀州攻打袁绍，也确实走这里。姥娘说她这一辈子不好，裹小脚、闹日本、推碾子、挨饿，都赶上了。

娘小时候的记忆除了看枣，就是看孩子，照看两个弟弟，还有推碾子。姥娘家在村西有一片地，中间是苜蓿，周遭是一圈枣树，都是紫枣树，还有一两棵小枣树。推碾子把娘给推烦了，隔两天就叫她拿上格拉（套在碾子上的特制短绳）到碾子那里排队，姥娘给她说："有推头儿也好唉！"六〇年，都没东西推了，推山药秧子、棉花种，连生产队里的牛都饿死了。娘说："老百姓编了顺口溜：队长队长别害怕，牛死了人拉耙；队长队长别着急，牛死了人拉犁。"娘完小毕业后本来不想上学了，想跟同队的好朋友王玉凤、王金柳一样上城市里找事干，王玉凤跟姐姐去了天津，王金柳去了峰峰煤矿，现在都落在城市里退休了。当时娘的大姐在包头，二姐在北京，后来也出嫁落户了。姥爷说："还是上学，上出学来有的是班上。"她考上了娄子初中，转成了非农业，住校，国家供应粮食，一般的是二十八斤，娘个子大，评了三十一斤，虽然吃不饱，但是没太挨饿。有一次，派她和同学两个人去粮站拉粮食，就是地瓜干，两人很饿，打起了地瓜干的主意，半路上偷吃起来，怕回去学校称不够数，捧一捧土掺进去了。娘说那时候她们在宿舍里谈论，当老师没地位，都不愿意教学，当时的理想就是到供销社里当售货员，干净，买东西方便。结果等她初中毕业，正是国家困难时期，城里的都开始下放，她再也没机会离开农村了。

爹一辈子都是个农民，却又不甘心做个农民，他不是一个地道的庄稼人，真正在地里种地干农活不多，一生走南闯北，为生活四处奔波忙碌。他的一生大致可以分成三个阶段：第一个阶段是1961年到1969年，闯关东，到东北当盲流；第二个阶段是从1970年到1986年，回到老家当社员，村里干副业；第三个阶段是1987年以后，单干做生意。

我给爹数了数，大概干过二十五种专业或职业，从种菜开始，刨药材、熬碱、打苇包、推头、铲皮、挖河、会计、养蜂、牧副业、砂轮、厂长、业务员、玻璃钢、管道防腐、豆芽机、搞皮毛、当老板、蜂窝煤、玻璃钢烟囱、洗衣粉、养兔子、包食堂、玻璃钢花盆，以清洁工结束。

娘说爹，干了七十二行，行行没干好。

盲流

爹在东北这段时间，主要在泰康周围活动，中间也到过齐齐哈尔找工作，到讷河卖过碱。泰康镇所在的县叫杜尔伯特蒙古族自治县，当地的蒙古族也是住平房，以农业为主。

爹在泰康种了一年多菜。这是个种菜的生产队，西红柿、土豆、茄子、辣椒、大头菜等等。爹说每天就是跟着到地里干活，从种到管，整枝、打杈、除草、施肥，那时还没有化肥，都是以牛马粪为主。那里种菜都是大田种植，基本没有病虫害，也不用施农药。冬天也闲不着，到城里拉粪，给地里上粪；初春掘地栽苇子做的苇坝挡风；从地窖子里整理储藏的大白菜等等。队里还有大棚，那时候没塑料布，就用玻璃，种的韭菜、黄瓜都挺好。爹说虽然他小，但是吃饱了有劲，跟大人一样锄地干活。每个人的收入以出工日为单位，年底分红，每个劳动日合一块钱左右，吃饭是大锅饭，不花钱。

当时东北用人的地方很多，等爹到了以后，大大爷想给俩人找个正式工作，在当年的七八月份先去了富拉尔基钢厂，招上了，厂子正在筹建之中，感觉很乱，又去了齐齐哈尔车辆厂，也招上了，但人家不要小孩儿，大哥就没去成。

爹回忆说："维持到六二年阳历四月份，当时本县药材公司组织刨药的人，哥俩就投奔了一个叫李元海的人，他是把头，本人也是四生产队的老社员，解放前就闯关东的老居民,老家是山东泰安大王村人。他在那里早就安了家,也有了住房、妻子、儿女。刨药需要到离城里六十多公里的地方,一个叫克儿台的地方,先安庄,就是搭地窝棚。当时他安了六七个庄,一个庄都十几个人,每人每月要向他交十元钱,他负责卖货,处理地方关系。"

北大荒,草原一望无际,夏天都齐腰深的草,中药材很多,有防风、黄芩、甘草、远志、柴胡、玉竹、龙胆草、狼毒、野茴香等。最多的是柴胡,开黄色的小花,有的地方黄乎乎黄成一片,漫山遍野。这些药材基本都是要根,甘草需要挖一人深的坑,太费劲,一般不做。柴胡太小,女人用铲子铲,男人不干。

从农历四月下旬到九月底,刨的药材主要是防风、黄芩,防风一天基本能刨到七八斤左右,到秋后成熟季节,能刨到十斤左右,每斤八毛,收入还是很可观的。那时候县药材公司也招工人,每个月工资三十来块钱,他俩觉得不合算,没去。

吃饭都是对付事儿。主要吃棒子面粥,撒上点盐,有时从老百姓家里买点咸菜。当然,也会想办法改善生活,还都是纯天然的、野生的东西。到了雨季吃蘑菇,东北一下雨,蘑菇有的是,白蘑菇大大的。找到一个蘑菇圈,估计能拉一车。在东北也没少吃鱼。东北有句俗话:棒打狍子瓢舀鱼,野鸡飞到饭锅里。我爹捉鱼都是用挂子,就是挂网,"插三""插四",也就是选网格大小能插进三个手指头或四个手指头的，这种网像晒被子一样挂到河沟里面，只捉大小合适的鱼，插三的网捉半斤多的，大鱼卡不上，小鱼漏过，适可而止，利用自然，尊重自然，不会像"迷魂阵"、细网、电鱼、筑坝那种竭泽而渔的方法，把大鱼小鱼一网打尽。东北鱼多，经常刚下网，就听见有鱼扑棱，一天下来能捉二三十斤，他们几个人都吃不完，就把鱼晒成干。鱼的种类以鲫鱼为多，还有少量白鲢、鲤鱼什么的。

住在哪儿呢？就是半地下的地窨子。找个地势稍高点的地儿，也不能太高，太高了挖井困难，吃水就是自己挖井，大概一米多就能出水。挖土，就地垒成土墙，上面搭上树枝子，再铺一层苇子干草，最上面就铺上土。真是一方水土养一方人，父亲感叹道。当地的碱土抗渗性极好，就是顶子塌下去成了凹坑，水兜着也不会漏。当时哥俩与江苏邳县的刘松志、刘希志，一个河南姓王的小伙在一起搭伙，和谁搭伙都是自愿的。

夏天三伏季节，蚊子多得出奇，特别是傍黑天或者天气不好，阴天雾嘟嘟的时候，蚊子成团成团地围着，就像撒麦糠一样，人必须戴上防蚊帽，穿上两层汗褂子，一层都能给你咬透了。晚上睡觉前，先点上青草熏烟，人钻进去后用柴草把口堵死。虽然生活艰苦，爹也很满足，原因是能吃饱饭，也有收入。

爹常给我们说："人有财命莫强求。让你吃八两，你非吃一斤，吃了也得吐出来。"1962年，他们弟兄三个都去刨药材，不到五一就上了庄。到大概七月上旬，周围一片挖得差不多了，想换地方，就把刨的药材摊开晒晒，打算第二天送到泰康药材公司卖掉。两个多月的劳动成果，估计能卖一万块钱，都很高兴。吃过午饭，兄弟三个又散开去刨药，突然天空来了一块云彩，哗哗下起雨来，爹离窝棚有一里地远，那里就下了几个雨点儿；大大爷离得最近，赶紧过去收拾，一阵雨时间不长就停了；二大爷离得最远，约一二里地，根本就不知道下雨。当时想第二天再摊开晒晒，一春天都没下雨了，地干得咔咔的，刨药都不好刨。结果，从第二天开始雨就不停了，下完大雨下小雨，下完小雨下大雨，溜溜的一口气连下九天，膝盖深的水把药材都泡了。那时候没塑料布，上一年的防风干了，剩下一层毛毛铺在地上，要采今年新长出来的防风，得把上一年的毛毛摘了，这东西正好拿来防水，药材就靠盖上它防雨，但是下边不行，水泡了半截。他们几个看着欲哭无泪，结果连泡带沤毁了一半。要不是这块云彩正好把雨下在这一块儿，要是早卖一天，都能多挣五千块钱。

东北的风俗民情很好，像爹这样流浪的人，官方语言叫盲流，当地人叫跑腿子的，当地人不歧视外地人，你说借什么工具，只要他有，准能借给。也没见过小偷，他们的东西、药材、钱就放在窝棚里，没丢过。那里地广人稀，又没有交通车，都靠下地走，走到哪里，住到哪里，到了谁家，都给管饭，还不要钱。有一次，爹卖药材晚上还住到了大庆油田一个采油队的地窨子里。他对油田职工并不羡慕，说他们天不亮就爬起来干活，大冬天，地冻得梆梆的，小姑娘还要刨树坑，做饭取暖都是烧原油，连麻雀都是黑的。

爹回忆说，他俩下去刨药，主要以泰康县敖林乡周围为中心。那时候遇着了一个敖林乡西好力堡屯的老乡，沧州泊头人，单身，解放前去了东北，刚到时以卖日常杂货为生，解放后小生意不好做了，就落户到西好力堡屯。因为单身，自己又没房，生产队就把他安排到种菜的园屋房里，两间房，南北大炕。有时春冬季节，他们就以他那里为落脚点。

还有一个叫爹终生难忘的恩人，是本县大庙乡巴彦塔拉屯一个叫依连科的人。这个屯比较大，是公路线上的一个站，泰康线就一条公路，从南到北一百多公里，每天就一趟来回车辆，有时要想去县里卖货或办事，必须从这儿乘车，赶不上车了，就住到他家里。这人待人很好，家里人口多，有四个儿子、一个姑娘。他的家风很好，当时大儿、二儿已结婚，独立生活，三儿媳负责一家人生活，做饭、洗衣、喂猪、喂鸡都是她完成。那里每家院子都比较大，房前屋后能种菜，老依两口和姑娘什么也不做，都是儿媳妇把饭菜做好端上来，大家吃完后，她才能去吃饭，也没怨言，继承了旧社会的一些风俗。

冬天万物凋零，冰天雪地，刨不了药材，就做三件事：割苇子、打苇包、熬碱。

那里的苇子铺天盖地，随便砍。那地方，每年冬天都要烧荒，不然到了春天，野草萌发，叫苇子盖住，牛就没法吃草。割了苇子，卖到泰康县城里的苇场。爹也在苇场干过活，用绞杠把苇子打成方方正正的苇包，然后装火车运到大连。

杜尔伯特县很荒凉，河沟、水泡子很多，水泡子都出产碱。六三年、六四年两个冬天，爹都是在巴彦塔拉大队的碱锅边度过的，这里大部分是山东泰安人。熬碱用的锅灶是借生产队的，生产队也熬过，但是社员不愿意出力，懒得干了，外人就给队上稍微交点钱借用。

爹说熬碱也是个很辛苦的工作，早晨三四点钟起来，就得开始工作，道道工序必须当天完成，从烧水到下午成品完成，不然就影响第二天生产。第一步是刮碱土。秋后天凉下来以后，气候也干燥，水泡子干了，地面上就现出一层碱土来。工具是扫帚和铁锨，把地面的一层碱土堆起来。把碱土倒进大锅里，加水搅拌烧开，捞去杂质，再把水放进一个个锅里，水凉了，锅底就会结出一个碱坨子。

父亲待的地方出好碱，很白，是大马牙子碱，上边一层盖，底下是个坨，中间挂着一个一个像溶洞里钟乳石一样的串，很漂亮。有的地方是小马牙子碱、葡萄牙子碱，雪花的不好。主要是看地方，也跟熬制的天气有关，天气潮湿，出的碱就不好。至于为什么这样，是跟成分有关还是什么原因，我专门咨询过搞化工的行家，说是几种碱的成分都是碳酸氢钠和氯化钠，可能大马牙子碱的纯度更高。

做好的碱坨子两个一扣放着，尽量留着大马牙子，好卖。攒多了就背到泰康去卖，卖到县上的土特产站，一冬天卖了一两吨，八分钱一斤。有时也坐火车到讷河，克山卖得更高，但是太远，去得少。

1962年，我爷爷也去东北刨过药材，冬天就往讷河等地背碱卖。他曾跟我讲过自己坐火车怎么逃票。从火车上下来，赶紧挤到进站上车的人群里，然后装糊涂问列车员这是到哪里哪里吧，列车员说你坐错了，就抓紧出来走掉。

这种土碱干啥用呢？一是当地人做棒子面窝窝、馒头，掺在面里面，当碱面用。因为馒头发酵后产生酸，需要用碱中和，酸碱反应中还产生气体，使馒头软和好吃。还有就是送到讷河、克山，克山县曾经出过克山病，就是大骨节，据说碱可以治这病。

1963年农历正月初六，爹娘结婚，是旺立大娘给介绍的。早两年就介绍过，姥爷不愿意，说他家兄弟仨，你又不会做针线活，怎么行啊。后来姥爷饿死了，媒人又去说，说在外头当会计，个也长高了。娘对爹的印象是学习好，就答应了。爹说什么都是缘分，小时候有一年他跟大哥去乔村赶集，走在街上，有一个相面的喊住他，旁边坐着两个老太太，爹不信命，想走，算命的说，你腿上有一块痣，爹腿上真有一块，他给爹说："送你一句话，骑驴看唱本——走着瞧。"等订婚的时候，到丈人家一看，原来那两个老太太中的一个就是丈母娘。娘嫁到鹿家屯，在村小学当代课老师，供销社没人不可能进去。娘说当老师一天工分五分钱，一个月给五块钱，不大愿意教学。

1964年，刨药材的生活就不好过了，因为挖的人多了，药材也少了，当时政府怕损坏草皮，禁止挖掘。考虑这样长期下来流浪生活也不是办法，所以在1964年底，他们想在当地定居下来，就跟西好力堡的生产队联系，决定到那里落户，生产队答应了。1965年春节过后，大大爷、大大娘跟爹三口就在那里落户，参加了生产队。爹还是在外找零活，跟别人搭伙，夏天跟人在安达县和平马厂打了几个月的羊草。因为是跟别人干，不知什么原因，也没分到钱。这样维持到1966年文化大革命开始后，开始清理流浪人员和外地人员，一律不再让居住，爹和他的哥嫂就先后回了老家。

爹说，这段悲惨、曲折、艰苦的生活，就算告一个段落了。当时他也被抓去过收容所，但是这种收容所都是民政部门办的，不像公安办的那样戴手铐什么的，只是教育教育，动员你回家，给你买个短途车票，上车后就不管了。

社员

1969年刚冬天的时候，爹从东北回到老家，心情安顿下来。爹娘结婚较早，爹刚十八岁，娘二十岁。等爹回来时儿子已经一岁多会跑了。当时每家还不是很富裕，但总比前几年强了，以高粱、地瓜为主食。那时就是每天参加生产队劳动，得点工分，但分不到什么钱。

国家号召根治海河，爹去过天津地区文安县挖河。挖河，在农村被视为最苦的差事。爹到大营上学，大营西边还在挖南运河，正是"大跃进"时期，冬天，水都结冰了，还提倡"光膀化"，就是光着膀子砸冰挖土，又吃不饱，爹上学路上就看见，推着独轮车往外送尸体的车子排成一队，死的净是武邑来挖河的。

村里流行一段顺口溜：

一等人，是支书，社员把礼送到门；

二等人，大队长，喝了这场喝那场；

三等人，村支委，跟着支书也挺得（音dēi）；

四等人，副业摊，喝着大茶聊大天；

五等人，业务员，坐着火车到处玩；

六等人，是会计，全年不怕风雨天；

七等人，转业兵，拎着镰刀去看青；

八等人，赶大车，卖点马料换酒喝；

九等人，是社员，一年到头难见钱；

十等人，最难活，推着车子上海河，棒子窝窝大粗箩。

挖河就是一人一个单轮车，一车土有三四百斤，早起有星星时出工，晚上落太阳为止。爹说那时年轻，也不怎么感觉太累，就是再累，睡一晚上第二天就恢复了。最大的好处是能吃饱，几天还可改善一次生活，每人一个一斤面的懒龙，中间加上肥肉，很高兴了，还能多挣点工分。后来又在本县东油故去挖河,情况基本一样。

回家第二年,爹去大队的皮组学徒,干铲皮干了一两年。

大营镇一带方圆十公里,一直有搞皮毛的传统,据说始自商代,皮毛行业的鼻祖比干曾"制裘于广郡",也就是这里。他在大营一带为官时,发明了熟皮制裘工艺,被尊为裘祖。兽类带毛的皮称为生皮,生皮通过鞣制变成熟皮,带毛的叫裘,不带毛的叫革,我们这一带只做带毛的皮,俗称毛皮。常见的毛皮有兔皮、羊皮、狐狸皮、貂皮,过去因没有什么化工材料,祖传多用米面和硝作鞣剂,米面发酵如屎臭,所以管这一行叫"臭皮匠"。我从小就在皮毛的环境中长大,所以对皮毛的整个加工过程——铲皮、熟皮、缝皮都很熟悉。

铲皮是皮毛加工的第一道程序,用特制的钢铲去除动物毛皮光板那一面上的油脂杂物,整天弯着腰用肚皮的力量顶动皮铲,一天下来腰酸背疼。铲皮除了挣工分,一天还给一毛钱。爹说等月底发了钱,他就花一毛钱买长果(即花生)吃,可香了。

从东北回来后,除了在大队干活挣工分之外,爹还想干点事挣钱,他第一个想到的营生是推头。推头也就是城里叫的理发,好赖算门手艺,可以到周边赶集设摊。都置办好一套家伙什儿,推子、剪刀、剃刀、梳子等等,也请了老师傅到家里吃饭。师傅告诉他,这行说简单也简单,说难也难。难的是"三年的剪子,五年的刀",简单就是一个字"练"。我们家的脑袋除了他自己的,都是他给理,也等于挣了钱。每次推头,我都感觉父亲特专业,特别是剪完头发,最后父亲手拿剃刀,在门框挂的长条形皮带上"噌、噌"磨两下,再刮脑袋底部的头发渣,特帅。置办了家伙,但随后当了小队会计,没干成。

爹在生产队和村皮组里当过会计。那时候算账都是用算盘,上小学的时候他就学会了打算盘。我家在三队,有大人孩子一百三十人左右,队里的收入很少,来源就是卖粮食,卖给粮站才几分钱一斤,麦子八分钱,棉花四五毛钱。他记得那时候一个队一年也就分二百八十块钱,一个工一毛钱就算好的,地里产量也很低,种四十亩棉花才收一千多斤籽棉,也就顶现在两亩地收的。

娘也当过小队会计。她说当会计可麻烦了,小队里有三十多户,一百多口子。每天工作繁忙细碎,除了日常的记工分、算账、出库、入库,社员家里的积粪量方、评级,现场量出梯形粪堆的长宽高,算出体积,再跟队长、指导员一块评级,核算成工分。最麻烦的是分东西,地里下来一堆黄瓜,分;下来一堆茄子,分;秋后分庄稼茬子、分柴火。有时按人头,有时按工分,有时混合式,二八、三七。一月一平账,一分钱也不能差。娘说她算得都头疼,干了一年,就要求教学当老师去了,头也不再疼。

当会计是爹人生路上获得的第一次成功。他这样回忆起这段时光:

三队在本村是个先进队，徐金申是个老队长，吃苦耐劳，指导员鹿增国忠厚能干，在我们三个的努力下，生产发展得很快，粮食由1970年左右的三四万斤，发展到1976年的十四五万斤，我队成了石村公社的先进队。特别是1973年，天气大旱，那时水利还不行，我村别的队秋季根本就没有收成，可是我队社员的粮食基本够吃，原因是我们保住了公路北一百多亩的玉米，收成还不错。这里边也没少受周折，也是想和做的原因。我队公路北那块地有大管锥井两眼，就是没有机器配套，当时电也没有，不能浇地，旱年就没有收成。当时买个195柴油机都买不到，没办法我去找公社李强书记，李书记很配合，给县农机局王书记写了一封信，才卖给了我队一台195柴油机，把地浇了两三遍，又施了化肥，基本得到丰收。

徐金申给我的印象很深，人们都叫他三申，一辈子没结婚，爱说的一句话是：一个人吃饱了全家不饿。还有一句口头语是：光知道人家吃面没蒜，不知道自家吃饭没米。说的是农村妇女凑在一块，整天就是张家长李家短，陈年谷子烂芝麻。现在我看电视里的新闻，还经常会想起这句话。

从1970年到1978年，爹养了八年蜜蜂。

他说那时候就是想搞点副业，但做皮毛得偷偷摸摸，像搞地下工作，那时个人搞叫投机倒把，卖还是有销路的，因为集体搞的那点东西满足不了市场需求，各公社采购站也就非公开地收一部分个人产品，增加站的收入。爹把皮子藏到两个耳屋的柴火里，检查的来了，都是本村的干部，还到里面象征性地摸两下，说没有，就走了。有时爹还要半夜骑车子，把皮子藏到邻村亲戚家里。

爹自己还是个村干部，这么干也不是个事。他1969年去衡水买绵羊皮的时候碰着一个卖皮的人，在谈话中人家说除了杀羊卖肉，还养着蜜蜂。说者无意，听者有心，爹记下了他的地址。养蜂不算投机倒把。在当年四月份，爹骑自行车去离家七十多公里的那人家里买了一箱蜂，花了九十多元，在他家住了一晚上，第二天骑了回来。

我对养蜂记忆深刻，是因为没少挨蜇，只要被蜇上，立即肿起一大块，又痛又痒，还心疼蜜蜂，因为只要蜇上人，蜜蜂就活不成了，蜇人的还都是工蜂。蜜蜂分工蜂、雄蜂和蜂王。最常见的是工蜂，负责采蜜，雄蜂个头大点儿，不采蜜，只负责跟蜂王交配。一箱蜂只能有一个蜂王，蜂王个头细长，负责产卵。孵化工蜂的卵巢跟蜂巢面是平的，孵化雄蜂的卵巢比工蜂高。为控制雄蜂数量，减少吃闲饭的，爹经常要把雄蜂卵巢割掉。孵蜂王的卵巢更高，根据情况，如果想继续扩展分出一箱蜂，就留着它。

蜂群最热闹的时候，是蜂王出走。如果一箱蜂出现了两个蜂王，一个蜂王就会带着一些蜜蜂出走。有一次，一群蜂跑到了邻居院子里的树上。爹戴上面罩，扎紧衣脚，拿上蜂框，把蜜蜂扫到框子上，只要抓到蜂王，蜜蜂就都跟着回来了。

说起来，蜜蜂是最可怜的。有句古诗写道：采得百花成蜜后，为谁辛苦为谁甜。蜜蜂们辛苦一夏天，到冬天过冬，吃的却是掺了少量蜂蜜熬的白糖。1976年，娘到北京我二姨那里去买白糖，这里买二斤，那里买二斤，到处凑了几十斤白糖。娘刚生下老三常青七八个月，一个人抱着孩子，背着六七十斤白糖坐火车到德州。爹晚上吃了饭就骑自行车跑六十公里去火车站，从车站里头接上娘俩送到汽车站，他自己再用自行车驮着白糖连夜返回，娘带着孩子等到天亮再坐汽车回家。

最多的时候，我家的蜂箱发展到七箱。槐花、韭菜花、苜蓿开花的时候，两天就能摇次蜜，一箱能甩十多斤。一年能收二百来斤蜜，每斤蜂蜜大约两块钱。蜜主要卖给县土特产采购站，少部分卖给村民，老百姓一般是喝不起的，只有妇女坐月子才会买上一斤两斤。但到1978年，农村开始大量使用农药，有一次成箱蜂都死掉了，蜜蜂会传信，都去了一个地方采蜜，加上爹在村里副业摊上班越来越忙，就不养了。

1976年，村里调整班子，把爹调到皮组当一把手，当时皮组一共有一百多工人，有的老工人是从北京学徒或大营皮毛厂退下来的老技术人员。

父亲一辈子就这时候坐过一次飞机。那一年阳历年以前，村里皮组的兔皮褥子卖不出去，找到了小园的李志奎，他给郑口外贸跑买卖，在当地挺红的。为了赶紧去办事，先到北京坐飞机，飞机票还是找的我村在北京皮毛厂的朱五帮忙开了介绍信买的。到了广州一看,人家比我们还着急,那里天气潮,不像家里冷,还能放,他们整天开着吹风机怕皮毛生霉,整个国际市场行情都不行。爹跟我说,李志奎这人真行,能说会道,也会来事儿,咱就不行,办事直来直去,所以很多事人家能办成,咱就办不成。

当时爹才三十一岁,当领导所需要的指挥、协调、动员等各方面能力经验都不足,真正的技术又没有,工作上不去,没半年就下来了。这是他人生中的第一次失败。

那时刚开始改革开放,大办副业,大队里搞,小队里搞,三队搞过磨玉石,买来原石,磨成圆柱状,从江苏请来一帮师傅,每天晚上请师傅吃饭喝酒。没多长时间,也就一年半载,看不挣钱,就不干了。村里还开过翻砂厂,做一两米长的铸铁平板,也散了,我小时候还去捡过铁瘤子玩。还开过皮革厂,也失败了。

爹做业务员,以销售皮毛为主,也搞砂轮。村里开始有三四个业务员,都是村里能说会道、性格活泛的人。开始的时候,每个业务员的车票、店费都是实报实销,饭费补助每天二元。时间不长,就不给报销了,因为业务员光报销得工分,有补助,有的甚至跑去云南、四川,就是没有收获,大队就改变了方式,按所得收入分红,利润大队得七成,个人三成,出差开支一切由个人支付,别的业务员不干了,就剩爹自己。

爹说那时候他一天跑一个县,上午办事,下午坐车,从益都，到青岛、黄岛、胶南、日照、赣榆、盱眙，跑各地的皮毛厂、屠宰厂、畜产品公司、进出口公司，寻找原材料，销售皮毛褥子等成品。爹到北京跑业务的时候，都住到姑奶奶家里。我1984年也去过，在景泰西里的一片平房里，两间平房，他们又在小院里自己搭了小厨房，进门的小过道只能一个人过，让我感觉城里的住房条件怎么那么差。姑奶奶家三男一女四个孩子，爹再去了跟三个男孩挤在一张通铺上睡觉，早晨爹刚起来，姑爷爷把尿盆子摔到墙上，骂起孩子来。其实他是嫌我爹搞歪门邪道，因为去的时候带着几桶准备送礼的香油。姑奶奶给我说，姑爷爷脾气不好，两口子光打仗，要不是记住了老爷爷的那句话，早就离婚了。姑奶奶坚持下来，终于老来得福。后来拆迁，两间平房换成了四套楼房，快九十了，身体还很健康。

四队和村里都开过砂轮厂，就是切割用的砂轮片，割钢材什么的。我小时候见过怎么做砂轮，用石英砂、树脂，人工擀成圆片状，再到烧煤的烘炉里烤。生产出来的砂轮还被爹卖到过莱芜钢厂，定了三十箱，爹去送货，但是质量不好，本来应该中间厚、边上薄，我们做的正好相反，再加上强度也不高，装上去嗞嗞冒烟切不动，一用力就散了，弄得人家车间尘粒飞扬。人家没要货，但还得通过火车把东西给送回来，让爹感慨还是公家仁义。爹说就是技术不成熟，虽然请了把式指导，但产品不过关。我记得他还跟别人一块研究探讨，应该改成用电烘烤，提高质量。没几年也不干了。

现在枣强还有做砂轮的，他注意观察过，里边还加上了钢丝网，用机器压制，电烤炉烘烤。

村里搞了那么多副业，真正挣钱的就是皮毛和玻璃钢。皮毛靠的是上千年的历史基础和产业集群，玻璃钢靠的是枣强玻璃钢产业集群。可见一项产业，如果没有技术积累、没有历史基础、没有集群规模，在市场竞争中就难以形成优势，因此很难坚持下去，也不可能成功，更不会挣钱。所谓"一招鲜，吃遍天"，就是要形成特色、形成优势、形成规模。现在经常提到的"一村一品""特色小镇"，都是这个路子。

枣强县现在已成为玻璃钢之乡，主要在枣强镇周围。1976年，当时皮毛行业不景气，大队就成立了枣强县石村玻璃钢厂，开始也是从外地请了师傅，手工操作，叫糊玻璃钢。先有模具，涂上脱模剂，把树脂（有不饱和聚酯、环氧树脂、呋喃树脂）、稀释剂、固化剂（乙二胺）按比例配好，将玻璃丝布到树脂里浸透，就一层层糊到模具上，固化成型。

经过一年多的努力，他们慢慢吸取了一些教训，也积累了一点经验，先后在北京皮革五金厂、沈阳石油化工厂、河北省涞源凌云机械厂和河北省蔚县揽到一些一万到三万的小活，金额很少，个人根本就赚不到钱，可当中得到了跑活和干活的经验，慢慢成熟起来。因为老跑小活挣不到钱，就开始向大的单位进攻，1979年七月份，终于在胜利油田滨南采油指挥部定了一个酸库的工程，流水九万多元，这时个人才开始有了收入。

打入胜利油田，靠的是村里李林勃的弟弟李林东。李林东十六岁当兵离开农村，先后当过三〇九医院、第四军医大学的政委，他有个战友在胜利油田滨南采油指挥部当副指挥，姓鲍，没文化，是个土豹子。有一次，就在指挥部楼前大骂：我就不信没有跟着我干的。大单位里边都是分帮分派，你要想在这里站住脚，也得靠上个关键人物，到时候能给说话，靠上这一边，就会得罪另一边，这也是没办法的事，你还得表现得叫人家看出来你是哪一边的。爹靠上的是指挥部生产调度长周总，两个人比较投脾气，都喜欢直来直去，他能看得起我爹。

1980年到1984年，厂里每年在胜利油田都有二十万到四十万元的工程，主要是给油罐做玻璃钢衬里。油田有很多大型油罐，最小的一千方，大的上万方，由于油田采油中也有很多水，腐蚀性强，就用玻璃钢材料衬里防腐。队伍也逐渐壮大起来，最多的时候有三十多人。因为工程都是在现场施工，一开始是搭帆布帐篷，睡地摊，后来又买了木板房，制了单人床，设备也齐全了，有脚手架、两台喷砂除锈用的六十千瓦压风机、两台砂罐等等，满足了生产需要。

爹的工作特点是勤沟通。他在外面施工，晚上住在帐篷里，就跟工人聊天，第二天的活儿怎么干，聊得大家都明白了，第二天谁在哪儿，谁干啥。

不要怕人说话，就怕人不说。

爹对胜利油田的印象极好，对他来说，油田就是天堂，一说就是家大业大，扳倒大树有柴烧。这也是我当年渴望离开农村去的地方，高考报志愿全是石油院校，后来如愿以偿地分配到了胜利油田工作。油田那时候对民营企业并不歧视，合同签订下来，就先给百分之三十预付款，你就可以用这个钱备料生产了。油田附近流传的俗话就是"九二三厂不坑人"——胜利油田在1971年以前算是保密单位，对外叫九二三厂。爹跟油田相关人员关系很好。"见面三分情"，有时候你在不在场关系好大哩。有一次项目验收时爹不在，结果第一次验收不合格。爹没办法赶到油田，晚上就先找到管项目的王工程师家，他一开门见到我爹，开口就说："老常，我不知道是你的队伍啊！"其实他哪里不知道呢？爹还找到了周总，周总亲自到工地来了一趟，手拍着施工员的肩膀说："这是鲍指挥的队伍。"过了两天，重新组织验收，王工程师亲自动手，在油罐进出口附近找个地方，用割刀把做的玻璃钢衬里层割开一个小口，表现出使劲的样子拽，没拽下来，验收合格。爹说进出口是门面，肯定做得最好，再一个拽也有道道儿，你要是先随手一折再拽，一般都能拽断，光直着拽就拽不断。后来爹多次跟我们眉飞色舞地说起这段故事，这是他一生中最得意的一段时期。

爹干了那么多项目，基本上没出过事故。他现在回想起来都感到后怕，那时候却不知道害怕，大罐里面搭的脚手架二十来米高,走上去颤巍巍的,明化镇的队伍就在华北油田摔死过两个人。有的时候一天就用一桶丙酮,里面通风很差,有个火星就可能造成爆炸,二三十口子能全交待在里面。

这段时间是爹的第二次成功。他说就是从搞玻璃钢开始,手里有了点钱,不像以前憋屈了。家里财政大权一直是爹掌握着。这也许是受爷爷的影响,爷爷常说,女人当家,房倒屋塌。所以常家的传统都是男人当家。说来对不起爷爷,就我这里改了风气。

1982年,爹跟李林勃在村里头两个买了摩托车,花了三千五,是日本本田牌的。1983年,买了一台彩电,日本索尼牌的,十八吋,从北京买的,到王府井排了一宿队,花了一千三百五十块钱。娘说:"这台电视可能买来就是旧的,买来就不是很清楚,后来修电视的时候,从里头弄出来怎些个土。"

爹的想法还很超前。为打开销路,他在北方十个省的省级日报上做广告,花了大概四五千块钱,结果就招来一个用户——甘肃一个小地方的钢厂要了一台小罐,四千块钱,算是没打水漂。此举受到了村干部的非议。

爹在1979年就成了万元户,名声很大,十里八村都知道他,在村里也是声名显赫,备受尊敬,想给他打工的能打破脑袋,一天能挣六块钱,当时是很高的收入了。我家说要垒墙头,第二天早上不用招呼就来了三十多辆小拉车,拉着水,当时家里还没通自来水,都是到街上固定的几个水管处拉水吃。

1982年,爹在大庆油田跑业务的时候,住在一家旅馆里,看到隔壁一家在卖豆芽机,是河北献县的,卖得挺火。都是河北老乡,爹还经常过去给他帮忙。所谓豆芽机,就是用电热丝加热的恒温箱,东北冬天天气很冷,豆芽比较受欢迎,一些单位食堂买来生豆芽。爹认为这东西在东北很有市场,回来就开始试制,人家箱体是用木头做的,他觉得用玻璃钢做箱体更耐用。他从北京买来恒温控制器和电热丝,过年都在鼓捣。加工了二十来台,一台卖九百块钱。

试制出来以后,拉到黑龙江大庆、吉林白城子等地销售。结果还没卖出去,原先买豆芽机的就纷纷找来,原来上一家的产品光出故障,搞臭了市场,再加上都是放在商店代卖,商店也不懂怎么使用,又不用心,最终一台都没卖出去。

1986年五月,爹跟二大爷一块到北京给爷爷看病,确定爷爷的病是肺结核,不是癌症。这一年还没有活儿干,所以爹就让二大爷陪爷爷回家,他去大港转转。结果到了大港油田三号院,正赶上要招标,明化的防腐队也在,跟爹说,你来得太晚了,早就内定了。我爹不信邪,但已来不及回去拿资质材料,就赶紧给石村乡书记石金诺打电话。村里都没有电话,但是全乡有大喇叭,书记就在大喇叭里招呼,叫常贵廷、代文后第二天务必带上营业执照、合同去大港,第三天，他们果然到了。常贵廷就是常旺立的老二，代文后是村支书代春的儿子。

那时候村里有大喇叭，家家户户墙头上有个小喇叭。广播曾经在农民生活中有着重要作用，开大会、发通知；说谁谁带手戳来，就知道谁又收到了外地的汇款；了解国家大事，知道时间等等。每天定时响三遍，早晨六点半开始唱《东方红》；晌午十一点五十，喇叭一响，地里干活的社员就知道该收工了；晚上八点播送中央人民广播电台《各地人民广播电台联播》节目，最后以《国际歌》结束。

那个明化的防腐队，是河北南宫市的，也在胜利油田搞玻璃钢、搞防腐，经常给爹碰上。他们是怎么做起来的呢？明化镇就是当年华北地区石油勘探打的第一口探井"华一井"的所在地，1957年石油工业部西安地质调查处华北石油钻探大队的32104钻井队打的，在明化镇招了不少工人，也有不少职工就在明化镇找的媳妇，从而跟油田建立了关系。

工程就是输油管道防腐，老管道，剥掉原来的黄夹克防腐层，更新为环氧煤沥青玻璃丝布防腐材料。有十二家参加投标的，甲方挨个跟各家谈，汇报施工计划、施工方案，谈完了，留下四家，再报价投标，爹中了一段，有六公里长，每米二十六块钱，总计十六万。

这次幸运的中标结果，成了爹的一次大失败。

那时，爹是厂长，李林勃是副厂长，他们只拿利润提成。当时算计着，十六万的合同能挣四万块钱，个人能拿千把块钱。爹想当年还没有找到别的项目，光靠这点收入，一年不好维持生活。爹决定再去寻找别的工程，要叫别人跑业务，根据以前经验不好办到，可工地带队也是问题，不能两全其美，让副手李林勃带队呢，又担心他有意见：你出门住宾馆，让我在现场住窝棚。爹组织施工队伍，让李玉其当队长，常贵廷当副队长，代文后负责外交联络，常贵军当会计，招聘了三十个工人，都是本村的。安排好以后，爹就去胜利油田、辽河油田继续寻找业务。

当时算计着每人一天六米，三十人一天一百八十米，一个月完工。一天一分工。早晨，李玉其给工人分好段，就回工棚，结果第一段两公里验收不合格，工人也怨声载道，因为施工条件非常艰苦，先要把埋深一米多的地下管道挖掘出来，大港遍地芦苇，挖掘很困难；夏天是雨季，经常下雨，一下雨挖出来的管沟又塌了；地下水位又高，掘出管道来要及时抽水；一到下午蚊子一群一群的，一些工人受不了就跑回家了。这种情况下急忙喊我爹过来，扒掉重新施工。爹调整了施工方式，每人一分三十米，从而大大减少了每人之间的接头数量，减少了接头之间的纠纷，也好看了，因为每个人缠绕方式不一样。爹整天盯在现场，加强了施工管理，提高了施工质量，减少了返工。最后一算账，基本不赔不赚，工人挣了工资，爹是白干。

爹说，血的教训使他懂得了很多，工作干好干坏都是人为的，没有责任心的领导就容易出事故，摔断胳膊、工程验收不了。他感到了很大的压力,身体有些支撑不住,觉得干这一行太难了。

对于这次失败,从施工来看,还是不专业,他虽然以前零星在胜利油田做过防腐,但没有大规模组织管道防腐施工的经验,大多数工人更是第一次干。爹说作为施工队长,除了分工,还要监督检查施工过程和质量,也要随时跟甲方沟通,听取甲方意见,更要随时了解其他厂家的施工情况,取长补短,根据情况,随时调整施工组织,而不是一成不变,一错到底,造成不可挽回的损失。

我读过一本书《高速度领导——火星探路者号实现更快、更好、更省的方法》,作者缪尔黑德是1993年美国"火星探路者"计划主要部分飞行系统的负责人。该计划批准的预算是一点五亿美元,仅为"海盗号"火星计划的二十分之一;研制时间三年,仅为海盗号的一半。1997年,探路者号宇宙飞船在火星成功着陆,完成了人类行星探测史上的一个惊人成就。书中总结的经验最重要的有两点:小组和亲身参与实践的领导层。将任务分解成多个健全有力的平行小组,要求管理层必须亲身参与实践,有计划,更要随机应变,在行动中迅速决策,才能满足项目和任务目标的要求,成天泡在办公室里只会一事无成。在项目中,缪尔黑德认为要掌握对成功绝对重要的三类事项,即预算、进度表和质量。

爹老琢磨为什么找不到个好的二把手。他先后培养过几个人,常贵廷、李玉其、李林勃,希望他们能帮他独当一面，不像现在谈业务是他，带施工是他，验收还是他，离了他就不行，也导致顾此失彼，太操心。其实这正是现代企业制度里董事长和总经理的架构，两个职位各有侧重，互相配合。好的企业都会有一对配合默契、优势互补的领导，当然，一个单位里本来就是该一把手最强，综合素质最高，出力最大。爹说：兵熊熊一个，将熊熊一窝。

工程完工后从工地撤离的时候，爹带我去见世面。记得当时吃完晚饭后开夜车返回，我们都在油田施工员开的小饭店里吃饭，爹带我和司机在雅间，吃的炒菜。那次是我人生中第一次喝啤酒，感觉苦中带辣，不好喝。几个工人在门厅吃饭，一人就一碗面条，我觉得他们都吃不饱，爹和他们都不大高兴。

爹也不是一无所获，他从工地带回了一条黄毛小公狗，是捡来的。这条狗成了家里的宝贝，既懂事，又仁义，以至于到现在我们还时常念叨它。我在家的时候，早晨一开屋门，我们还没起床，它就进来舔你的脸，十分亲热。这条狗的一大优点是从来不偷吃家里东西。夏天傍晚都是在院子里吃饭，先摆上饭桌，桌上放上干粮、稀饭，它就自动在旁边守着，不许鸡、小驴等靠近，人不给它它不吃。大人到地里干活，它也跟着。有一次收谷子，因为它是在大港野地里长大的，会到处跑，到晌午没见到它，人就回家吃饭了，它一直没回家，下午再到地里的时候，发现它还在收的谷堆旁边蹲着看护东西。家里要是来了生人，它汪汪大叫，扑到人家脚面上不叫人动，看上去很凶，其实不下口咬人，家里人出来，它就不叫了。家里来了亲戚，它不知怎么知道是亲戚，从来不叫。大姨从包头过来，它可亲了，大姨每天到村东头探望生病的姑姑，它每天送到大坑沿，下午快回来的时候，它又到那里蹲着等。它好像靠看人家穿着，穿的破旧就叫得凶。邻居鹿行穿的较破，经常来家里，来一次叫一次，还不能从家里拿东西走，拿走东西它就嗷嗷地叫。村里很多狗乱吃东西，比如吃死老鼠被药死了，它从不吃死物，会自己逮野物，蚂蚱什么的，所以它寿命比较长。从来到我家，养了六七年。后来有一天，一个邻居到家里借小拉车，不知道怎么回事，从来不下口的黄狗上去咬了一口，家里人生气地训斥了它，第二天，它就不见了。是它知道咬人不对逃跑了，还是被人害了，不知道。从此我们再没见过它。

村里最厉害的人是村支书，都叫他赵丑子。他当支书几十年，从我记事就是，一直当到他死。那时候都是推荐上大学，1975年，推荐的是大队长的闺女，她年龄大，说第二年再推荐支书的闺女，结果第二年开始要考大学了，他闺女就没上得了大学，当了农民。大队长闺女毕业后又回村当了老师，教地理。1980年，我考上了大营中学，是大营镇周围六个乡的小学考试选拔出来的，但是学校新建，房子没盖好，到九月份还开不了学，家里就让我先到村里的初中上着。记得有一次地理课，就是她当老师，课本上有一个提问：站在北极，前后左右的方向是什么？站在南极，前后左右的方向是什么？一个学生回答：站在北极，如果他朝北的话，前面是北，后面是南，左边是西，右边是东……老师说答得对。当时我就感觉不对，只是不敢站起来说。赵丑子当支书当得绝大部分村民骂他，别人还干不了。但是上级都说他好。村小学校长是我舅舅家表弟，就说他好，请客吃饭从来没让他掏过钱。出殡是农村的大事，谁家看热闹的越多，说明他人缘越好。支书爹出殡的时候，大街上空空荡荡，连个小孩都没有。

个体户

八十年代，农村已经普遍进行了改革，我们村因集体条件较好，1986年才分田到户。队里集体的财产比如树、牛、大车等等都号了价，要的户家多了就抓阄，我家要了承包地西边的两行杨树。在这种影响下，再加上爹跟村支书的关系没搞好，支书眼红爹的提成，指望能分给他一部分暗股，爹不同意，他就把营业执照收走了。1987年，爹就不干了，集体的玻璃钢厂也散掉了。爹从此进入个体单干的新阶段。

1987年开始，爹买卖山羊皮有一年多，跑山西、内蒙古收购羊皮，回来再到大营市场上卖。爹跟村里五六个人搭伙干，有李玉其、常贵廷、常贵新、代文后，后来还加入了赵连种。爹爱说的一句话就是"别坑人"，无论什么生意，都坚持不坑人，所以也获得了好口碑，村子里的人都抢着跟他搭伙。爹说，做事先站在对方的角度看看，看能不能交代过去，能交代过去就差不多，自己都交代不过去，就不能给对方。

他们每人身上带一万块钱，到赤峰、右玉、阳原、集宁、张北、隆化这一带，收山羊皮、羊褥子、破皮袄，回来卖给清河县，清河是全国羊绒集散地，再深加工，绞毛，弹羊绒。到一个地方，找个小旅社住下来，从当地的贩子手里收，一般不面对散户，真有个人来卖，贩子还会打架揍他们，只能先卖给贩子们，贩子们再卖给他们。这一带民风彪悍，经常能在街上看到打架流血的。

收满一卡车，就雇车送回来，用喷雾器加湿，为的是增加分量。快的时候一星期一趟，慢的时候两星期一趟，一趟一个人能赚几百块钱。为确保货物安全，人都随车走，在车厢里支上杠子，人挤在里头。有一次车过牤牛坝，进饭店吃饭。屋里有几个人在吃饭，爹一看这几个人就感觉不对。吃了不一会儿，这三个小伙子出去，爹使个眼色，几个人也赶紧出去，发现车上的绳子已经被割开了，有一个都爬上了车，他们一哄而上，把那三个人赶跑了。

有一次返程，雇车的司机拉上了一个姓王的做伴，他知道这一带不太平。这天傍晚，车走到隆化北里大约十公里，过来一辆摩托车，故意堵在车前头，不紧不慢地开，前面有一个公安局检查站，被挡住了，四五个警察在喝酒，醉醺醺的，敞着怀，帽子歪着。先要营业执照，随身带着有，又要检疫证，也有。有一个年轻点的，一把抢过去，进屋继续喝酒。司机一看没办法，喊老王过来，老王脱下大衣，一把抓住小年轻的脖领子，大喝一声：拿回来。其他几个警察看热闹，知道老王跟他们局长都认识，说了声："回来带筐柿子来。"老王抢回证件，一车人扬长而去。

回来就到集上卖，皮毛买卖不兴说话，都是伸手在袖子里摸，比如伸一个手指头代表多少，所以，皮毛集市静悄悄的。

爹倒山羊皮也就一年多，开始还挣钱，后来好多人看着挣钱也出去跑，结果搞得收皮的价格越来越高，而卖的价格越来越低，不挣钱了。爹的最后一批货没舍得卖，想放放，结果都给沤糟了，当垃圾处理了，赔了钱。

挣钱最顺利的一回是一年夏天，爹去了山东青州。青州屠宰厂的熟人无意中说起一句话，"要细毛材料莱阳有"，爹听了如获至宝，立即坐车赶到莱阳土畜产品公司，人家正好处理一批貂皮下脚料，开始没敢多买，多了也带不了，就买了两三百斤，装了五口袋。先坐夜车到济南，天还不亮，爹带着东西在汽车站外边等，这时过来两个年轻人，跟爹要钱，爹不给他；又一个骑车子的过来，伸手就到爹身上摸，突然说了声"还有弹簧刀哩"，几个人没说话都走了。其实爹身上没带刀，不知是摸到了腰带扣还是缠在腰里装钱的长条袋子系的疙瘩。到了早晨，他一个人来回挪动着五个大口袋进了车站，售票口挤得人山人海，怎么去买票？爹见售票厅里有一个老头，看上去比较和善，就找到他，希望他能给看着点东西，老头儿对我爹说："你信任我吗？"爹说："信任。"等买票回来，那人确实在等着他，爹很感动，给他根烟都不要。就这样先到德州，再转到大营的车，爹不敢到汽车站再卸货，到了那里，找拉脚的都是专业的，漫天要价你都没办法，爹提前在路上就下来了，在路边等了一会儿，开过来一个拖拉机，跟对方商量好价钱把货送回了家。回来正赶上行市，立马就卖掉，挣了一万多块钱。爹说："卖金的碰不着买金的。"市场就是跑出来的。

农村家里一般都养些家禽牲口，我家里鸡、猪、狗就没断过。我记得早晨的第一件事就是开鸡窝，晚上堵鸡窝。养鸡很重要，把鸡蛋卖给供销社，才给你煤油票、火柴票。还养过驴、骡子，养殖的辛苦是得顿顿喂，一顿也不能落。我的左眼还被小骡子踢破过，上公社卫生所缝了三针。当时是在它后边想拾起地下什么东西，结果被踢在了眼眶上，差点儿没把眼睛踢瞎。

娘说现在的女人多幸福，坐月子有好几个人伺候，她那时候坐月子，不光要给自个儿家里做饭，还喂着三头猪。娘这一辈子，没老里受罪，也没老里享福。年轻的时候没受累，开始当了七年老师，后来在三队当指导员，1978年当了大队妇女主任，主要就是搞计划生育。一到农村搞分地就累了，正规叫法是家庭联产承包责任制。爹老跑外，她一个人种十多亩地,背着几十斤的药桶打药,晚上深更半夜浇地、锄地等等,都累死人,只能咬着牙坚持下来。

农村的孩子闲不着。春天,树叶一萌发,下午放了学,就到村边树林子、草地里逮老么虫,主要有两种,一种黑色的甲虫,个头较小;一种是金色的甲虫,个头大,装到瓶子里回来喂鸡。夏天活儿最多,主要是拔草,放学了就拿上镰刀、背着筐到庄稼地里砍草,暑假就拉上两轮车子,割来的草主要是喂猪,剩下的攒到秋天卖给队里算工分。猪特别能吃草,晚上睡觉都听到它们在吃。秋天,就是搂树叶、拾柴火。农村的孩子冬天最快乐,基本没什么农活,可以到坑里溜冰打闹。农民遵循的是日出而作,日落而息。天一亮就开始忙活,中午也不能休息,得出去拔草。那时候家里也没有钟表,看胡同里太阳照到墙上阴影的位置估摸时间,我记得是到第十三块砖的时候就该上学去了。我能认出二十多种杂草,荠菜、苦菜、荻子、茅草、节节草、蒲公英、蔓子草、蒺藜、苍耳、猪耳朵、狗尾巴、马齿苋、酸枝儿、牵牛花、灰灰菜等等。拔草当然不会一股脑啥都拔,蒺藜、苍耳不会拔,挑猪喜欢吃的,比如蔓子草、猪耳朵、狗尾巴、马齿苋、灰灰菜。

农村长大的经历使我明白了一个道理,就是我们不可能一鸣惊人,一夜之间亩产三十六万斤的神话是不可能的,我们需要的是像庄稼一样日夜不停地生长。哪怕一年就是做一个馒头,也要做得能吃;哪怕一年什么都不干,起码不给社会浪费钱。像种子就会发芽、生根、破土、开花、结果，这一切都是自然而然的。农民只管春天播下种子，给它一个生长的环境，给它浇水、施肥，至于是否能够收获，只能等到秋天，急不得，即使因为天灾没有收获，也不要怨天尤人。

八十年代以前的农村，真是一种自给自足的生态经济，回想起来生活十分"环保"，吃的是自产的粮食和蔬菜，喝的是地下的井水，穿的是自产棉花纺织的粗布，自己缝的鞋子，烧火用的是庄稼秸秆和秋天掉落的树叶，耕地是自己养的牛马驴骡，喂猪是人洗碗后的泔水、人的大便和地里的青草，几乎没有废物，一切都在自然的循环之中。早晨醒来，往往是大门外的叫喊，是来各家各户收尿上地的，大便都让猪和狗抢着吃了，家家都有粪坑，扫地的落叶垃圾都进了粪坑，积攒满了起出来，交给队里可以算工分，各家还有任务。家家还有窨子，有两三米深，口小但是底下肚子大，蹬着木头梯子下去，盛放萝卜、地瓜、白菜等过冬的蔬菜；家家有咸菜缸，腌上一年吃的水萝卜、胡萝卜、地瓜，要说需要从外面买的东西，也就是洋油、洋火、咸盐、药片等少量东西。

1989年，还是周总帮忙，爹在胜利油田纯梁采油指挥部又揽到一个项目。油田井下作业需要盐酸、硫酸，所以需要建设一座配液站，其中有十二座五十方卧式酸罐，爹承揽了其中的四座，十六万四千元的合同。

酸罐设计的是聚氯乙烯做内层，聚氯乙烯板材怎么做成弧形，再焊接成为圆形罐体，爹没有做过，实际上也是硬着头皮干。开始就遇到了难题，聚氯乙烯板厚达两公分，怎么把它做成圆形？试验各种办法，最后把油桶劈开弄成铁板，铺上砂子，底下烧火把砂子烧热，把塑料板加热变软，窝在模具上做成圆形。焊接塑料也是现摸索，好歹做起来了。

把酸罐制作完成后，吊到现场五米高的两行高架墙支座上，结果一上水试验，所有的罐都发生了渗漏。爹赶紧找人过来修补。一开始的办法是用玻璃丝细布蘸料以后把内层贴补一遍，一时还买不到细布，当时我刚分到油田集输公司油库工作，宋队长帮忙给找了一些细布，我骑车三十公里送到工地，一试水还是漏。爹又想到可能是塑料板焊接不好，有裂缝，就跑到济南聘请了市塑料二厂焊接塑料的工人来，把塑料焊缝重新补焊了一遍，第二天太阳一晒，塑料板又裂开了，一试还是漏水。而且在一次次试水中，爹发现罐体的变形越来越大，漏水也一次比一次厉害，整体结构都发生了破坏，后来都不敢再上水试了。

不光是爹做的罐漏水，其他两家的罐也漏，武城的罐可能是两半截接起来的，中间都有明显下垂。就这样拖来拖去，都没办法了。本来还能挣几万的项目，最后没赔没赚，用爹的话来说就是"落了个囫囵尸首"。我也去看过几次，觉得主要是设计出了问题：玻璃钢材料的优点是耐腐蚀，缺点是强度低、韧性差，罐体直接担在砖石结构的墙体上，刚性且不平的支撑就很可能破坏罐体，如果罐体底部多一些支撑，甚至整体托起来，就不会出现这种局面。爹说设计上用聚氯乙烯内衬也不行，它跟玻璃钢热膨胀度不一样，白天一晒就裂缝不断。

这座酸库最后也投不起来，采油厂纪委都过问了这个项目，周总说，这几家单位都是老合作单位了，最后不了了之。

爹正儿八经当老板，算是从开蜂窝煤厂开始，有生产设备，有工人。

他说，当不了孙子，当不了老板。大学教授就当不了老板。当老板是一种综合素质，既要会管理，又要懂经营，会技术，能吃苦，能伸能屈，八面玲珑，真不是一般人干的。当了老板，你就别想轻松，一天二十四小时绷着弦，随时准备应对出现突发状况。娘说爹有疑心病，疑神疑鬼的，这都是他当老板的后遗症，听到的假话、上过的当太多了。爹认为世界上坏人多好人少，我则认为其实坏人和好人都少，或者说一样多。

爹回忆说：1986年，家里共五口人，三个儿子，大儿子（就是我）已升入大学，二儿子上高中，三儿子上初中，正是用钱的时候，光靠农业和阶段性的皮毛生意也不好维持正常开支。三个儿子都在外求学，找工作，接着就是结婚、用房，困难渐渐来了。爹经过再三考虑，还得找个有收入的行业，考虑原来的玻璃钢行业虽然已经成熟，但必须经常外出，因为那时农村通信条件差，没有电话，更别提手机了，施工也经常在外，加上自己年龄越来越大，已经不适合外出了。

搞蜂窝煤是爹的第三次成功。一开始，大营附近没有蜂窝煤厂，有个别家里用简单工具手工脱，大部分都是自己做煤球或者煤饼，煤打成面，再和上土，摊成一块块煤饼晾干。爹到处琢磨项目，上北京中国科学院找过项目，人家说你不行，高科技搞不了，北京开科技成果展览，你去看看。德州汽车站西边有个招待所，有人卖河南蜂窝煤机零件，爹出门注意观察，早就知道这个事，当时觉得到厂家买能便宜点，结果也没省钱，一样，厂子在乡里，离县城还有好几十里地，厂家用三马子拉着去的，钻了一个十来里地长的山洞。爹现在回想起来都后怕，身上带着上万现金，怕被害了。

1989年，爹一个人到河南省巩县（现巩义市）买下一台蜂窝煤机，柴油机做动力，花了八千八百元，又花八百元雇车拉回来，在家对面我家的宅基地上装好，还有一台粉碎机。一间敞篷做车间，一间小屋做休息室，蜂窝煤厂就开业了。开始只雇了常贵新打工，白天干活，晚上看场地。

头一两年，生意不好，因为没经验，质量不合格、不稳定，市场一时打不开。蜂窝煤是新生事物，开始人们不认，娘还埋怨挣得还不够常贵新的工钱。这倒符合爹常说的"三年不挣钱"，做生意头三年肯定不挣钱，也不要想挣钱，亏钱也要坚持，创业就要提前做好三年不挣钱的准备。如果能够熬过去，就有可能挣钱；熬不过去，前期的投入就算白交学费了。后来大家逐渐认识到蜂窝煤的好处，好烧、省煤、还省事、方便卫生，生意逐渐好了起来。最好的是1990年，刚进冬天，突然下了一场大雪，公路结冰，外地的煤一时拉不进来，我家提前存的煤就成了宝贝。蜂窝煤机白天晚上连轴转都供不应求，人们争先恐后往娘手里塞钱，好提前排上队。轮到了，不用我们动手，自己就到机器的传送带上搬，根本不等晾干，就紧俏到这种程度。

为进一步扩大销路，爹组织了小车队，就是驴马拉车，往大营镇上皮毛门市、住户送货上门，多的时候有十来辆车专职送货。送货采取提成制，每块蜂窝煤提多少钱，我大大爷也是车队的一员。他不辞辛苦，这家不要找下家，总会找到一家要的。因图的利润较小，薄利多销，质量也很稳定，每天必须生产七八吨煤才能保证供应。1992年左右，爹就安装了电话，对生意也起到了作用。

我家开厂子还经常受到各种骚扰，个别工商、税务、质检、标准，让买宣传画、订报纸杂志等等。有一天，又来了一个技术监督局的，让交什么费。爹说我不打算干了，要是过年再干的话，就到局里交去。那人连声说：别去，别去。

到了1998年，娘经常要到城里给我和二弟看孩子，爹一个人在家，既要干活，又要自己做饭，实在忙不过来。再说，我1990年从西南石油学院毕业后分配到胜利油田；老二1992年从衡水商业学校中专毕业后，先分配在县物资局上班，爹向往政府机关，不愿意让孩子在门市部站柜台，又托人把他调进了文教局；老三从国防科技大学物理专业毕业，分配到了石家庄装甲兵指挥学院当老师。这时候，老二常宝在县文教局工作，女儿已经两岁，我的女儿1997年出生，都需要有人照看，娘经常来帮忙看孩子。爹一个人在家很孤单，他也五十多岁了，就想离开农村，到枣强安家养老。娘也干蜂窝煤干烦了，说人家下雨都往家跑，我们下雨赶紧往外跑，得把晾在外面的蜂窝煤苫上。

爹就把蜂窝煤机卖掉，把家搬到枣强县城里。

到2000年左右，蜂窝煤取暖模式在老家也逐渐被淘汰了，被大砟子替代，因为生活水平进一步提高，原来的小煤炉换成了土暖气，用大炉子了。

我喜欢刨根问底，一直想知道蜂窝煤是谁发明的。老天不负有心人，无意中在旧书摊上买到一本《山东文史集锦·科技卷》，里面有一篇文章"蜂窝煤的发明者郭文德"，我才知道蜂窝煤竟然是德州人发明的，我爹还跑到河南去买机器。郭文德解放前在北京经营布庄，因生意萧条，到1949年冬季停业，他就想寻找新的生活出路。那时北京老百姓做饭取暖都是烧手工加工的煤球，晚上用碎煤球末加水调和后将炉火封住，再用铁筷子在中间扎一小孔，这样可使炉火一夜不灭。有一天晚上他半夜醒来，看见炉眼中冒出旺盛的火苗，这一现象使他受到启发：一个煤孔的火苗就这样旺盛，如果把煤泥制成有十几个孔冒火的大煤球，火力岂不更旺？炉火又是千家万户都离不了的,非常有市场。从此,他投入到茶饭无心、反复考虑的研究之中。1950年,他回到德州继续研究试制加工工具、研究煤球配方,终于试制出了样品,产品受到市场欢迎。开始名字也不固定,有的说煤球像藕节,叫它"藕节炭";有人说它像蜂窝,叫"蜂窝煤";也有叫"经济煤球"的。1950年10月,他成立了"郭文德家庭工业社",后来公私合营,他成为德州市燃料公司的干部。

2013年,我又遇到一位北京的杨总,跟几内亚总统什么的都熟,意在开拓非洲市场。他说手头要准备几个项目,有长线的、短线的,长线是打通两国之间的原油贸易通道,把几内亚的石油卖给山东地炼,还要准备一个项目,能短期内见效,找的就是蜂窝煤项目,把蜂窝煤技术出口到几内亚。

爹刚开始做蜂窝煤的时候,活不多,效益不好,他想开发个新产品,就做起了烟囱。

玻璃钢烟囱是父亲的发明。农村烧煤取暖,晚上需要封炉子,让煤缓慢燃烧,很容易产生一氧化碳造成中毒,农村称"煤熏"。父亲很注意安全,点炉子必装烟囱。烟囱常见的是用白铁皮卷制,刚装上很漂亮,锃亮,一年后就被烟气腐蚀生锈,变得千疮百孔、锈迹斑斑,寿命一般不超过一两年。父亲做过玻璃钢,想到用这材质。传统的无机玻璃钢用氯化镁、玻璃丝布,但是太怕潮,一潮就软,不够结实。爹在外面见过人们用水玻璃和上水泥堵漏，就想起用水玻璃，主要原材料是水玻璃、云母、氯化镁、玻璃丝布。制作设备就是根木棒，削制成锥形做模具，手工操作。加工工艺是：水玻璃，掺上云母，将玻璃丝布浸入，然后缠到木棒上；脱模。

云母耐热，便宜，适合做填料。爹怎么想到云母的呢？1985年的时候，他给油田做油罐防腐，想开发新项目，就到海军后勤研究所，他们有油罐防腐涂料的技术。爹住到研究所招待所，同屋还住了一个人，河北涉县的，父亲问他来干啥，说是卖云母的，父亲恍然大悟，原来，他们的涂料里有云母。

玻璃钢烟囱的特点是越烧越硬，缺点是不美观，遇湿就软化变形。用硫酸处理后能提高硬度，却变得疙瘩不平，虽然寿命延长，但不够美观，产品不受欢迎。做了没几年，总共卖了大约两千来根，一根三块钱，烟囱销路不好，而蜂窝煤市场很好，就顾不上做它了。

做洗衣粉，是爹一生遭受过的第三次失败，也是最大的一次，使他遭受了一生中最大的屈辱。

2000年前后，北京有一批这样的骗子公司，在报纸电视上宣传各种致富技术和信息。我劝过爹，不要相信这种所谓机器，洗衣粉主要靠销售。爹迷信生产设备，不想光倒买倒卖。他买的"洗衣粉机"其实没什么技术含量，就是个搅拌机和电加热器，没用多长时间，就不用了，手工生产起来。

爹曾把这一段屈辱的经历详细地记下来。

在枣强、东营断断续续看了两年孩子，两个孙女都上了幼儿园，他又闲下来了。爹是个待不住的人，又萌生了做点生意的想法。从报纸上得到一条消息，卖洗衣粉设备和技术的单位，是北京一个赤龙科技发展公司，看上去还可以，就花一万二买了回来。

买回后，在库房里加工，很快就生产出来，在外面租了门市，还在枣强电视台做了宣传广告，但一时也打不开市场，很是萧条。可各种费用还是得拿的，不管你有无收入，工商、质检、计量、物价，即使你买的新秤也得检查，还有罚款，因为他在枣强没有后台，生意真难维持。

当年7月18号，晚饭后有人敲门，进来几个警察，问谁是生产洗衣粉的，爹忙回答是自己；又问你在哪里生产，快把门打开。爹拿钥匙去开门，十来个警察涌进屋里，其中一个人下令把设备和原料全部拉走，爹问，你们为什么拉我的东西。不管怎么说也不顶用，全家人也阻止不了。他们回答，我们只管拉，有什么事找我们所长说去，还让爹一块跟车走。爹要回屋拿营业执照和北京的相关证明，他们不让，把所有成品、设备、半成品装上车后，让他跟车走。由于天气热，爹在家没穿上衣，本打算上楼穿上衣，警察也不许，推着他上了汽车。

到了枣强镇派出所，车停下来，就往下卸东西，卸到一半，去了一个高个子说，剩下的别卸了，让他拉回去。爹要把拉来的东西点个数，他们答应下来。点完货，一个所长模样的人催着把车开走,爹上前询问抢货的原因,对方不理睬。爹说你们这样抢货,对我生意和名誉不利,你就是不抢货,我人也不跑。那个领导说,你跑得了吗?

最后爹只好跟着车回来,司机还向他要了二十五元运费。

回来后,爹一夜不能入睡。生产洗衣粉、购买设备时,他一并购买了技术与商标使用权,签订有合同,一开始就在工商局工商所注册领取了营业执照,没有仿冒任何厂家的包装和设备产品。如今不让说话、不查验任何手续,就强行拉走财物,让他难以承受。但他和家人还是抱有怕官的心理,找到两个当民警的老乡调解,还是要罚款三千元,后经多次说合,罚款五百。后来他又找到了枣强县纪委信访科,一个年轻姑娘要立案,科长不让立,就拖了下来。

罚款五百元,爹不能接受,东西又转到了技术监督局,结果罚款更多,一万元、五千元、三千元,后经县纪委调解,监督局让到一千元。爹借款付了六百元,给开了一张白条暂收单,可东西还是一直不给。爹也向他们问过,自己究竟犯了国家哪些法律,给的答复是:一、包装袋没有生产厂家名称;二、没向技术监督局报检;三、没有技术认证证书。爹说,我在北京赤龙科技发展公司购买技术和设备的时候,包括两千个成品袋,一直没有用完;包装箱一开始就用上了枣强县西环日用化工厂的厂名;还带有北京的检测报告,名称是中国轻工总会化妆洗涤用品质量监督检测北京站,有单位公章。他很不理解,为什么执法部门对一个刚成立的幼稚企业，不是指导扶持，引导它走向正规，总是以罚款进入个人腰包了呢？

各种调解不管用，爹找到了石家庄陆军指挥学院，三弟常青在学院教书，找领导把情况如实汇报了一下，领导找了懂法律的白教授共同商议和分析，然后学院批准委托武主任、袁政委、白教授三人来枣强县调解。县里由县长和国税局局长接待，了解情况后，马上叫城关派出所把东西拉了回来，还答应把六百块钱也要回来，但这笔钱也一直没给。爹说：我一个受过毛泽东思想教育的老年人，心里应该怎样去想呢？

玻璃钢大花盆是二弟常宝先干的，他在文教局工作，刘局长想开发三产，让常宝带上他侄子两人一块搞起来，做玻璃钢垃圾桶、花盆等，主要卖给学校，其实是一半卖，一半强压。没几年，学校就不干了。

公家不干了以后，爹跟二弟开始合伙干，登广告，做网站，买了3721中文域名。2003年他从天津拿到的项目，就是人家从网上搜索到，打来电话成功的。港商在天津开发的新世纪花园小区四周围墙和门口喷泉需要一百多套玻璃钢花钵，根据用户要求，爹在试制过程中发挥聪明才智，买来各种颜色的砂子和树脂做试验，最后找到了合适的材料配比，做出来红中透黄，黄里带红，用户很满意。2009年，赶上建国六十周年大庆，胜利油田胜大园林所属胜利花卉公司给胜利广场、油城广场做绿化，要了几十个大花盆，爹连夜送货好几趟,有十几万的业务量,达到了一个小高峰,但第二年就一落千丈,一个也没要的。

经过这次,爹感受到了市场经济的威力,赶上一个好行市,闭着眼都挣钱;过去了,累死也挣不到钱。我跟爹说了我的观点:谨慎创业,创业十有八九都要失败,据说欧美国家中小企业平均寿命不到七年,中国中小企业更短,只有两年半。

从2000年开始,这份营生断断续续干了八九年,大概挣了有十来万块钱,后来父子两个合伙人之间因为生产销售等方面的意见不统一,矛盾也越来越大,玻璃钢花盆也逐渐被防腐木、水泥、陶瓷等花盆取代,市场越来越差,就不做了。

做洗衣粉创业失败后,爹还开始养兔子,养了两年多,没挣上钱,赚了个忙乎。

喂兔子以青草为主,饲料为辅。爹天天起早贪黑出去拔草。兔子最喜欢吃的是一种水草,连根都能吃下,但是不好拔,根很大;再就是苦菜,只有春天的好吃。最多的时候,爹养了百十只,得天天出去拔草,等拔草回来,兔子乱往身上爬,争先恐后抢草吃。即使主要靠拔草,不算工夫钱,养兔子也很难挣钱,甚至都不够冬天的饲料钱。

我女儿回老家,看见兔子喜欢得不得了,非得带一只回家,养在阳台上笼子里,结果都是我每天喂,天天打扫粪便,还是弄得阳台上臭不可闻,还舍不得亲手杀了吃,父亲从东营回家的时候，又给带回去了。

娘的好朋友赵竹敏也养了好多年兔子。六几年赵竹敏在村里很红，是积极分子，后来县机械厂招工，她成了非农业，不知怎么又被人顶掉了，改革开放后在县城里摆摊卖衣裳，后来在仿古街开店卖家具，挣了钱，盖了两座楼。她的副业是上访，诉求是希望恢复非农业办理退休，理由就是当年让人顶了，但时过境迁二三十年，没人能解决。她就从县里告到北京，成了县里控制的重点人物，时不时地就得给点救济。她的主业是养兔子，用自己的楼房养了不知道有多少兔子，经常连买饲料钱都没有，到娘这里借钱。娘开始还借给她点，后来就不借了，她其实不困难，把楼租出去就行，偏偏养兔子。

我问爹，那人家养兔子靠什么挣钱？

爹说就是靠补贴，大型养殖场国家都有补贴。再就是靠贷款，咱小区就有，找个外地人顶名贷款搞养殖，圈了一块地，贷了几百万，养了几只羊，最后还不上，钱也不知道上哪儿去了，就是为了赚国家贷款。

房子是农民的第一要务，对于有三个男孩的爹来说，盖房在他的一生中占据了重要位置。

爹在鹿家屯盖过四处房子，都是平房。他分家时分到的房子是爷爷盖的，这是常家的老地方，刚解放的时候，爷爷、老爷爷都住在这里，北房三间正房，两边各一个耳屋，房子主体是土坯，只有墙基、墙角、门脸是砖，后面挂砖，其余是石灰抹面，耳屋又窄又矮，主要存放柴草杂物，这是当时典型的民居结构。爷爷家住东边一间，大大爷家住西边一间，二大爷家住西厢房，爹娘住东厢房。他们闯关东挣钱回来，把老房翻盖，又在西边胡同盖了两处房子，1967年，三兄弟分家抓阄，爹抓到了老地方的房子，爷爷和两个大爷住西边新盖的。爹娘还分到一个大瓮，用铁丝箍着，铁锅、风箱、案板，没分到钱，从此独立成家立业。

爹娘都有一个特点，不借钱，有钱多花，没钱少花，手里有十块钱花两块。粉碎"四人帮"以后，人们的收入开始有所提高，记得大概1978年左右，我家年底从生产队分了八十块钱，这在村里算是高收入了。当时我听了，心里一阵发凉，知道邻居刚给儿子盖了一处房子，花了一千二百块钱，人家会刻戳的手艺。按我家的收入来算，要盖起一处房子需要十五年，那时我就二十多岁了，何况还有两个弟弟。结果到了1980年，我爹干玻璃钢挣了些钱，就打算盖房。这时候不兴耳屋了，四间正房，扁砖到顶。这套房子大概花了三千多块钱，自己烧的红砖，质量不大好，但是木料好，大梁、檩条都是好松木，石灰锤的房顶。那时候没工钱，都是亲戚邻居熟人帮忙，管两顿饭，晌午、晚上，有烟有酒。

我们小时候睡的是土炕，跟正屋的灶火连通，烟气通过土炕后走烟囱排出，起到加热取暖的作用。盘炕也是一门手艺，手艺不好，从灶膛烧出的烟气会倒出来呛人。盘炕的材料是土坯，用坯垒出曲里拐弯的炕洞。我爹会盘炕，他盘的炕好烧。从这套房子开始睡木床,我家在村里第一家用木床,导致多家效仿。但是几年后,晾晒床褥子时发现褥子都是湿的,原来平房的保暖效果很差,煤炉散发的热量有限,冬季屋里温度很低,身上的潮气正好凝结在床板和褥子上。农村睡木床并不合适。

爹盖的第二套房子是在1984年,这次是买的砖,不再自己烧。一块砖三分钱,盖四间平房大概要用三万块砖,加上院墙、大门就得四万块,总共大概花了五千块钱。

第三套房子原来是爷爷住的地方,三个儿子给凑钱、凑东西、凑人力盖起来的。爹给了两个大爷一人一千五百元,就算买下来了,让爷爷去住我家的第二套房子,这样我家就跟早先的宅基地连起来成了八间。

为建蜂窝煤厂,爹把老宅子跟人换了地方,人家给爹两千块钱,老家给人家留下门楼、墙头,老房子拆回来,盖了一间房子、两间敞篷。

1988年,爹做的一件事,差点儿让他和娘离婚。

一天,爹回来给娘说:"小举家答应了,房子换了。"原来他把我家盖的第一套房子跟我家前面这一处房子换了,还是平换。那家是一二十年的老房子,墙面是挂砖,房顶的檩条、椽子本来就很差,也都快朽了,漏雨不说,人都不敢上去踩,怕房顶塌下去,他家早就想拆掉翻盖了。我家是刚盖没几年的新房,论位置,我家的房子两边临街,位置更好。让我说,两边房价至少能差四五千块钱。爹是为了能有场地做他承揽的玻璃钢罐，也可能是考虑小举跟着他干过活。娘一听就急眼了，想让小举家再添两千块钱，我爹不干。娘气得大吵一顿，回娘家弟弟那里住了几个月，她说要不是不想让孩子回来没娘，早就自杀了，实在咽不下这口气。

我也觉得不平等，这是爹在家里的一贯作风，独断专行，不跟娘商量。他们还算是不错的婚姻，日子比较富裕，孩子也争气，但是谈不上爱情，我没看到过爹娘之间有什么示爱的表情，也没听见过甜蜜的话语，只见过他们打架、吵架的场面。我现在还记得娘在南屋小厨房一边抽泣一边拉风箱，灶火映红脸庞的画面。

爹有时候大方得不行，有时又很小气。贵廷哥就说："三叔不够大方，搞玻璃钢的时候我管预算、结算、跑腿联系什么的。给施工员啊、头头儿啊请客送礼，不像别的队伍到位，安徽的、河南的送好礼，人家配合得就好，好干活儿，少给挑毛病。"还有一次雇车拉货走到岳庄，拐弯时不小心轧了两棵庄稼，老百姓不干了，截住车让赔十块钱。那时候的十块钱相当于我一个月生活费，数目确实不小，车主给了他。但是我爹不干，非要老百姓给打条，盖上大队的公章，说他要到大队报销。两边僵持下来，人越聚越多，最后村干部劝说那人，还是退还了十块钱。爹说岳庄离咱村子就几里地，不能叫他讹了，大队能给他盖章才怪了。

爹做事能吃苦，敢于冒一定的风险，喜欢创新；而娘温和善良，胆小谨慎，比较保守，向往的是安稳的生活。这也是父母经常吵架的一个原因。两个人磕磕绊绊一辈子，过得并不幸福，好在娘性格柔软大度，为孩子坚持了下来。我对爹左一套右一套地盖房不以为然，我和老三都从小学习好，不会留在家里，老二也努力学习，不想留在家里，盖房有什么用？而爹的观念是我给你们盖了房，就算完成了任务。

多次组织盖房，爹也成了盖房的行家，亲戚、邻居盖房他都是参谋，估算买多少砖、材料是他的强项。大大爷家盖新房，那块地方本来是二队的牲口圈，分田到户以后就卖了，爹给出主意买了下来，一溜盖八大间。爹算好了买多少砖，最后只剩下了几十块，正好垒个鸡窝。李玉其家盖门楼，一群人七手八脚地忙乎，他一眼看出问题，把门楼的碱脚砌得跟围墙一般高了。碱脚是农村房子隔离基础跟上部的重要部分，用芦苇、麦秸做的，起到防止盐碱上蹿、抗震的作用。

1997年，爹在枣强西关商品楼买下一套单元房，跟老二隔壁，六十四平方，花了三万三千块钱。但是这个小区名声很差，被人称为"危楼"，共有四排五层楼房，我家在最北边一排，据说建筑质量越往南越差。开始住的两年还集体烧锅炉供暖，但有多家不交暖气费，后来就烧不成了，只能自己家烧煤炉取暖。由于楼的名声太差，小区管理也不好，冬天没有暖气，自己烧煤取暖，娘都差点儿煤气中毒。2008年，爹就花十三万块钱买了康城小区一套单元楼，九十平米。

爹还在楼北边买下一块地方，有三百多平米，花了八千块钱，主要用作放玻璃钢花钵的场地。有一年我回老家，看到枣树上的鸟窝竟然是鸟用玻璃纤维絮的，玻璃纤维扎到人皮肤上都发痒变红，真不知道鸟妈妈能把它一点点叼来做窝。2015年，爹把这块地方卖了十八万，挣了钱。

2019年，爹又把老家剩下的一处房子重新翻盖了。我的意见是不要在鹿家屯留房了，卖掉散伙，但爹不愿意断掉跟鹿家屯的关系，也是为了他们和我们去世以后停灵。他自己掏钱重新盖了，还是四间平房，买了两万多块砖，这时候砖已经涨到五毛五一块，工钱两万八，原来房顶是大梁、檩条、椽子，铺上苇席、麦草，现在是预制板，再加上水泥、砂子、门窗等等，花了七万多。这大概是他这辈子最后一次盖房了。

2005年，老二在县文教局负责推进学校后勤社会化投资工作，因为随着社会经济的发展，大营的皮毛很红火，家长越来越忙，难以天天接送孩子，初中以上孩子希望住宿。这工作一开始推进不动，老二就率先投入，给新屯中学投资建设食堂、宿舍，购买食堂设备，馒头机、烤箱、锅炉，宿舍装空调，投入了十几万，请了专业大师傅，让爹娘过去帮忙，主要是负责食堂采购、卖饭票，把控这些关键环节，监督大师傅，伺候二百多学生吃喝住，还有学校老师，工作十分繁琐细碎。爹在这里倒是认真负责，事必躬亲，一天从早忙到晚。到开饭的时候，几百学生涌过来，本来就忙得不行，校长又要请客让食堂给做几个菜，还得现出去买原料，大师傅做好了爹再给送去。校长岁数跟我弟差不多大，六十岁的老头子给三十多的年轻人端盘子送碗。有一次，爹给校长送菜，进去看到桌上还有我家老二，是以文教局的身份过来检查工作。爹给儿子端盘子，可把他给气坏了，回去就摔了碗。

爹烦透了这项差事，整天说"一万一万地出，一毛一毛地进"，嫌赚钱慢，牢骚满腹，一个劲说活不到过年。干了不到半年，老二一看实在不行，就把食堂转让了。

从2010年，爹还当了三年清洁工，就在自己住的康城小区，每月六百元，从垃圾桶里捡垃圾卖废品，也能得一百多块。爹爱干净，勤快，一天扫两次，把小区院子打扫得干干净净，得到了居民的好评。由于小区干净，在枣强赢得了口碑，小区房子都好卖了。

人群中有好人，也总有几个孬种。小区里就有这么一个，说起来还是远房亲戚。老婆退休了，脑血栓瘫痪在床，老头伺候屎尿，经常故意把装屎尿的塑料袋子从楼上扔到楼下来，上门说不管用，气得爹不轻。爹一生气不扫他扔的垃圾了，一楼道的人都去说他，才有所收敛。

一开始，垃圾桶的和爹扫的垃圾，是每天早上拉到小区大门外的路边上，等垃圾车来拉，后来改成垃圾车到小区里拉，爹得自己把垃圾桶推到垃圾车旁边。他嫌垃圾车停得太远,一个小青年坐在车里,一个老头子使劲推垃圾桶,他受不了,一气之下不干了。

老二评价爹,说他能吃苦,勤俭,缺点是坚持不下来,光换行业。爹说,不换行吗?都是实在没法继续干了。

以后这几年,爹相对清闲自由,帮着老二接送孩子,到河边开了一块地种菜,一忙一上午,种上地瓜、花生、芝麻、豆角、萝卜、白菜,再到索泸河里钓鱼。反正他放下箅子就是扫帚,总也闲不住。

从2021年5月20日开始,爹又干起了清洁工,打扫家东边不远处一百三十米长的一段街道,一个月挣一千四百零八块钱。

每天早晨五点半到六点半,一个小时;上午八点到十一点,三个小时;下午一点半到六点半,五个小时,一天共九个小时,实际上真正干活的时间大概三个小时,扫一遍就个把小时,活并不累,但是扫完了也不能走,就是下雨也不能离开。街道两边都是树荫,晒不着,爹说:"苦不算苦,一辈子受多少累啊,这不算什么。"街上有很多聊天的,很热闹,爹就爱瞎啰啰,还经常碰到熟人,见了面就哈哈一阵,都知道他其实生活不算困难,三个儿子都有业、有房、有车。我的女儿常嘉意2021年被英国莱斯特大学博物馆专业录取,出国上博士了;老二的女儿晓璇从南开大学法学研究生毕业后被天津市北辰区检察院录用,戴上了他所崇拜的"大盖帽",更有底气了。

爹说他还不是清洁工里岁数最大的,这条街上还有一个,七十八岁了。全县环卫系统有八百多人,都是老弱病残,只有一个三十多岁的,男的少,百分之七十是妇女,还看见一个人只有一只手。

这个活全年无休,一天都不能耽误。爹说过年我娘就虚岁八十了,他干清洁工,家里什么事都帮不了,他打算干到年底,就算正式退休了。

尾声

如今的鹿家屯已经大变样,原来的庄稼地盖成了房子,二层、三层的楼房横七竖八,一个缺乏规划的小镇模样。其中最好的还数二大爷家常贵军盖的,占地五亩,三层楼房,楼上是从易县买的大理石栏杆,围墙都贴了瓷砖,我女儿见了直呼"故宫"。鹿家屯的皮毛产业搞得较好,不像好多没有什么产业只依靠传统农业的村子,年轻人都出去打工,只剩下老年人。老二前几年被派到西粮党村带队扶贫,2020年还被评为全县唯一的省级先进工作队,他说那个村子再过十五年就没什么人了,老的死了,年轻的都进城了。

爹娘蜗居在县城,爹的国家养老金一个月一百零九块;娘曾经当过七年老师,还有教师补贴,一个月一百七十五块;村里有两亩半地,租给威县的种,每年给一千三百块钱；再就是我每年给六千块，老二每年三千块，老三两千块，这都是自愿给的，爹的意思是我不找你们要赡养费，愿意给是你们的事。这样算下来，他俩维持个基本生活没问题。现在看病还能报销一部分，2020年4月，娘做心脏支架手术，总共花了七万五，我们弟兄仨每人掏了一万二，国家报销了大概一半，爹娘很知福，娘常说，再饿不死了。

爹总结说：他这一辈比上一辈强，我们比他这一辈又强，没有大富大贵，但也温饱无忧。但他对自己的一生并不满意，吃了一辈子苦，受了一辈子气，到老是农民，没有保障。爹娘都后悔没找个正式工作，导致现在没有退休费，本来当年是有机会的，主要是家里长辈都没有这个意识，没人指点。二大爷也是初中毕业，开始在村里小学当代课老师，后来转成了正式教师。

爹没什么文化，更没受过什么经营管理方面的培训，上几辈也是农民，做小买卖，没有什么家庭熏陶，就是凭着自己的感觉，为养家糊口，东一榔头、西一棒槌地搞，缺乏"择一事，终一生"的匠心精神，忙碌一生，辛苦一生，自己不满意的一生。

爹说我家人的性格不适合做生意、当老板，性格倔强，不愿意低头弯腰求人，适合做工程师、当老师，责任心强，能尽量完成安排的工作任务。他做一辈子生意，烦透了，所以他希望后代哪怕少挣钱，也要在公家门里，不受气。他给我们说，人家在那里坐着，你在一边站着，赔着笑脸，你不递烟还好点,一递烟,他烦了,抬手把你轰出去。他最佩服的是"大盖帽",比如军人、公检法,还有一大优点,就是从来不限制我们买书。

赶上改革开放的机会,爹率先成了万元户,但他没有抓住城镇化的机会,只是被动地城镇化,孩子都进了城,他也没法在农村待下去了。当时不要说在城市发展,就是到大营镇,早买下一片地方,现在也值了钱,但是他把钱投在了鹿家屯,先后盖了四处房子,最后都用不上。

娘说,咱家不亏。我和老二属于中国最幸运的那一代人,生于1962年到1972年,出生就不再挨饿,上学不要钱,上大学都不要学费,我还有每月十九块钱的甲等助学金,毕业包分配,赶上了福利分房。到老三上学的时候,虽然大学开始收费,但他上的是军校,连生活费都不要,还有津贴。

娘对爹的评价是"能做活,就是脾气不好"。爹勤劳本分,能吃苦,好琢磨,缺点是目光不够长远,对教育重视不够。我初中毕业的时候,他想让我考中专,但我从小的目标就是上大学,还是上了高中。老三初中毕业的时候听爹的话,报考了邢台农业机械化学校,考上后,老二和娘劝他别去上中专,继续上高中,爹很生气,半年没理他俩。

我爹属鸡,老二说爹就像一只鸡,鸡不存财,虽然不停地刨,但是存不下东西。爹并不认同,我觉得,一个农民,没多少文化,没有背景,靠自己赤手空拳在社会上打拼,对上孝顺父母,对亲戚朋友能帮则帮,没坑过人,没借过钱;

对下三个孩子两个上了大学，一个中专，都有稳定工作；在老家一座平房，县城一套单元房，七十六岁了还能自立，还要他怎么样呢？

2019年，在全国矿浆管道技术与装备研讨会上，我认识了清华大学韩文亮教授。他是矿浆管道专业的专家，跟我爹是同龄人，比我爹大个把月，也生长在农村，安徽省砀山县，也是1958年上的初中，到六〇年也是实在上不下去了。他幸运的是邻村的姐夫跑到内蒙古，每月能给他三块钱，于是坚持下来，千辛万苦上完高中，考上了清华大学，逐渐成为国家级专家学者。

读韩教授的回忆录，我的眼前不断交织着两个身影，一个在国家级学术讲堂上做报告，一个在县城街道上打扫马路。他们谁更成功？

在我的眼里，他们都一样。

叶落归根

绿 茶

这是一组回乡偶记,记录我眼中的迟暮乡村。

2012年的春天,我和小弟各自开着一辆车送父母离开武汉,回到老家天门黄家口村。这是他们的叶落归根,迄今已有十年。

这十年间,每逢节假日我都会回去待几天,小长假两三天,春节六七天,时间最长的是2020年的疫情期间,近四十天。一次次回来,又一次次离开,我与故乡渐行渐远。

父母的生计

2021年春节在家,说起家里闲置的麻将桌,母亲说父亲跟她商量过了,打算就留两个,其余的都卖掉。或者是送一个给小舅舅,因为他们家还没有麻将桌。

现在来家里打麻将的人越来越少了,有的时候有一桌,有的时候一桌都没有。

"好多人家都自己买了麻将桌,就不会来这里打了。"母亲说。

"开牌桌也是个麻烦事,三缺一还要找人,找不到人你爸爸就顶上去打牌,有的时候也输。"

"有些人牌德不好,算钱的时候一个这样说一个那样扯,红脸还算好的,有几次差点打起来。"

……

这些麻将桌,是父母回乡后置的第一批家当。

十年前送他们从武汉回老家,下车第一眼看到的,是老屋因闲置多年而荒凉空阔,墙角蛛网挂着尘絮,门前杂草丛生。邻居过来打招呼,父亲拿出烟来给大家抽。

那天是小弟留下来帮着收拾整理,我因有事匆匆赶回武汉。他们是怎么安顿下来的,我不太清楚了。次日,我跟他们联系,当时父亲还没有手机,我只能给邻居家幺爷①打电话,请她喊他们过来。她告诉我,你爸爸妈妈不在家,去街上买麻将桌去了。

回去后买两张麻将桌开个麻将室。这是父亲在路上给我讲过的计划,没想到他第二天就着手去做了。

当时一张电动麻将桌一千二,来打牌的一张桌子收十块

---

① 在天门方言中,"幺爷"是对与父母同辈但年纪偏小的女性的称谓。

钱，每个人给几毛钱的点心，再除去电费，赚不了几块钱，但总归是一个可以做的事情。

至少家里很热闹。母亲说。

确实是热闹，有一年春节，有一桌麻将上的人打通宵。他们在厅里推牌，摸到烂牌后的骂骂咧咧，和了大牌后的惊惊乍乍，吵得我睡不着，非常烦闷。第二天，我对母亲说，太吵了，以后不要接这种通宵牌。

母亲说，我们是做这个的，人家要来打，你能够把人往外推？你推一次，人家就再也不会到你这儿来打了。

也有道理。

先是两张麻将桌，后来又添置新的，十年时间，家里就有了四张麻将桌，另外还有一张打纸牌的桌子。每次打牌到中途，母亲给来打牌的人送去点心，一小袋饼干，或者是一个卤鸡蛋。现在，一桌麻将的份子钱是二十块。

来我家打牌的都是玩点小牌的老人，中饭后开始，到四点结束，算是消磨时间。但凡年轻、牌瘾大的，都到镇上的棋牌室去打牌，那里可以打一整天，中午提供盒饭，光一个人的份子钱就是三十块。当然，那边的牌打得也大，一场下来好几百的输赢。

打牌的人走后，父亲收拾麻将桌，母亲扫地，然后去做晚饭，这一天也差不多就结束了。

我从来没有问过他们在这一项上的收入是多少，我对麻将兴趣不大，每年回家过春节时会和家里人打几圈，准备五六百作为学费，钱输完，任弟弟们怎么拉我，我也不为所动，哪怕他们说打牌可以预防老年痴呆。麻将对我是可有可无的消遣，对父母则是他们年老之时的一项生计。

父母回乡即上街去买麻将桌的那一天，是他们乡村生活的回归，也是他们老年生活的重新出发。现在，麻将桌越来越多的时间被闲置，我和弟弟们都说，没人来打也好，落一个清静。母亲还是有几分失落的。

现在，她终于决定把多余的两张麻将桌给处理了。

父母回老家后，我每次回去，除了自己家，也会去邻居家串一下门。

这个原本不大的村子，因为很多人都搬到新村去了，现在只有四户人家长住，分别位于这个村的东南西北四个方位。我家在最南边，与村东、村西的两家隔得比较近，是可以隔着窗户说话的。村北的那家就远一些，从我家后窗看过去，中间隔着我家当年的老屋拆除后我的大叔叔开出的菜地，以及一排别人家搬离后没有拆除但门窗洞开屋顶坍塌的老房子，正好可以看到他家那幢三层的白色楼房。他家的儿子在县城买了房子，老母亲住在楼房边的老房子里，他们夫妻俩常年在外打工，只在过年的时候回来一下。

这个村，是典型的空心村。

和村西一家的关系一直都还不错，和村东一家，一开始也是很好的，近几年关系有微妙的改变。

我之前回家都带上小狗嘟嘟，这家女主人也养了一只小狗，我便会带着嘟嘟去她家串串门，和她聊聊天。她是个能干人，把自家门前的菜园打点得极好，人也健谈。一儿一女都已成家，一个在武汉一个在外省，丈夫在武汉打短工，她常年一个人在家。

我每次带着嘟嘟，而她家的狗每年都不一样。一开始我以为是她的狗长大变样了，后来发现是另外一只狗。我问她，原来的那只呢。

她说，被人偷走了。然后讲狗是怎么被偷的故事。

再后来听说其实是有人在乡下收狗，她把狗卖了，一只狗两百块钱。原来如此，她是把狗当猪养的。再回家，我就不太好带着嘟嘟去她家了，免得尴尬。但有的时候隔着窗户看到了，也会打个招呼。

我发现她家好像跟村里人几乎都不怎么往来，包括我家。之前她从我家门前走，会和我母亲打招呼、聊天，近两三年发现她很少从我家门前走了，偶有路过，也是目不斜视。我觉得有点奇怪，问母亲是怎么回事。母亲说，还不是为了那个渡船的事，她想来占一股，其余的人不让。后来她找了另外一个人，那个人先是同意了，说是两个人合成一股，也上船拉了几天，但总是别别扭扭的，后来就没有再拉了。这中间有人传话，她就误会了，生你爸爸的气，说是你爸爸在中间撮得她家拉不成渡船，现在都不和我们来往了。

我家门前的渡口，是一个和我们村一样古老的存在。黄家口村在河北岸，水之阳，故有渡口的经营权，而对岸白船湾的村民虽然也多姓黄，也曾争过渡口的权益，但终不获。这个在天门河上编号009的渡口，以前是手划的木头船，现在是用钢缆牵引的铁船，每次过渡的人付摆渡的人一块钱。积土成堤，拉船摆渡也是村里人人都想争得的权利。一个三四十户的大村，谁更有资格来拉船，这后面有复杂的背景和渊源，几经变迁，目前是四户人家轮流拉船，我们家是其中一户。

一年三百六十五天，一户人家拉九十天，一年下来，大概有一万五左右的收入，父亲说这相当于二十亩地的纯利润。这样一笔相当不错的收入，自然大家会眼红。但是，已经拉上渡船的人结成了坚实的同盟，轻易不会让与他人。

村东那家的丈夫年近六旬，不想再外出打工，回家种地之余能够拉渡船是最好的，为此她也是想方设法。先是上了船，后来又下了船，自然心生怨气。

对于拉渡船这件事，我父亲非常笃定，他说从他记事起，自己的爷爷奶奶就是划渡船的人。而且他在武汉有十年舍弃了拉渡船的权利，现在回乡，自然不能再放弃。而且，这件事还可以和其他事一起说道的。父亲说，我跟村里的村长书记都当面讲过，只要我活着一天我就要拉这个渡船一天。要我不拉渡船也可以，村里给我一块宅基地。我两个儿子，只有一块宅基地，这村里多少人家连自己孙子的宅基地都弄好了。

父亲所说的是另外层面的事实。当父母还在武汉的时候，村里受惠于路路通惠民工程，铺了一条南北走向的路，连接乡级公路与我家门口的那条河堤，村里在路边建了村办公室和村医务室。

不久，有人在相邻的地块上打地基建楼房，有了第一家，随后就有第二家第三家，大家闻风而动，在路的东西两侧依次建起了两排外表一模一样的三层楼房，被称之为新村。他们原来的老宅也不拆除，有的堆放杂物，有的就空着任风雨侵蚀，像我家后面的那排房子一样。

村民抢占新宅基地的事发生在父母返乡之前，等他们回来时，那块地已经被占完，有几家房子没有盖起来的，象征性地打了地基，给自己圈了一块地，然后在里面种上了菜，或者任它荒着。这些人中，有人是已经在县城买了房的，也有人是给人家当了上门女婿。

我小叔叔曾经想回来建房子，也曾经有人说五万块钱可以转让自己空着的宅基地，但最后都不了了之。有一户人家在新村建了新楼之后，想把之前他在另一处也是占地修的一幢两层楼房转卖给我家，我大弟说了一句：我是怕他没有钱花吗？

渡船和宅基地都是利益之争，父亲没有赶上宅基地这一波，但是拿到了拉渡船的机会，他当然会一直坚守。只要我拉得动，我就会拉下去。他说。

因为，这是他的生计。

2021年中秋节回家，我在渡船上陪父亲聊天。他说，海政的人让拉渡船的人去考一个证，但是，四个拉渡船的当家男人都过了规定年龄，只有一个人的妻子年轻一点，还符合年龄，于是去考了证，拿到了五千块钱的补助，相当于半年拉船的收入。

父亲说，想过让你的小弟弟去考这个证，但是他人在外地不方便，只能算了。

后来我跟我小弟弟讲了此事，他倒是有兴趣，说先去打听一下，如果还有机会考就去考一个证，总归是有用的。

我每次回家，会帮着拉船，换父亲上岸来吃饭，或者是他要去田里做事。

拉船是个力气活，用手中的长铁钩钩住钢缆，用力拖行，带动钢缆，船就沿着钢缆，伴着那霍霍霍的轰隆声，往对岸缓缓而去。

在船上会遇到不同的人，于我都是陌生人，但于我父亲，他们都是熟人，他们会递烟，会有简短的交谈，一船之上，四村八乡的人事交汇，光是听他们闲聊，也是极有趣的。

有偶尔路过此地的外地人，或早年离乡再归来的人，他们除了好奇心激起的询问之外，更多的就是静默，看着这船下的河水，以及两岸的村庄，若有白色的大鸟飞过，便给这眼前的风景增添几分灵动了。

父亲返乡后,第一件事是收回了原来给我叔叔婶婶种的地,不多,分散在两三处的地加在一起不足五亩,作为口粮田足够。

种地的辛苦自是不必多说,好在这是父亲所熟悉、擅长和热爱的。在他回乡的第一年,我给他买了一辆带拖斗的电动三轮车,父亲就开着这车在家里和田里往来、忙碌。我和弟弟回家过年,临走的时候都会在后备厢里放一袋米,这一年就基本上不用再买米了。

疫情期间,因为镇上的轧米厂停工,家里当时人口多,就买了两袋米,一百斤。这是十年来家里唯一一次买米。那米价是两块四毛五一斤,父亲就给我算了一下账:通常谷是一块二毛五一斤收购,一百斤谷可以出六十斤米,再扣除人工费、运输成本,做粮食加工的企业,大概一千斤谷可以赚一百元钱。

这是从稻谷到稻米的一本账。

而从种子到稻谷的那本账是另外的算法,也听父亲大概讲了一下。现在种地,如果不能大面积机械化作业,像他们这样小打小闹种三五亩地,不算人力成本,刨除种子农药化肥,一亩田的收成在三五百元之间。如果遇到旱涝,或者是虫害,打理得不好,可能连本钱都收不回来。

他讲了一起拉渡船的一户人家,人懒,凡事不用心,也舍不得出力,这样的人种田也是种不好的。他家有一块三亩多的好水田,因为不会管理,稗子长得老深,到收割季节,人家开收割机的来看了说，你这田没有收割的价值，打的谷还抵不到我收割的工钱。

父亲说，稗子这东西长得特别长，叶子容易得纹枯病，梗子又不倒，这病又传给稻子，正是水稻开花的时候发了这种病，最后收的谷就是瘪的。

那人有一天心血来潮，又想把稻田挖成池塘养虾，结果虾没养好，地也废了，丢了大几千在里面。

父亲说，种田也有技术，要下功夫的，育种、灌溉、打药、施肥，哪一样都要看准时间不能耽误，像他那样种田，简直就是开玩笑。

种了一辈子地的父亲感叹，现在的人是越来越懒了。他告诉我，现在都是一季早稻，一季麦子。不像以前，早稻收了再抢着种晚稻，而且现在水稻种植也和以前不一样，杂交水稻不能自己育种，只能买稻种。而且在种植方法上，现在是撒播法，省了以前的育秧、拔秧、插秧三个既繁琐又累人的环节。收割时也机械化了，租的联合收割机开进地里，一两个小时的工夫，几亩地的稻子收完，稻谷从抽斗里倒出来直接装袋，除了留着自家用，其余的可以直接卖给来收粮的商人。哪像从前，又是收割，扎捆，挑回家，打谷，晒场，扬谷，装袋，再拖到粮食收购站去卖。

他说的每一个环节我都曾亲眼所见，其中的辛苦自然深知。现在种田不像以前那样累了。他说，我要是还年轻一点，我也可以种几十亩地。

不过，这只能是一个梦想了。村里那些因主人外出打工而闲置的地，早被四家大户拢在手里，父亲只能种这几亩口粮田。

另外，他见缝插针地开了两块菜地。

他们回乡后先是把厨房边上的空地开成一块菜地，但太小，后来又在河边开了一小块地，都是巴掌大小，再后来，他就在公墓的空隙间也开了一块菜地，略大一些，分散的三小块菜地加在一起不足三分，但也足以供给日常。

我想父亲更享受的是那份播种收获的过程，以及我们回家后对他的菜地的欣赏和赞美。我和弟弟弟媳回家时，都喜欢到菜地里摘菜，累累的茄子黄瓜西红柿带来一种丰收感，冬天打过霜的大白菜很甜，萝卜土豆洋葱之类的带回去可以管十天半月，而且自家菜园里的菜，有着超市货架上的菜没有的新鲜与滋味。

每年春节刚过，父亲就用他不知从哪里收集来的塑料布，在厨房边的小菜地里搭一个小小的温室，温室里育着各种蔬菜种子。我们回家时也会把自己觉得好的种子带回去，有一次我带回一袋塌棵菜的种子，父亲把它种在公墓边的菜地里，长出来的菜有脸盆大小，令人叹为观止。

有一年，父亲从邻居那里弄了几株秋葵苗种下。那秋葵长得极茁壮，结了很多果实，可是他们不知道秋葵是要趁果实极嫩时吃才好的，而且也不喜欢那黏滑的口感，就给拔了。中秋节我回家，看到园子边上干枯的秋葵苗很惊讶，问母亲是怎么回事。母亲说,不好吃,咬不动。

我就笑了,告诉她秋葵的吃法,以及在武汉超市里的价格:有的时候十多块钱一斤呢。

但是,父亲说再不种这个东西了,不搞这些新鲜名堂。

豆角和萝卜就是最好的,它们丰收后,母亲会把它们做成干菜,过完年我们离开时,母亲会把这些干菜给我们一个人分一点。那是可以吃一年的。

中秋节回老家,离家之前,我和母亲将爬在杂物间屋顶上的蛾眉豆、豆架上的长豆角都摘了,满满一笤箕。大弟喜欢用嫩的蛾眉豆做泡菜,我就把嫩的都拣出来给他,老的我留着。我喜欢吃嫩的南瓜叶,母亲便带我去邻村一户亲戚家里掐了两大把南瓜尖子,亲戚让我们再摘两个嫩南瓜,便也不客气地摘了两个回家。

最让我开心的是,父亲还在门前河坡上种了一株可食用葫芦,在我走之前,母亲摘了三个葫芦给我。它们平时隐藏在瓜叶间不被看到,所以摘的时候更有一种寻宝的感觉——我在河堤上,母亲在瓜叶间,我们笑着呼应着,将那隐身的葫芦摘下。

此前经年,我有在菜场超市里看到葫芦,但从来没买过,自然也没吃过,此次才发现它是被自己错过的良物,可清炒,可煮汤,口感绵软,其味虽淡,但有冲和之气。外形也是可爱的,于是有了要亲自种一架葫芦的愿望。

母亲还摘回一把红薯的茎叶,将之择净清炒也很好味,但因所带的菜已够多，就没有再去采摘。还有竹叶菜也是。母亲说，我们吃不了，你们能带的都带走。

我带回的这些菜送了一些给朋友之后，余下的我吃了近十天。

父亲回乡的当月，在我家门前的河堤上种上了树，是速生杨，长得极快。记得五一我们回家时，树巅都是绿的，到年底，那片树林已长到三五米高。

父亲说，这个树五年左右就成材了，到时候有人来收。

五年长成的树能做什么？我很疑惑。材质肯定不怎么样吧。

是的，那个树不结实。父亲说，一般是用来做纤维板，有的也用来造纸。

十年间，门口的树卖了两茬，每次卖三千多块钱，也算是一笔可观的收入。这些树只要种下就可以了，都不需要管理。父亲说，要是早回来几年，我肯定会在窑那边去种树的。

那块地原本无主，后来我叔叔在那里种上了树，听母亲说，这几年他光是卖树就卖了万把块钱。

有门口这块坡地种树就可以了。我说，夏天有荫，冬天挡风。

现在农村一般都是种速生杨，像原来那种材质极好的榆树、杨树、杉树，现在少有人种，因为生长太慢了。村庄周围的那些树,这么多年了,似乎一直都是旧模样。这些树轻易不会砍,因为砍了,想在空出的地上再种树是不可能的。而未来的农村土地会怎么盘,大家都不知道。

其实在农村,种树更大的功能是起地界作用。一个村子的形成,房子之外,最重要的就是树了。每一棵树都是有历史的,上辈的人在哪块地种下的树,他的后人是怎样分这些地以及这些树,是每个家族的财产传承。有一天我陪父亲沿村子边的小路到地里去看他种的油菜,他指着路边不远处的几棵高大的杉树说,那是你爹爹(指爷爷)当年种的树,我们分家时分给了你大叔叔家,你大叔叔在做屋的时候,用这几棵树和我们房头的二爹家的一小块进行了置换。

这种置换有没有文字记录呢?我问。

父亲说,有的有,有的就没有。所以到后来,总是有些扯不清楚的。

经过村边一个地块时,父亲说,今年春天有个人在这里种了三棵树,村里的另一个人来说这个地方是他们家的,两家为此还打了架,打得头破血流的。

树是沉默的。也因为这些树的存在,村庄才更像一个村庄。新村那边是没有树的,那里只有排列整齐的楼房,让人感觉光秃秃的,有些荒凉。有几户在门口种了花草,但跟树比起来,花草只是聊胜于无的装饰。真正的村落是需要大树环绕的,树间阳光熹微,炊烟袅袅,是我记忆里乡村的美好。

2020年的春天,因疫情在家滞留,正是可以种树的时候,父亲却没有动静。我问父亲,您今年怎么不种树呢?

父亲说上次之所以砍树,是上面要求的,说要做河坡的硬化工程,坡上不让种树了。

所谓硬化工程,就是将河堤用石头水泥进行固化,这是一项投资极为庞大的工程,而且对于河流的生态系统有影响。我说,这件事没有那么简单的,我估计一两年都不会有进展。您只管种上树再说。

父亲说,再看看。

这一看就是一年。

2021年的春天,父亲终于在门口的河坡重新种上了速生杨,现已亭亭。

2021年端午节回家看父母,吃饭时父亲很开心地说了一句,今年打螺蛳卖了四千多块钱。以前父亲很少提及,这次却主动说起,他很自豪。

母亲在一边说,这相当于几亩地的收成,不要种子、化肥,就是要有力气,要花工夫。

一个多月前的五一小长假回来时,我就看父亲在打螺蛳了。他每天午休后骑着电动车出门,沿着河堤去往他固定的几个捕捞点。到黄昏时分,再开着电动车回来,车斗里堆着螺蛳。他从杂物间拿出编织袋来,让我们帮忙撑着袋口,他用铁锹把那些螺蛳铲到袋子里,扎好口,次日清晨拖到镇上去卖。有专门的商家集中收购这些螺蛳，或者是清洗之后送到餐馆做菜，或者是批发给渔场的人当作鱼饲料。

他每天打大几十斤螺蛳，有几十到一百左右的收入。对于一个七十多岁的农村老人，一天能有这样的收入，他是很满足的。

身为渔民，父亲最了解门前这条河，他认识这河里的每一种鱼，熟悉这里的每一个河段，河岸的坡度与河水的深度，它的弯曲与洄流，知道哪个河段里有最大最好的鱼。

作为渔民，打的鱼自然都是拿到镇上去卖掉，换回的钱一点一点地攒着，做房子，供我们读书。八十年代初，我读初中时，我们家里买了一台电视机，是村里的第一台电视机。现在想来，买电视机的钱有一半来自这条河。

唯有过年过节，家里来客，自己儿女出生的特别日子里，这些鱼才是自家吃的。我们姐弟仨的出生，都有着与鱼有关的记忆，那是在我和父亲的聊天中，不经意间提起。

那天，不知道怎么的，说到我的生日，父亲说，你出生的时候下蛮大的雪。

我的阳历生日在三月中，感觉上已经是春暖花开。我好奇地问当时下了多大的雪？

父亲在腿上比画了一下，没过了脚踝，在我们这里确实算是不小的雪了，难怪他记得这么清晰。河里当时都结了冰，刚好一队那边有人开了河，我拿着网去打了一网鱼上来给你妈妈发奶。父亲说。

说到我大弟的出生,当时是腊月,恰逢外婆所在的村子干鱼塘,外公就提了好多筷子长的鲫鱼到我们家来,给我的母亲吃。

小弟是九月出生的,父亲说他在十几里地外村里的那片大田灌溉抗旱,村里人带信过去,他就拿着自己随身携带的网去附近河里打了好多鱼回来。

在我的成长记忆里,自然也有与捕鱼相关的细节。

上大学之前暑假在家,我会帮父亲理卡钩和牛屎钩。卡钩是竹签弯成的细小的弓,将其折叠,弓尖重合处套上芦苇秆剪成的小圈圈,在圈里塞一粒泡胀的麦粒即可。相比卡钩的干净利落,牛屎钩则腥臭许多,只不过,不同的饵针对的是不同的鱼。牛屎钩的钩和指头大小的陶粒配套,把收集处理过的软硬适度的牛屎捏到陶粒上,把钩按到里面,捏一捏,外面裹点谷子即可。那些捏好的卡钩或牛屎钩,一一串连在长长的网纲上。

把一个一个的饵钩捏好,整理好,整齐地排在脚边的大木盆里,到黄昏时分,父亲和爷爷就去河边,借着月光,一个人划船,一个人下钩,把它们下到几里长的河段上,第二天清早上再划着船去收,总有收获。

现在,爷爷早已作古,父亲已经老去,河里的鱼也越来越少,父亲还奔波在河边,一点一点地打捞生活,用那张从爷爷手上传下来的网。

我回家时,常看到父亲把网晾在楼上的架子上,戴上老花眼镜细细补缀。这次回家过年，看到冰箱底部有一罐暗红色的东西，父亲说是他找人要来的猪血，准备用来血渔网的。用猪血血过的渔网会更牢固，猪血的腥味也让渔网在河水里起到一定的诱捕作用。

父亲也曾想让我的弟弟们学会撒网打鱼，但两个弟弟更喜欢钓鱼。对此，父亲大概是有几分失落。作为这条河上的最后一代渔民，他见证过这条河最丰饶美丽的时刻，也见证了它的败坏与落寞，现在，鱼越来越少，有些鱼已经绝迹。主要原因是污染，其次是电网捕捞。

螺蛳这种东西，以前的父亲是绝对看不上眼的，打到网里只会嫌弃，会将其一一抖落回河中。现在，打螺蛳反而成了比打鱼更有保障的经济来源。打螺蛳是有季节的，三月螺蛳四月蚌，天气一热就打不到螺蛳了。要是以前，到了夏天，河里有很多河蚌。当年我每逢暑假闲极无聊，会拿着一个木桶到河边，卷起裤脚，蹚水去摸蚌，一会儿就可以摸一小桶拎回家，家里晚饭时一盘咸菜炒蚌肉。

可惜的是，因为污染，曾经可以直接饮用，看过去水清沙幼、游鱼如织的河已变了模样，很多我小时候见过的蚌类已然消失。有的河段出产天门有名的特产义河蚶，消失了。可以用来养珍珠的叫铁虎口的河蚌，很少了。

父亲说，在合丰店河段曾出产一种贝壳极厚的贝，叫牛膝坨，当年我爷爷常在那里捕捞然后卖给收贝的人，早就绝迹。我尤其难忘的是一种颜色极为美丽的扇形彩贝，贝壳上有着或黄或绿的条状花纹，内壁光滑闪着荧光，再也没有看到过。

螺蛳大概是这条河里最顽强的生物，如果有一天，连螺蛳也灭绝了，这条河就真的完了。

父亲说，这几年经过治理，河里的生态比前些年要好了一些，水产局春天会往河里放流鱼苗，河里的鱼也多了起来，只是鱼的种类单一，多为白鲢，有些已经消失的品种大概再也见不到了。

喜欢在河边钓鱼的大弟，2021年一放中秋假就喜孜孜地开车回家，我搭顺风车回去，在路上他就说晚上要去夜钓。其实，与水质有关，河里的鱼不好吃，有的时候顶着烈日钓的鱼，会送给邻居，他只是爱钓鱼这件事。

可等他一到家，父亲告诉他，钓个鬼。河里的鱼全死了。河边全是死鱼，臭得很。

这是两天前发生的事情，那天上午，父亲还和村里的同辈人搭档，一人划船一人撒网，打了不少鱼。到下午，突然一股散发着臭味的水流过来，河里的鱼都翻了白。是上游某处排放污水，而且是有毒的。如果是一般的生活污水不至于如此。据说在上游某河段附近有制药厂、塑料厂，一再整改，责令搬迁等，但是，后来究竟如何，谁知道。

失望至极的大弟在懊恼之余，打了天门的12345，接电话的小姑娘很不耐烦地接听，两个人差点吵起来。后来我拿过电话，跟她好好说，让她只负责记录和转达，总算是将这件事反映了，她说十五个工作日内有回复。等我们回到武汉，大概一周后，大弟的手机上收到一条短信，他转发给我看，大意是，当天卢市镇河段的涵闸泵站因为抗旱而全部关闭，无水源进入天门河，死鱼主要是上游漂流而来，本镇将此情况向上级主管部门和上游单位汇报，加强巡查，杜绝此类事情发生。感谢对生态环境关心。并附上了本镇河段湖长的电话。

第二天我拉渡船时，果然看到岸边漂着很多死鱼，以鲫鱼为多，有手掌大小，白花花的，散发着腥臭，令人掩鼻。好在听父亲说，这次死的主要是鲫鱼，好像白鲢之类的鱼种适应性强一些。它们逃得过下一次吗？

我看着船下缓缓流过的河水，遥想当年，河水清澈，两岸人饮水、洗作，皆来自于此。我也曾挑着木桶来此汲水，最爱端着母亲漉过饭的筲箕来河边洗刷，先摸一两个河蚌，砸碎放到箕中，将箕按到水底，静静站立，不一会就有虾来啄自己的脚丫和腿。过一会儿端起筲箕，里面便有小鱼跳跃，手指长短，柳叶般扁平。我端详片刻，再将箕浸到水中，看它们四散逃逸，是为至乐。炎夏，河边也是好去处，大人小孩嬉戏，能游过河的便是勇者。

现在，这百米多宽的河，我是可以横渡了，但仍没勇气下到河里，也许，来年夏天，可以一试。

回到从前是不可能了，至少这河水可以再清澈一点。

每年春节刚过，母亲就找出那只古老的木甄，铺上稻草做成孵蛋窝，开始张罗孵小鸡这件事。是用自己家的鸡下的蛋，还是到邻村找人家换蛋，用多少个蛋，让哪只母鸡来孵，都是她计划安排的事。

一旦母鸡开始了抱窝孵蛋，是可以几天不下窝的，那份沉醉忘我令母亲心疼，她会随时观察母鸡，趁它下窝时赶紧给鸡妈妈喂食。

持续二十多天的守候，鸡崽出壳后，更是需要精心照顾，为它们准备清水细米，让父亲在窗下的水泥地围一个网栏供小鸡活动，直到它们翅膀长出粗毛，收起网栏，让母鸡带着它们到河坡上觅食，才算可以放心。活泼泼的鸡崽，让这一年的开始有声有色有盼头。

年年如此。

2020年家里房子翻修，翻修前母亲一再念叨，我的那些鸡怎么办。鸡窝原来是在楼梯底下，鸡们每天都是穿过堂屋回到鸡窝。小弟和母亲商议后，在旧房还没有改动前，就在房子的西侧盖了一间杂物间，杂物间一进门就是鸡舍，一做好就把这些鸡迁进了它们的新居。从此，鸡们有了更大更好的窝，家里也干净了许多，母亲对此甚为满意。

2021年春节过后，母亲就像往年一样，精选鸡蛋，细心照顾抱窝母鸡，中途有的蛋被不慎弄破，又有孵出后因为天冷死了几只，最后这一窝小鸡仅有十三只存活。对此，母亲觉得不太满意，她说，明年就不自己孵了，到街上去买鸡娃来养，三块五一只，省事省力。

但我估计到了来年她还是会自己孵小鸡的，因为她喜欢，喜欢方能生欢喜——

她每天早上第一件事是打开鸡笼放鸡出来，到点给鸡喂食，黄昏时盯着鸡们回笼，还要清点一下个数，毕竟常有黄鼠狼偷鸡的事发生，那是最令母亲痛心的。

过年时，我们每次饭后，她把剩菜剩饭收集起来，拌上谷糠，撒给鸡吃。坚硬的骨头、鱼刺她都收集起来，用刀细细地剁碎，再撒到鸡的食盘里，她说鸡很爱吃。

父亲从菜地里摘回来的菜，撕下外层的菜叶撒在坡上，给鸡啄。红薯、南瓜则要切碎、煮熟后再给鸡吃。

看母亲乐此不疲，我说，您对这些鸡简直比对人都要好。

养鸡喂食之后，捡鸡蛋是母亲每日生活中的乐趣。十来只母鸡，多的时候一天下十只蛋，那鸡蛋粉红新鲜，有的还有余温，蛋壳上似乎还有一层白霜。母亲把它们放在自己床下的纸箱里。来乡下收土鸡蛋的小贩隔三岔五从门口过，还有邻村的人来买鸡蛋去送人的，都是一块五一个。在母亲的生活中，除了待客，鸡蛋不是吃的，而是用来换油盐钱的，无论是我们尚小家境艰难，还是孩子们长大家里相对宽裕的时候。

现在，每次小长假再离家返汉时，母亲就会从床底拿出她最近攒的鸡蛋，用纸盒装好了，让我们带回家吃。土鸡蛋比洋鸡蛋好。她说，免得你们去买。

有时我的表妹堂妹表弟们来看她，离开前，她也会拿出一袋鸡蛋来，说，我又没别的好东西给你们的伢，这些鸡蛋你们拿回去给伢吃。

这些鸡蛋是她表达谢意的最好方式，足以撑起一个每月只有一百块养老金的农村太婆的骄傲和自尊。

我无法计算母亲这一生捡过多少只鸡蛋，吃了多少，卖了多少，送了多少，但是，每一只鸡蛋上都曾经沾有她的手温。而到了最后，鸡是会成为鸡汤的。

2021年五一小长假回家，我和母亲一起看着那些在河坡上觅食的鸡，脚下的几片包菜叶子被它们啄得只剩下筋络，食盆里是拌着谷糠的杂粮。

这些新鸡到九月份十月份就可以开窝下蛋了。母亲对我说，这些老鸡，前年的老母鸡还有两只，都不怎么下蛋了，一只端午节杀了吃，一只中秋节。去年的鸡还有八只，过年的时候杀几只……母亲了解她养的每一只鸡，它们的毛色、习性，它们几时开窝下蛋，产蛋频率，甚至蛋的大小颜色，如数家珍。她用砂吊子炖出的鸡汤，是我在其他任何地方都不曾吃过的美味。

母亲在杀鸡之前会念叨那一句，鸡子鸡子你莫怪，你是生就的一盘菜。

其实，所有母亲养过的鸡中，那些被换成钱的鸡或蛋都被我们忽略了，我们记取的只有那些被吃掉的鸡和蛋。这就像一个关于生存与生活的暗喻。

乡村的迟暮

在父母返乡后这十年间,我每次回老家最大的感受就是,这是老年人的乡村。

我家在村子最前边,又靠近渡口,门口来来往往的都是附近村子里的人,除过年过节还有一些年轻人出现,平时里出没的几乎都是老年人。同村的老人,我记忆里有他们的中年模样,他们从我家门走过,我会跟他们打招呼,他们也会说一句你回来啦,也并无更多的话。我在他们眼中已是外乡人。他们在我眼中是和这村庄这河流一样的存在,他们都老了,脚步是拖在地上走的,迟缓,拖沓。

树老根先枯,人老腿先衰,老态总是先从腿上开始呈现。2015年春天,返乡后的第四年,母亲去四五百米外的邻村一户人家串门聊天,临走前在他家门口的菜园里掐了一把菜薹准备回家,突然发现自己走不动了。父亲给我和弟弟打了电话,我开车赶回家,带她去县医院检查,腰椎间盘突出,椎管狭窄,导致间歇性跛行。

这是老年病,医生说,没有什么好办法。

但还是想办法在镇上私人诊所做了针灸,找偏方做艾熏。幸运的是,母亲现在还能正常行走,只是得格外小心。

2020年冬天,父亲说自己的脚到了冬天都是冷的、木的,感觉不到温度。

我的父母和所有他们的同龄人一样,步履蹒跚,行走在迟暮的乡村。他们的神情样貌各异，但关注点大抵相同，在村头相遇，除了天气，田间的农事、收成，除了自家儿女的消息，四邻八乡的稀奇事，关于自己的，就是衰老、牙痛、腰痛、腿痛、视线模糊……以及死亡的消息，谁家的哪个亲戚最近走了，谁看着不行了。

老，是具有吞噬性的，像黄昏的天色，最终，入了黑夜。而乡村是需要孩童的，像夜空需要星星。

门前也偶有孩童蹦蹦跳跳走过，脚不点地，像燕子一般。那些三五岁的孩子，带着稚气，也带着好奇打量我。我也好奇于他们。每每问父母才知道是谁谁谁家的孙子，他们的眉眼和他们的祖父、父亲如同复印件，只是尺寸与成色有别。

村里上了小学的小孩子一般都不怎么出门，除非是大人差使着、驱赶着才出门。他们都待在家里，家里有电视，有网络，可以看动画片，可以玩游戏。到初中高中，那些孩子更是连自己家的门槛都不迈了。有一天听我的堂弟大声训斥在读高中的儿子：一天到晚守在屋里，人家都不知道我有你这个儿子！

被呵斥的孩子总有一天会离开家，能不回来就不回来了。

那些外出做生意、已在外地落户的，他们的孩子最多就是过年随父母回乡扫墓时在村里出现一下，是过客。通常，他们的父亲在村头停下车，给村里人递烟，打招呼，那车上的少年岿然不动，只听车外的他的父亲在跟人说话——

有几年没回来啊？

前年回来过。

这是你儿子？

是的。

你有几个伢？

两个，这个是小的。

老大呢？

老大有事，不回来。

……

车开走了，这时就有人说，现在呀，有些话就不要随便问。管别人几个伢。他跟这个老婆是二婚，老大是前面老婆生的伢来，哪会愿意跟着这新妈回来。然后，大家抽着刚才递过来的烟，开始讲递烟人的发家史，还有婚姻。

那个开车离开的人大概知道自己将是身后人群中话题的中心，也许会心生波澜，也许毫不在意。车上的那个孩子对这一切无感，他全程拿着手机玩游戏，最多只会在到达墓园后下车，跟随父母走到他毫无印象的爷爷奶奶的墓前，例行公事地磕头。墓碑上爷爷奶奶的名字是陌生的，在左下角落有他的名字，孙辈的他和墓中的人有血缘关系，但是，他和这个村子没有关系，和脚下的土地也没有关系。眼前的一切，都不如他手机中的游戏好玩。

村里的公墓在离村两三里外的河堤边，这里原是一块地，种黄豆、棉花、芝麻之类，后来渐渐成了一块墓地。

它在田野的尽头，曾经劳作于此的人们最后归宿于此，倒也相宜。

平时除了风和飞鸟，没有人会来这里。春节和清明时节是最热闹的，那些常年在外的人带着香烛、纸钱和花来到这里，凭吊逝者，爆炮声起起伏伏。

2020年春天因为疫情隔离在家，有一天，邻家弟弟来邀我大弟出去走走，往公墓那边走，我也无聊，便跟着一起去了。走进墓园，这次我才发现这里栽了不少柏树，中央是一棵金桂。在冬日暖阳下，这里是静谧而安详的。我们几个人在墓园里转悠，几乎把所有人的墓碑都看了一遍。

最古老的一个墓碑上有光绪年间字样，那至少是1908年前去世的人了。

也在我爷爷的墓碑上看到他的生卒年，1926-1996年。如果他还活着，也不过百岁。可他已去世二十多年了。

奶奶的生卒年是1927-1976年，她因肺结核去世时还不到五十岁，那年我刚上小学，我最小的弟弟才出生。至于叔叔家的弟弟妹妹们都对奶奶没什么印象了，所以每次来扫墓，我都感慨良多，大叔叔家的堂弟则笑着作揖，然后求爷爷奶奶保佑他打牌多赢一点。

看到一个碑上写着邻村一位我们三个都认识的妇人的名字，她是1992年去世的，死时才四十多岁。太可惜了，要是活着，现在也不到七十岁。我说，我对她有印象，当年初嫁过来的她，是漂亮的个子高高的爱笑的新媳妇，后来随丈夫到红钢城做早餐生意,生意很好,她却患了胃癌,发现的时候已经是晚期。

"她的名字不好,把福气都还了,自己就没有福了。"大弟说。

又看到了她妯娌的墓碑,去世时也只是五十出头,两个人还是同一个村嫁来的,是一个肤色白净说话声音特别嗲的新媳妇,跟老公总是形影不离,两个人生了五个孩子。也是外出经商,赚了钱后查出肝癌晚期,在孩子都没成年时就去世了。

我的婶婶和她们俩当年是从同一个村子嫁来的,这妯娌俩先后因病离世,给我的婶婶带来了极大的恐慌,她觉得有鬼气,担心自己会不会也得病早走,因而疑神疑鬼,担心受怕了好几年。现在,年近七旬的婶婶对我说,管它的,现在不怕了,反正死也死得了。

路边也有几个没有墓碑的孤坟,有小小的坟包,有的已成平地,这样的坟要么是早夭的孩童、早逝的年轻人,要么是已逝之人无后,或者后人飘零,不再回顾祖茔。村中有一户五保户,住在村子的最中央,没有儿子,女儿远嫁公安又或者是监利,我童年时代只记得她回过娘家一两次,之后再也没见过。那老人很慈祥,模样我还依稀记得,但眼前荒冢不知道哪一个是她的最后归宿。

一边看着墓碑,一边议论着村里远远近近发生的事,一些突如其来的横祸与死亡。邻家弟弟和我大弟虽然年龄比我小,但在村子里待的时间比我长,所以,对这里的人和事知道得多一些。看到墓地上有野草被人烧过留下的焦痕，他们讲到邻村一个去年去世的人，算是奇人，年轻时桀骜不羁，打架远近闻名，成年后稳重收敛了很多，对人总是笑笑脸，养一只大狼狗，训练得很是听话，每出门都携狗而行。我母亲说他来打牌总是客客气气的，也守信用，从不赊账赖账。喊人也喊得很亲热，可惜患了绝症，自己求了解脱。我母亲是很为他惋惜的。

他一生爱玩爱闹，平时最喜欢放野火，有一次在窑那边放了一把野火，结果把旁边人家马上就要收割的几亩地稻谷都烧了。还有一次放野火把村支书的一个机屋棚子烧了，里面还停放着一台拖拉机。他为这两把火赔了大几千，掏钱的时候不免心疼，但放火的时候是快乐的。连我听到弟弟们说这故事也觉得莫名快乐。

大弟又说到他的一个小学女同学，当年就长得很漂亮，在深圳打工，跟一个男人好上了。那男人有钱，也为她花了不少钱，后来男的生意垮了，她就不和那人好了，人家自然恨她。她要是回家就算了，偏还要到深圳去。有一天那男的找上门来说要见她一面，她也傻里傻气地下楼，一见面那男的就拿刀砍她，当场死亡。

像这样的非正常死亡，不止一例。还有人家的孩子外出打工，多年音信全无，不知道是死是活，家人只能抱着一点微茫的希望，等待奇迹发生，游子归来。

那天回家后，吃晚饭时，说到刚刚去过公墓的事，我问父亲，那个公墓里的人，有没有一百。

父亲说，立了碑的有，还有很多没有立碑的，然后他讲到我的太奶奶的墓。1958年，村里的一块地被征用建一个炼油厂，太奶奶的墓在那里，父亲和爷爷就将太奶奶的骨殖从那块地迁到公墓这边，埋得很深。后来村里一户已搬到县城的人家回来给自家老人立碑时，找不到墓地位置，就把碑立在了太奶奶墓所在的位置上。不巧那个时候父亲在武汉，大叔叔对这件事又不了解，待父亲回来后发现了那块墓碑，很生气，跟同族的几位兄弟讲了，想要让那家把墓碑移了。但大家的意见都是，算了，事情都过了这么久，不好追究，自己屋里当年也没有竖碑，也没有证据。然后又安慰说，他们上香也相当于在给咱屋里的婆婆（指奶奶）上香。

这件事在父亲返乡的第一年年底就给我讲过，过了八九年，看得出来他还是意难平。我便讲了一个我所认识的人家里的故事安慰他，在那个故事里，把墓建在别人墓上的人也是不得安宁的。

人生不过如此，百年过后，都是一把黄土。我说。

父亲说，也是。

然后他讲在1976年做我们家之前的那幢屋时，到邻村的河边挖沙，那里的沙质好，人家不让挖，他只能晚上去。那天正挖着，他的锹被什么硌住了，借着月光一看，是个头骨。他连忙对那头骨说，对不起，对不起，我不是故意冒犯您的。然后挖了个坑，把那头骨放到坑里，再把两箕沙土倒在上面，空着担子回家了。那头骨是谁的，谁也不知道。

父亲所说的小河边，是相邻的自然村的墓地，一条小路从旁边蜿蜒而过，路边长着高高的树。我小时候每每从这里走过都觉得惊怖，即使是在白天。那时候的自己爱听鬼故事，自然也把一切当了真，听着风声，也会当作异类之语。现在，当然是淡定了许多，但敬畏不改。再进墓园，没有丝毫的害怕，只有淡淡的哀思。

还是2020年因疫情被隔离在家期间，某日黄昏，大弟和邻家弟弟在渡船上钓鱼，我闲着没事就过去看。他们一边钓鱼，一边讲着要让自己的孩子学会游泳。邻家弟弟说到自己一个表叔的老婆，摔在一个不到一米深的水洼里，淹死了。不到一米深，还不是被淹死了。他说。很有可能她当时癫痫发作了，站不起来。

意外之死是很多的，我讲了我所在小区的物业曾经聘用过的一位师傅，在给人家装修时从二楼摔下来，就死了。河南巩义人，妻子是清洁工。他死后，妻子坚持在物业做了半年后离开，不知道是不是回了老家。

"阎王要你三更死，不会留你到五更。"邻家弟弟说，然后补了一句，"我觉得我屋的婆婆死得最好，又快，又没有痛苦，又没有拖累别人。"

那是怎样的？我问他。对老人家我有印象，小时候总在她家玩，老人家小脚，额头高而饱满，一天到晚忙忙碌碌，说话语气很温柔。可惜的是父母返乡后我再回来却没有见过她，她搬到镇上小儿子家去住了，四年前听母亲说她去世了。

"当时刚过完年，正月十九，我叔叔他们刚刚去了东北，我婆婆去热水器那里倒水，瓷砖地有点滑，她一下摔倒就再也没有起来。邻居看到打了电话给我。我过去时，她手心还是热的。我打电话给镇上认得的医生，他来看看眼睛，把把脉，说不消救的，人已经走了。那是真快，也没有受什么罪。我马上给我叔打电话，他们赶紧买了飞机票再飞回来。"

"那是真的没有受什么罪。"我说，想起我的一位朋友。她八十五岁的老母亲每天清晨都会做祷告，祷告词是自创的，喃喃低语中一是为自己的儿女祈福，一是请老天让自己得一个好死的病走得快一点。朋友说，每次听到，心就酸酸的。

邻家弟弟讲完自己奶奶，不免将爷爷做了对比："我爹爹死得造业了点，那大块头的人，后来腿细得像麻秆了。"

他的爹爹我大前年夏天回来时见到过，确实是形容枯槁的老人了。那天他拿着一个手机过来，说刚才有人打电话过来，他没有接到，不知道怎么回过去。看得出来他很着急。那是一个老人机，我拿在手里也不知道怎么找到通话记录，未能帮上忙。好在过了一会儿，他的外孙女来看他，提着一大把香蕉，以及一些点心。刚才的电话是她打的。

那孩子长得和她妈妈一模一样，白皙漂亮，身材苗条，打扮也很时尚。她和外公说一会儿话后就告辞了，她说已经订了回上海的票,要回家拿行李后去赶车。

她来去匆匆,并不知道那是她最后一次和外公见面。

我听母亲说,这丫头很能干,挺会赚钱,开的是五六十万的车,只是还没有出嫁。

这时,邻家弟弟的儿子过来了。他问,你们在说谁呀,谁死了?

我说,你的太婆婆。

他一脸茫然。

你爸爸的奶奶,明白了吗?

他脸上的表情并没有变,只是把目光投向自己的爸爸。

他迷糊呢。邻家弟弟笑着说,我婆婆搬到镇上去住的时候他才两三岁。

两三岁是一个人开始有记忆留存的时候。隔了时光,它们会模糊、褪色,及至消弭。我就一点都记不得自己太爷爷的样子了,按说我有见过他的。

突然想起那天我们在公墓并没有找到我太爷爷的墓,而太奶奶的墓,如果父亲的记忆无误,那里立的是别人的墓碑。

仍然是疫情被隔离在家的日子,某天一早,听到邻居家么爷在楼下很大声地说谁谁谁走了。我下楼问,原来是邻村一个她的本家走了,昨天晚上喝了药。

"要喝就喝狠一点撒。昨天他硬是从七点拖到十一二点,未必不痛苦?"她说,"矮壮素,三瓶兑在一起喝,走得快才好。"

据说之前他就病了,癌,治不好,也就没有治。前几天他曾从我家门口经过,是很瘦弱的样子。他来买了一瓶饮料,一盒烟,最便宜的烟,五块钱一包。当时是我大弟给他递的烟和饮料,大弟说:"看他精神还蛮好啊。"

他不到七十岁,一儿一女都已成家,里孙外孙都有,只不过这一生过得不太顺遂。在我幼时,记得他家曾经失火,恰逢他刚娶妻不久,新媳妇的嫁妆烧光了,在那里痛哭。后来她又得了风湿性关节炎,做不了农活,每次去看病都是他背着去。

他背着她去看病,像背着一个小伢。我母亲说,她拖了很多年,还是走在了他前面。

他家一门三弟兄,他是老大,老二曾经在外经商,赚到钱却存不到钱,后来就回乡了。老三是我的小学同学,是三兄弟中最早走的,四十多岁,患癌之后寻短,留下一双未成年的儿女,女儿早早嫁人,和自己母亲一起照顾弟弟。现在三弟兄只剩老二了,他骑着电动车来喊邻家弟弟的父亲去帮忙出丧,他们是同一个房头的。邻家弟弟去了。

我们吃中饭时,邻家弟弟过来,给我们讲了经历。早在昨天夜里十点就把他喊过去过,几个房头的把老大的床从屋里抬出来,衣服也清出来,拉到河坡底下,一把火烧了。

"这就叫尘归尘,土归土。"邻家弟弟说,"我去的时候,他的嘴里还在吐泡沫,还在发声音,听不清楚在讲什么。"

"有可能是在骂我。"他说。

"为么事骂你？"我问他。

他笑着说："因为我一进门就跟他说，您是为么事想不开啊。您真的要走绝路就对自己还狠一点，搞老一点，免得自己受两道罪啊。"

不中听，但这是实话，跟早上他妈妈在我家门口说的是一样的意思。

邻家弟弟讲了细节。昨天先是送到镇上医院去洗胃，但无济于事。今天一早是四个同房头的去送葬，因为疫情，一路上过了三个关卡才到殡仪馆，每次都要量体温，全身消毒，然后进去，后来出来时也是要全身消毒。"一个骨灰盒一千五。"他说，"人到最后就装在那里，埋到土里了。"

大家都叹息。邻家弟弟唱起他在网上学来的一段词——

千年琵琶万年筝，一把二胡拉一生。

百般乐器，唢呐为王。不是升天，就是拜堂。

初闻不识唢呐意，再闻已是棺中人。

唢呐一响，白布一盖，亲戚朋友等上菜。

走的走，抬的抬，身后都是一片白。

哭的哭，埋的埋，从此人间不再来。

这个段子我之前听他唱过两次，每次听了会笑笑，这一次只有叹息。因为疫情，去世的人不能办丧事，歌中的仪式全省略，连儿女都不能见他最后一面。一个人没有了，像一滴雨水落到河里。

这十年间，我在老家听过不下十例自杀，多是得了绝症后无力医治，不想连累家人，选择自己离开。活着的人谈论起这些稀松平常，甚至连家境不错个性开朗的人也说他们早就做好了准备，三瓶矮壮素或者百草枯。

母亲告诉我，渡船上过河的老太太们，也把这当作日常的话题，买了药的说自己准备好了，没有买到的听说现在禁止卖给老人就后悔自己没有早安排，然后打听怎么样才能买到。

一边勉力地活着，一边随时准备着离开，这就是迟暮的乡村。

2019年十一回家时，母亲给我看了她在街上请裁缝师傅给自己量身定做的衣服。绿底上起的福禄寿图案，很好看，也很特别，这是母亲为自己准备的寿衣。

之前的三月，在我堂妹家的二宝的满月酒席上，母亲让我给她点钱做衣服。我很惊讶，她从来不主动向我要钱，而且我每次给她买衣服都会被她说一顿，她说自己不缺衣服，责怪我太浪费。我问她，做什么衣服？

做老人的衣服。母亲悄声说。

现在，我就懂了。

看着手中的衣服，我问母亲，怎么不做红色的？

母亲说，不能做红色的，说是怕占了儿女的鸿运。

那为什么不做蓝色的呢？

也不能做蓝色的，说是怕给儿女为难。

原来在寿衣颜色的选择上有这么多忌讳，小心翼翼，生怕折损了儿女的福气。我还真的是第一次听到。我就笑，说，您就相信这些？

是的，农村的人都这样说。母亲很认真。

有一天，闲来无事，母亲说带我去看我父亲新开的一块菜地，我就陪着她去走走。路过一块棉花地，棉梗上残留着一些没有摘净的棉花，已经零落。

母亲说，这以前是幼新的一块地，她去儿子家帮着带孙子就给了桂姐种，今年桂姐走了，这块地就不晓得哪个来种了。

我们回家的时候，经过秀婆婆家的门口，老人家招呼我们过去坐一会儿，我们就过去了。

秀婆婆已经八十多岁，看上去精神气色都不错。她喜孜孜地告诉我们：今天刚收到姑娘寄来的快递，是一条准备穿在寿衣外面的裙子，裙子太大了，恨不得整个人都装得下，我跟她说我要等你回来了帮我把它改小。

她把那条新收到的裙子，以及自己十年前就做好的寿衣拿出来给我们看，那是一套叠得整整齐齐的暗红色缎面寿衣。

很好看啊。我说。

好看啊。她笑着说，给我做衣服的人都走了，我还没有回家。

她想起来还有一顶帽子，又进到屋里，戴着那顶帽子出来，手上还有一双鞋子。

这是我自己亲手做的准备上路时候穿的鞋子。她笑眯眯地说，我都准备好了。十年前就开始往生的准备，现在全副全套了。

正在这时我的婶婶走过来，也坐下聊天，她们很快聊到了刚刚走的腊桂大妈。

婶婶说，她一开始都还不是说自己没得事，吃得喝得不要紧。那天我路过她的那块棉花田，听到桂姐一边点棉花一边在哼，我还跟她说，你身体这么不好，这地就不要种了。结果你看，一年没过完，人就走了。

婶婶所说的那块棉花地，应该就是我们刚才路过时，母亲指给我看的那块。花都没有捡完，人不在了。

直肠癌走的，走的时候很痛苦。婶婶说，我去看她，用手把她的肚子按了一下，一块一块的，肯定都烂了。

怕还是喝了点药走的吧。秀婆婆说。

没有没有。婶婶说。当时送到医院，医生说，身上都没什么血了，都拉的是血，没必要做手术。一得癌人就没得救了。她又说到当年她的发小的癌，先当痔疮治，后来听人说喝鹅血可以治，都没用。

听说一个屋里一年走两个对儿女不好。秀婆婆说。她屋里的老头五月份走的，这过了半年不到她也走了。

2020年春节，吃年饭的时候，母亲穿上她那套绿色的缎面衣。我走的时候就穿这套衣服。她说，听人说这衣服过年的时候是可以拿出来穿，一年一回。

您还早着呢。弟媳说，您至少要活到八十岁，最好活过八十五岁。

当然当然，我附和，好好活，九十五岁都是有希望的。

母亲就笑了，还不是要你们都过得好，我们才活得开心。

我接过话头，把母亲的寿衣为什么是绿色的讲给弟弟和弟媳听。大弟笑着说，什么为难，什么鸿运，你们不要管我们，我们都几十岁的人，未必管不好自己。话说回来，还不是要你们过得开心，我们才开心。

2021年五一小长假，我回家时听到的第一个消息就是秀婆婆去世了，十几天前。老人去世时毫无征兆，也很安详。当时她吃过中饭后躺在床上休息，觉得不舒服，就从床上起来，坐到椅子，然后头晃了两下，从椅子上跌落。爹爹正在旁边，赶紧把她抱到床上，给远在外省的儿子姑娘打电话，他们马上买了机票赶回来，但也没能让自己母亲看到最后一眼。

葬礼很隆重，秀婆婆终于穿着那一身珍藏十多年的新衣，回家了。

2020年的疫情之后，大弟受聘到一家国企食堂工作，终于有了周末。偶尔开车两个多小时回家，看看父母，在河边钓鱼，陪父亲喝点酒，是他的乐事。回去时用肉或水果把家里的冰箱装满，回来时，用园子里的菜把自己的后备厢装满。

2021年七月中旬的一个周末,大弟回家看了父母,返汉时顺便给我带了一些菜,送到我的楼下来。

豆角、辣椒、茄子、竹叶菜依次从他的后备厢里拿出来,还有一袋米,最后大弟又递过来一碗做好的粉蒸肉,"妈妈中午蒸的",我接过来,还有微温。

"对了,告诉你一件事。"大弟说,"我这次回去听说冬大妈去世了,十几天前。"

我很惊讶。我大概四年前见过她一面,当时她的儿女们给她做七十大寿,老人家胖胖的,总是一脸笑意,没想到这么快就走了。

冬大妈和我母亲同年生人,娘家在前后相邻的两个村,两人年轻时相处得如同姐妹。两家的小孩也总在一起玩,我曾经和她的女儿一起结伴去走外婆家的。冬大妈中年守寡,拉扯大四个孩子,三个女儿一个儿子,过年时听说她的儿子正在张罗她孙子的婚事,她想必是盼着孙子结婚,盼着重孙出世的。这个愿望再也无法实现了。

其后的中秋节,我回了老家,这次,母亲告诉了我金大妈去世的消息。

金大妈是一个爽朗泼辣的人,当年特别喜欢逗我。因为她的丈夫从部队退伍回来有一份工作,作为半边户的她后来搬家到了县城。她的女儿小名霞霞,跟我年龄相仿,我们常在一起玩耍,但自此一别就再没见过,但她们的消息时有所闻。今年春节期间,金大妈还回村走过亲戚,我在楼上听到了她熟悉的声音,当时是想下去和她打招呼的,但最终没有下楼。她身边还跟着家族的一二十人,他们的祖屋就在我家房后,十多年前卖给了我叔叔,叔叔将之平为菜地。听说金大妈的儿子怪罪自己的叔叔,说当年不该卖的,应该留着,回来还有一个落脚的地方。

现在我真的很后悔,自己没有下楼去喊大妈一声。

这些逝去的人,她们的姓氏已无法求证,让我慎重地写下她们的名字,腊桂、迎香、隐秀、冬英、金玉,她们的名字中有植物,有四季,有美意,既乡土又古典,她们此去,是真正的叶落归根。

她们的音容笑貌我都还能忆起,幼时的我曾被这些大妈和婆婆们抱过逗过,曾是她们眼中那个嗷嗷待哺的婴孩——我母亲奶水不太好,听她说,我饿哭的时候会找奶水足的大妈吃几口,她们有年龄和我相仿的孩子,正在哺乳期。我母亲个子矮小,但我的个子算高的,那几口奶如此珍贵。

又一个我曾经吃过她的奶的人走了,我有些悲伤,为一去不返的时光,为生命的有限与无常。

隔着屏幕的凝望

2020年秋天,我们姐弟三个合作,将老屋进行了翻新改造,我和大弟出钱,小弟出力。这件事父母一开始并不赞同，但结果他们还是很满意。到年底，父亲执意把钱还给我们，他说，我们留着也没意义，将来我们走了总是要给你们的，不如现在就给你们。

翻修后的新家比以前宽敞明亮了许多，有了单独的卫生间和厨房，还另外搭出一间杂物间，父亲的电动车可以直接开进去，母亲最在意的鸡窝也搭在杂物间的入口处，十分方便。

小弟特意在家门口安了一个摄像头，这样通过手机，我们在各自的家里，随时都可以看到父母的情况，可以直接和他们说话。

手机上收到提醒，说看家软件检测到有人体移动，点击进去，就可以看到家门口的动静——父亲骑着他的电动车忙进忙出，母亲摇着扇子和村人们坐在门口聊天，骑着电动车匆匆而过的路人。更多的时候，镜头下我家的门口是静而空的，一直放在门口的两条长凳，门口那对小小的石狮子，母亲晾晒的谷物或者干菜，树影婆娑，阳光炽亮。

这个摄像头真的很实用，我们可以借由它随时了解家中动态，隔着屏幕看到父母。

儿时，我们在父母的凝视中确立自我，现在，反过来，父母成为我们凝视的对象，在他们不知道的时候。

有的时候忙了一天，晚上临睡前点进去看看，借助太阳能路灯的灯光，在远处黑夜的背景中，看到家门口的水泥地和裹着反光材料的遮阳棚柱子，一幅静止的黑白画，伴有昆虫的鸣叫，我内心有一种奇妙的宁静。

这一切，让我想起奥地利诗人里尔克的那首诗，《村子里立着最后一幢屋》——

村子里立着最后一幢屋，

那么孤单，像世界上的最后一幢屋。

大路缓缓地延伸进黑夜，

小小的村子留不住大路。

小村子只是一条通道，

夹在两片荒原间，畏怯地，

神秘地，大道代替了房前的小路。

离开村子的人将长久漂泊，

也许，还有许多人会死在中途。

劫中护书记

马伯庸 吴 真

在文化领域与日本人打一场仗,一场地位力量悬殊的游击战。

这个惊心动魄的故事,要从一座小楼说起。

湖州附近有一处富庶地方,叫作南浔镇。咸丰年间,当地一个叫刘镛的人,做蚕丝生意发了大财,成为南浔首屈一指的富豪。刘镛本人十分看重子女教育,他的儿子刘锦藻考中了光绪二十年的进士,是一代文史大家。他的孙子刘承幹虽没赶上科举,但对于古籍文献同样无比热心,尤其精通版本学,往来人物都是罗振玉、王国维、叶德辉等大师。

1920年,刘承幹在南浔西南郊的小莲庄修起一座小楼,足足花费了十二万两银子,占地二十多亩,前后用了四年才

---

*马伯庸按 是篇并非我的原创,而是源自中国人民大学文学院吴真老师的几篇相关论文。吴真老师为钩沉这段几乎隐没的史事,先后多次穿梭于中日两国,遍访材料,颇下苦心。故事实在精彩,若只限于学术体例,未免可惜。我便斗胆讨得作者许可,略做整理,重叙如下。一切权利归于吴真老师。

告竣工，起名为"嘉业堂"。他花这么大力气修起嘉业堂，不是用来给人享受的，而是放置自家苦心搜集的诸多藏书。刘氏家族三代都是爱书之人，关键还特别有钱。天不怕，地不怕，就怕财主有文化，到刘承幹这一代，藏书已多达二十万册，其中不乏宋元精品与明清孤本、珍本，所以嘉业堂一落成，立刻成为民国最大规模的藏书楼，中外学者心目中的一个大宝库，堪与宁波天一阁、杭州文澜阁、常熟铁琴铜剑楼齐名。

时间推移到1940年2月，嘉业堂依旧矗立在小莲庄内，只是外面多了一圈栅栏和几个巡逻的日本兵，楼门紧锁。至于嘉业堂的主人刘承幹，却远在上海寓所，陷入焦灼与矛盾。

他即将迎来两位日本客人，一个叫高仓正三，一个叫田中老人。高仓正三是京都大学的高才生，刚刚年满二十七岁，专门从事江南地区的吴语文献研究，如今获得外务省聘任，是东方文化学院京都研究所的驻苏州特派员。他精通中国文化，尤其对江南藏书了如指掌。所谓"驻苏州特派员"，其主要任务就是收购各种珍稀汉籍，运回日本。而田中老人的来头更大了，他来自伪满铁大连图书馆，背后是赫赫有名的"满铁"调查部。

一个是眼光毒辣的学界精英，一个是来自强力情报机关的特务。这个组合前来拜访刘承幹，只有一个目的：满铁希望买下嘉业堂的全部藏书，开出了三十七万元的高价。

论识货，日本人是真识货，看价格，也是真心想买。但问题是，此时不比从前。江南沦入倭寇之手已逾两年半，在这种形势之下，日本人上门购书，就算是单纯的商业行为，也必然掺杂着巨大压力。

这个麻烦，是刘承幹自己惹出来的。早在1938年3月，他曾出售了四十四册《永乐大典》给伪满铁大连图书馆。那一次交易让日本人意识到，嘉业堂的书是可以买的，这次可以买四十四册，下次能不能多买点？当时的大连图书馆顾问松崎鹤雄，直接找到日军驻屯嘉兴地区部队的牧次郎少将，请他派部队去接管嘉业堂，置于日军的"保护"之下。

有了这样的"保护"，刘承幹索性搬到上海做了寓公。在接下来的两年内，大连图书馆一直想把嘉业堂的藏书全数买下。刘承幹一方面舍不得自家珍藏，另外一方面却也想早点脱手，避免更多麻烦。他犹豫不决，百般拖延，现在终于拖不下去了。

刘承幹怀着复杂的心情，静等两位恶客上门。谁知他从二月一直等到四月，一贯守时的日本人却迟迟没有登门。

高仓与田中两人没来的原因，不是老天有眼，而是因为同行倾轧。日本向来有内斗的传统，比较著名的如陆军马鹿与海军八嘎，两个军种势同水火。其实情报机构之间也互相看不惯，高仓与田中的背后是满铁调查部，他们即将出发之际，却被"东亚同文书院"紧急叫停。

这个东亚同文书院，又叫作日本东亚同文会，早在1898

年便已成立，第一任会长正是近卫文麿他爹近卫笃麿。这个组织，原本是一个研究所谓"保全中国"以及"协助中国和朝鲜进行改革"的民间团体。九一八事变之后，它彻底蜕变成一个情报机构，以上海为基地，打着文化交流的旗号进行文化侵略。

东亚同文书院听说满铁调查部派人来抢嘉业堂藏书，勃然大怒。湖州是同文书院的地盘，岂能容满铁马鹿插手？同文书院是地头蛇，跟日本驻沪部队以及特务机关都很熟悉，它不许高仓和田中前往，满铁调查部也无可奈何。但有了满铁调查部掣肘，东亚同文书院也不好亲自出面，只委托了一个二手书商、北平旧书店来薰阁的老板陈济川前来咨询。

这个消息并不能使刘承幹多松一口气。因为更多的竞争者，也纷纷凑上来了。

比如有一位叫桥川时雄的日本汉学家，也跑过来洽谈购书事宜。桥川所代表的单位，叫作"东方文化事业委员会"。这个委员会来头不小。庚子退款之时，日本人成立了一个"对支文化事务部"，从事文化渗透，后来他们惊讶地发现，这名字在中国太容易引起敌意，遂改成"东方文化事业委员会"，以北平为基地，专门在教育、文化领域从事研究与渗透。

除了桥川时雄，还有不少来自北平的中国二手书商通过关系找上门来，如文禄堂、修绠堂、邃雅斋、修文堂等等。不消说，他们背后也都有伪北平、伪满和日本的各个文化机构,甚至美国哈佛燕京学社也来插了一脚。大家听说嘉业堂有出卖的可能,都纷纷赶来淘金。

一时间,嘉业堂仿佛成了一块沾满鲜血的肥肉,引来无数蚊蝇。他们虽然互相掣肘,一时未能落下,但长久下去,藏书势必不保。无论书落谁家,必然造成中华典籍外流。

刘承幹正在为难之际,最后一位买家出现了。

这是一个中国人,身材高大、相貌英俊,一见面便自称姓郑,叫作郑振铎。

郑振铎是一代文化奇才,举凡小说、诗歌、戏曲、文学评论、翻译、版画、文物收藏、文献研究,都有极高的造诣,在海内外尤其是日本学术界声誉殊高,属于顶尖大学者之列。更重要的是,他也是一位藏书家与鉴赏家,对于旧书买卖十分熟稔。

不清楚他和刘承幹之前有无私交,但两人一定是听过彼此名字。

这一次,郑振铎自然也是为嘉业堂藏书而来。而他代表的团体,与前面所列的那些大机关相比,实在微不足道,名字叫作文献保存同志会。

俗话说,盛世藏古董,乱世藏黄金。第二次淞沪会战之后,江南士绅们预感到乱世将至,纷纷把自己手里的藏书抛售,套取现金,所以从1938年开始,上海二手书市场出现大量精品藏书,海外尤其是日本掀起了收购狂潮。欲亡其国,先灭其史;欲灭其史,先夺其籍。无论购书的日本人出于何等崇高或纯粹的目的，在抗战的大环境下，这就是一次文化层面的掠夺与毁灭。郑振铎一生爱书成痴，面对这样的局面，实在痛心。日人夺书之痛，他已经体会过一次了，早在1932年第一次淞沪战役，商务印书馆被日军炸毁，他存放在内的几十箱藏书毁于一旦。

之前还只是他的个人藏书，现在却是整个古籍界面临浩劫。郑振铎沉痛地描述当时的心境："目击心伤，截留无力，惟有付之浩叹耳！每中夜起立，彷徨呼叹，哀此民族文化，竟归沦陷，且复流亡海外，无复归来之望。"

郑振铎是一位学者，也是一位战士，不是简单怨愤感慨几句就完事了。

当时上海文化界人士纷纷向大后方出逃，然而郑振铎却毅然留在危机四伏的孤岛。他希望用自己的专业知识，书生报国，阻止古籍外流，即便只挽救一小部分，也是有价值的。1940年1月，他集合商务印书馆董事长张元济、光华大学校长张寿镛、暨南大学校长何炳松、故宫博物院古物馆馆长徐森玉等人，结成一个秘密组织"文献保存同志会"，决心在文化领域与日本人打一场仗，一场地位力量悬殊的游击战。

"民族文献、国家典籍为子子孙孙元气之所系，为千百世祖先精灵之所寄。若在我辈之时，目睹其沦失，而不为一援手，后人其将如何怨怅乎！"这是文献保存同志会全体同仁发出的宣战书。

在沦陷区跟日本人打游击战，不是一件容易的事，军事上很难，文化上更难。同志会的工作方法是：利用人脉在市场上搜集各种古籍出售信息，抢在日本人之前择其精华完成收购，然后设法妥善保存，以待重光。

这项工作听起来简单，执行起来却极难，每一个环节都难。

首先就是购书所需资金。那些珍本古籍，一本价格动辄数百上千元。以郑振铎自己的交易为例，他曾购得明抄本《云台编》等九种，共计二百五十元；又购得宋刊宋印本《荀子》一部，价四百元。可想而知，要买下整整一库存书，得需要多么巨大的财力。尤其日本人财大气粗，而他们只是靠同志会自己筹款，实在杯水车薪。郑振铎千方百计，联络到了内迁的中央图书馆，请重庆方面拨出专款。中央图书馆也不容易，他们恰好有一笔中英庚款的补助用来修建新馆舍，一听郑振铎的请求，新馆索性先不修了，充作收购书籍之用。

有了资金支持，还得有人来执行。这就更难了。古籍二手书市场的水很深，想在这个漩涡里救出有价值的书，资历、人脉、声望、学识，一样都不能少。换句话说，这一场游击战郑振铎没法假手他人，非得亲自出马不可。但问题是，他声望太高，早就上了日本人的重点监控名单。

有多重点呢？外务省在上海设有单独的情报文化机关，叫作上海自然科学研究所，该所定期发行《中国文化情报》

期刊，其中有一个栏目叫《上海现在的中国文化界知名人士录》，专门披露文化名人的近日动态，郑振铎是榜上常客。

有鉴于此，郑振铎行事极为小心，上海沦陷之后，他化名"陈思训"，以"文具商"的身份蛰居于上海居尔典路一小楼内，还改换装容，从西装换回马褂，深居简出，非亲近之人很难接触到他。

汪伪政府想利用郑振铎的名气，曾派出一个叫樊仲云的特务去上海搜寻郑振铎。樊仲云与郑振铎原来相熟，知道他有书癖，喜欢去中国书店、开明书店、来青阁等地。他先去这些书店询问，但书店伙计们得了叮嘱，都说长久不见郑先生。樊不死心，就蹲守在四马路附近死等。过了几天，果然被他在棋盘街看到一个身材高大的读书人，正在书店门口翻书。樊仲云走过去，拍拍肩膀，郑振铎一回头发现是他，反应极快，二话不说，撒腿就跑。四马路很宽阔，他腿又长，跑得比国民党军队还快，转眼便消失在街头。樊仲云追赶不及，只能喘着粗气大骂。

这段逸事甚至登在了1943年重庆《中外春秋》上，山城轰传，中国文化界出了一位长跑健将。

由此可见，郑振铎身处的环境有多么险恶。但他矢志不渝，依旧冒着生命危险四处奔走。

那位代表满铁来买嘉业堂的高仓正三，其实之前跟郑振铎暗中交过一次手了。

苏州有位名士刘公鲁，继承了其父刘世珩以精善秘本而著名的"玉海堂"藏书。1937年11月，日寇入侵苏州，刘公鲁不幸蒙难，藏书也因此流散。高仓正三在1939年12月抵达苏州，立刻找到日军驻苏部队，要求接管玉海堂，把藏书控制在手里。没想到日本部队到刘家一看，书没了，再一问，这批书恰好在三天前刚刚卖掉，收购者是苏州书商孙伯渊，而且藏书已直接运去了上海。高仓正三极为懊恼，想继续追寻，但他没想到，郑振铎在旧书界人脉太广，嗅觉灵感，早早获知这些藏书落在孙伯渊手里，第一时间登门求购。

孙伯渊是个商人，原本打算待价而沽，价高者得，但郑振铎对古籍版本精熟，又拉出商务印书馆大佬张元济作陪，最后成功说服了孙伯渊，从他手里购回玉海堂藏书，让高仓正三空手而回。

偏偏高仓正三是郑振铎的狂热粉丝，在日本时就极为仰慕郑的文名。1939年到上海以后，他到处托人求见郑振铎，甚至还去各个书店寻找，却始终未能亲见。哪知他痴痴地蹲点郑振铎的同时，郑振铎却正在抢购玉海堂藏书。

高仓为此一直抱怨，觉得是东亚同文书院的人工作不到位，所以才让他人书两空。高仓是个纯粹的学者，终究不明白郑振铎为何避而不见。以那时上海残酷的政治环境，郑振铎完全转入地下，等闲熟人都不见，怎么可能去见一个身份敏感的日本人，何况还是个一心要把中华古籍弄回日本的人。这个细节也能看出，高仓对于中日战争的残酷性完全没有体察,也并不认为自己做的事情是错的,居然还天真地认为,中日学者可以继续如朋友一样交流。

如果他对郑振铎了解足够深刻的话,就该知道自己所做的事情,他的偶像郑振铎是持何种态度。

回到1940年的嘉业堂。

郑振铎向刘承幹陈明来意,希望他能把这批藏书卖给文献保存同志会,以保存中华文物精粹。刘承幹对于郑振铎的心志十分钦佩,对藏书去向的重大意义亦是深知,但仍旧优柔寡断,犹豫不决。刘氏还有一大家子人,从伪满到汪伪,从北平到上海,无数势力觊觎窥探,如果不能用一个好的理由拒绝,只怕会引来报复。如果不能击退这些觊觎者,刘承幹便不敢卖书给文献保存同志会。若他不肯出卖,这批宝贵的藏书将会沦为敌房之手。"此数月中,诚江南文化之生死存亡关头也。"郑振铎如此评价这段时间的紧迫。

好在郑先生早有成算。别看他在上海近乎神隐,可论起古籍买卖的眼光和手段,当世少有人敌。

首先被击退的,是东亚同文书院。东亚同文书院当初为什么起意要买,按照刘承幹自己的说法,是北平的来薰阁老板陈济川从中策动,"欲与同文联手,分取嘉业堂",而具体前往上海洽谈的,也是陈本人。来薰阁是琉璃厂最大的古籍书店之一,陈济川也是行业内一代人杰。郑振铎跟陈济川是老熟人,得知他亲自来上海洽谈购书,先行一步堵住,动之以大义,然后拿出一张五千元的支票,说是请其代在北平买书的佣金。陈济川被郑振铎这么一游说，便主动放弃了。事后他还把来薰阁在上海的库房打开一间，提供给郑振铎作为临时容身之所，避免被日本人搜捕。

刘承幹认为陈济川是幕后主使，未必可信。陈老板长袖善舞不假，做事却有底线，抗战期间给重庆和解放区暗中输送了许多书籍。

无论如何，陈济川一退，北平其他书商也纷纷知难而退。郑振铎一举奏功，先扫平了同文书院和北平书商这两路大军，紧接着又把精力放在了满铁调查部。

比起漫不经心的同文书院，满铁更为棘手。

刘承幹跟王季烈、罗振玉、许汝棻等人关系非常好，这三个都是前清遗老，还在伪满洲国任要职。购买嘉业堂的书，就是他们几个一手促成。刘承幹跟伪满铁大连图书馆关系也不错，还记挂着松崎鹤雄找日军"保护"嘉业堂的人情。甚至当同文书院一度试图用武力威胁刘承幹就范时，居然是满铁出面向上级告状，希望保全刘氏。当然，这种热情也并非全无代价。日本军队名义上说是保护嘉业堂，其实动辄乱进乱拿，还在周围竖起栅栏，逼迫刘承幹买"复兴公债"。负责此事的指挥官牧次郎也多次索取珍贵书籍，让刘承幹后悔不迭。

但总体来说，刘承幹这个人与满铁关系密切，思想上左右摇摆，如果郑振铎手里筹码不够，说不定他就直接把书卖掉了。

怕什么，就来什么。郑振铎还在劝服刘，满铁很快又派了燕京大学一个叫刘诗孙的教授过来。这一次，他们开出了六十万元的天价，几乎是初次报价翻倍，文献保存同志会绝不可能出得起这样的价格。郑振铎向重庆中央图书馆的一封报告里说："某方亦在竞购，嘉业主人殊感应付为难，且某方愿出四十五万者，近忽愿增价至六十万，此数亦非我辈力所能及。"

无论人情还是利益，郑振铎都全面落于下风。虽有民族大义，但对刘承幹能有多大影响，实在难以预料。

幸亏这时候，敌人帮了个大忙。

满铁内部对于花这么大价钱购买中国古籍也颇有争议，满铁理事中西敏宪以及满铁调查部部长田中清一郎两个人一直钩心斗角，中西敏宪是这个项目的主要推动者，那么田中清一郎自然是从中作梗。他一会儿拒批款项，要求重新评估价格；一会儿宣布就算把书买回来了，也不归大连图书馆的财产，而该归属满铁调查部。这么反复折腾，差点把刘承幹的心气给拖没了。

郑振铎趁这个机会，再次游说刘承幹。这一次，他提出了一个两全之法："某方必欲得之，万难运出，恐怕要牺牲。惟多半为普通书，不甚重要。最重要者，须防其将存沪之善本一并售去。"郑振铎清楚地认识到，日本人势力太大，嘉业堂的书想全数保住是不可能了，唯一的办法，就是挑选藏书中最有价值的珍本单独摘出来买走。这样一来，刘承幹也不必为难，其他的普通书籍，随便日本人去买好了，所谓丢车保帅之法。

这个计划说起来容易，做起来琐碎。哪些需要保住？哪些可以放弃？这需要深厚的古籍鉴识能力，而且嘉业堂有足足二十万册书，卷帙浩繁，逐一翻检，所耗精力该有多少？更何况，时间不等人，动作还要足够快。

这个艰巨的任务，唯有郑振铎能够担当。

他将嘉业堂藏书分为三类：第一类是部分宋元本、明清罕见刊本、全部稿本和部分批校本；第二类是次要之宋元明刊本及卷帙繁多之清刊本；第三类是普通清刊本、明刊复本及宋元本之下驷。第一、二类是务必要保留下来的，第三类则可以留下来搪塞日本人。为提高效率，他还特意写信，请故宫博物院古物馆馆长徐森玉从重庆秘密潜回上海。两个人每天披沙拣金，盯着《嘉业堂书目》一本本验看。

这个时候，就看出郑振铎先生的不凡眼光了。他仔细检验刘承幹偷运到上海的一批宋元本，发现一个误区。嘉业堂的宋元本以下品居多，"非不唐唐皇皇，按其实际，则断烂伪冒，触目皆是"。反而是明代的很多文献属于极珍贵的孤本，尤其很多关于倭寇的记载，既有史学价值，亦有现实意义。于是他果断做了个惊人的决定：舍弃全部宋元本，集中精力在明代文献上。

在这期间，还发生了两次小意外。美国人和汪伪政权里的大汉奸梁鸿志也来询问买书的事，刘承幹两次都有些动摇，幸亏被郑振铎及时制止。

到1941年4月，选书工作正式结束，郑振铎和徐森玉一共挑出明刊本一千二百余种，钞校本三十余种，这可以说是嘉业堂的菁华所在。文献保存同志会迅速谈妥了价格，以二十五万元把这批书购走。至于其余的藏书，到底还是被伪满铁大连图书馆一波带走。毕竟是敌我悬殊的游击战，纵有缺憾，也只能抓大放小。

但这个时候，麻烦又来了。

郑振铎只是买到了嘉业堂藏书的所有权，但在抗战形势越发严峻的情况下，这种所有权是很脆弱的，随时可能被抢走。重庆方面指示，要把这批书尽快运出去。

郑振铎把嘉业堂和其他抢救出来的藏书统一整理了一下，先把最为宝贵的八十二种善本选出来，交给徐森玉亲自押运到香港，再辗转送至重庆。剩下的数千册书，郑振铎找到一个叫唐弢的人，请他想办法。

唐弢是上海抗日文化运动的骨干之一，一直在沦陷区积极开展救亡活动。除了写作，他还在邮局工作，对于邮政系统十分熟悉。接下郑振铎的委托之后，他把包括嘉业堂在内的所有宝贵典籍，打了足足三千八百个包裹，寄去香港。

三千八百包，这是个极为惊人的数字。即使是现在，让我们发三千八百份快递，都无法保证不会出错，而他们在沦陷区如此恶劣的环境下，居然能发出三千八百包书籍，而且无一遗漏。用心之深之细，着实令人钦佩。

这三千八百包书陆陆续续抵达香港,当地有两人负责接收,一是香港大学的许地山(我们至少读过他的《落花生》),二是冯平山图书馆馆长陈君葆。同时由于这批书是由中英庚款购买的,当时在香港的管理中英庚款董事会理事,正是著名书画家和大收藏家叶恭绰。他曾担任中国交通总长,任内干了一件事,把上海工业专门学校、唐山工业专门学校、北京铁道管理学校和北京邮电学校合并,改称为"交通大学"。叶恭绰为抗战期间保全中国文物,也是殚精竭虑。他撤离上海之前,曾存了七个箱子在公共租界,其中有一个箱子里放的东西名声赫赫,就是毛公鼎。

且说叶恭绰收到这批藏书之后,装成一百一十一箱,以"中央图书馆"的名义存放于香港大学冯平山图书馆。到了1941年秋天,重庆方面决定把这些箱子装到格兰特号轮船,跨越太平洋运到美国,存在中国驻美国总领事馆内。可惜这时日军开始进攻香港,格兰特号未能及时启航。1941年12月28日,日军宪兵冲进香港大学,把这一百一十一箱书连同大学里的其他收藏一并掳走,并于1942年3月运到东京。郑振铎闻讯,悲痛万分:"我们瘁心劳力从事于搜集、访求、抢救的结果,难道便是集合在一处,便于敌人的劫压与烧毁么?一念及此,便捶心痛恨,自怨多事……这个'打击'实在太厉害了!太严重了!"失望之情,溢于言表。但国势如此,却也无可奈何。

这批书抵达东京之后,两年时间里在多家机构辗转,从陆军参谋本部转至文部省，再转至上野的帝国图书馆。倒不是因为日本人有拖延症，而是他们认为这批箱子里的书应该没太大价值，有价值的书肯定早就被中国人转移走了，怎么会留到现在？

这一拖，就拖到了1944年的1月。文部省开始招募有古籍经验的专家，准备开箱验货。负责主持这项工作的是司书官冈田温，他从叶山请了一位老同学来负责验货。这位老同学叫长泽规矩也，乃是日本近代文献学第一人，但他还有另外一个厉害之处，用现在的叫法，应该叫作"古籍猎人"。

此人对中国文献典籍极为熟稔，曾多次往返于中日之间，代日方购买珍本。他眼光刁钻狠辣，总能从浩瀚旧书中选到好物，屡屡中的，令中国藏家愤恨不已。以至于他每次来中国，这边都如临大敌。有一次他来北平，北平图书馆专门派人贴身盯防，结果仍被他偷偷买回世界仅有五本的金陵小字本《本草纲目》《千金方》和文澜阁本《四库全书》两种；还有一次，他宣布要来华访书，中国藏家知道他喜欢搜集戏曲，提前在市面上搜购了一遍，几乎竭泽而渔，但长泽还是掘地三尺，不知从哪里淘出几百本珍稀曲本，高高兴兴带回日本去了。

其淘书能力之强，眼光之毒辣，大概只有郑振铎可堪匹敌。

其实郑振铎和长泽规矩也两人关系非常好，学术兴趣都在小说戏曲等俗文学，所以惺惺相惜。郑振铎于1931年辑印《清人杂剧》初集时,长泽还把自己珍藏的孤本漂洋过海寄到中国来供其参考,可见两人交情匪浅。不过七七事变之后,长泽规矩也便与中国同行彻底断绝了音信,几乎没有任何来往。他虽然对郑振铎在这期间的学术成果略有关注,但对郑振铎秘密的购书活动全然无察。当他踏进帝国图书馆,见到这一百一十一箱书的时候,并不知道这些书背后,寄托着多少中国学者拼死挽救的心血。

尽管长泽规矩也对书箱的来历一无所知,但他的学术眼光依旧锐利。开箱简单验看过一遍后,他便敏锐地觉察到,这绝不是普通的藏书,价值非常高,必须整理出一套详尽的目录才行。

长泽规矩也兴致勃勃地开始了工作,为这些藏书逐本编写解题。所谓"解题",是指在编写目录时,要详细记下其书名、卷数、作者、成书时间、版本、款式、版刻、题识、印记、得书经历等。长泽规矩也很珍视这批收藏,但也因此让进度变得极为缓慢,战争结束前夕,他们只完成了不到六分之一的解题编目。长泽规矩也确实凭借自己的毒辣眼光、几十年的书海经验和几张简单的目录,便准确地识别出来这些书的来源,分别来自嘉业堂、群碧楼、玉海堂等等江南藏书楼。

很快,美军开始轰炸东京,这批书先被疏散到长野县立图书馆,然后又转移到饭山女子高中的体操场。长泽规矩也意识到,战争恐怕很快就要结束了,势必要面临中国的追讨，必须要设法赖下来。有意思的是，他对图书馆的人是这么说的："进驻军一来就要把书拿走呢！就像以前我们在中国所做的事情一样。"——可见他对日本军在中国做了什么，也不是一无所知。

为此长泽规矩也主动提议，把这些书一分为二，最有价值的一批藏到伊势原的寺院里，那里是深山老林，不大容易被美军间谍发现，另外一批挑剩下的，则留下来应付中国方面。于是，这一百一十一箱书被分成两部分，最好的菁华转移到神奈川县的高部屋村，藏在村长小泽家的地窖里；另外一部分，则放回帝国图书馆的地下室里。

长泽规矩也千防万防，以为防住了中国人，没想到却漏算了一个英国人。

这个英国人叫博萨尔（Charles Ralph Boxer），是一个沉迷于中国文化的汉学家，也是个军官。香港陷落时，他把家里的藏书存到香港大学，随后被日军俘虏。等到抗战胜利，博萨尔被释放后的第一件事，就是给冯平山图书馆馆长陈君葆写信，问他要自己的书。

日本宪兵掳走香港大学藏书的时候，陈君葆就在现场。他告诉博萨尔，你的书可能是跟那一百一十一箱书一并运到日本了。

博萨尔当时的身份已贵为英国派驻远东委员会官员，他当即奔赴日本，找到接收这批图书的文部省官员，然后按图索骥，来到上野的帝国图书馆。一打开地下室，博萨尔果然寻获了自己的六百二十七本藏书。与此同时，他也见到了其他箱子里的藏书，遂通知了中国驻东京代表团。代表团当即派人前往帝国图书馆要求查验。

不过代表团并非专业人士，而长泽规矩也有意隐瞒藏匿，各种误导，让他们对图书的迁移过程和数量掌握不清，反复扯皮。这个扯皮，一直持续到李济、张凤举作为专家奔赴日本，交涉被劫图书问题。中国考古学之父李济不必多介绍了，张凤举是知名作家和翻译家，同时也是文献保存同志会成员，派他来接书回家，最是合适。

张凤举跟长泽规矩也有二十多年的老交情，这时故友相见，立场颠倒，也是一番尴尬。长泽甚至还不服气地表示：倘若不是运来东京，而是留在香港，只怕早就烧成灰了，你们该感谢我才对。

书籍的下落已经确定，但讨回它们，却没那么简单。当时盟军总部有要求，如要讨回被劫文物，必须提供详细的证明，何时何地如何被劫，劫持部队番号，是否有目击者等等，否则不予认可。众所周知，战争期间，哪有这么多余裕来保留证据。有人做过统计，中国在战时损失的书籍不下三百万册，但归还的总共只有十五万八千八百七十三册。很多文物明知就在日本，但关键证据缺失，始终无法讨回。

博萨尔的藏书能顺利讨回，正是因为他身上带着一份藏书目录，和长泽规矩也做的藏书目录一比对，事实无可抵赖，遂顺利取回藏书。然而那一百一十一箱藏书在香港编成的目录，却在频繁的转移过程中丢失了，长泽规矩也坚称自己从来没看到过这份目录。

没有目录，便无法讨回，这可如何是好？

这时候，郑振铎再一次出现救场。作为一个专业学者，郑先生有着良好的学术习惯。他在沦陷区抢救下来的所有书籍，都细心地编写成目录解题，每一本书俱有根脚。即使在抗战最艰苦的时候，他也没有把这仅存一份的宝贵目录丢掉。只消把这份目录和上野图书馆的存书目录一对，来源便一清二楚。

南京中央图书馆迅速派人赶到郑振铎家里，把这份目录抄录一份，并带到日本。张凤举拿着这份目录，赶到东京进行举证。同期而至的，还有冯平山图书馆馆长陈君葆证词，他亲眼看到日军少佐宫本博、中尉肥田木近等人掳劫的行为，写成英文证词一并提交。

第三个关键证据，则来自叶恭绰。他带领的香港庚款小组在给这些书籍装箱之前，每本书上都盖了"国立中央图书馆考藏"和"管理中英庚款董事会保存文献之章"两种印章，成为辩无可辩的铁证。

有这些铁证，盟军总部很快认可了中方的主张。1946年6月，先归还了十箱古籍；到1947年5月，包括嘉业堂在内的三万四千九百七十册古籍回归上海。这一批珍本颠沛流离的经历，终于告一段落。可惜的是，由于日方四处藏匿，没有善加保管，其中很大一部分品相受损严重。

长泽规矩也目睹这批珍品送回中国,大受刺激,回去之后意兴阑珊,将自己的藏书全数卖掉,从此再不收藏中国古籍。他与郑振铎在互不知晓的情况下,隔空斗法多年,终于迎来了大结局。

抗战胜利后,郑振铎在《大公报》上连载的《求书日录》之中如此写道:"在足足的八年间,我为什么老留居在上海,不走向自由区去呢?时时刻刻都有危险,时时刻刻都在恐怖中,时时刻刻都在敌人的魔手的巨影里生活着。然而我不能走。许多朋友们都走了,许多人都劝我走,我心里也想走。而想走不止一次,然而我不能走。我不能逃避我的责任。前四年,我耗心力于罗致、访求文献,后四年——'一二·八'以后——我尽力于保全、整理那些已经得到的文献。"

郑振铎以及文献保存同志会的成员于危难之时,舍身护书,孤悬沦陷而志不移。他们的奋起抗争,除保存了中华菁华之外,亦让后人知道,日寇不只是军事上的侵略,亦是文化上的侵略;抗战不只有物理上的反抗,亦有精神上的救亡。

郑振铎先生在《〈劫中得书记〉序》中如此说道:"史在他邦,文归海外,奇耻大辱,百世莫涤。"此十六个字,既可为往者见证,也足堪为今人警醒。

参考文献：

《1940 年，见郑振铎一面有多难？》，吴真著，《勘破狐狸窗：中日文化交流史上的人事与书事》，生活·读书·新知三联书店，2019 年

《郑振铎与战时文献抢救及战后追索》，吴真著，《文学评论》，2018（6）

《抗战时期郑振铎抢救珍贵古籍新史料发掘研究》，吴真著，《抗战时期典籍文献抢救保护研讨会文集》，北京大学出版社，2021 年

《嘉业堂售书满铁图书馆叙——兼及郑振铎对中华古籍的竭心保护》，张廷银、刘应梅著，《满铁研究》，2012（4）

故人温情

吴夜雨

细数鲁迅先生的"笺谱"朋友圈。

2021年,鲁迅诞辰一百四十周年,大先生一生中的诸多事迹,至今令人景仰与神往。有关他在文学、思想方面的成就,可谓前人之述备矣,而作为美术鉴赏家与活动家的鲁迅,特别是他编辑、复刻笺谱的经历,对许多人来说还很陌生。

由鲁迅主持进行、郑振铎具体理事辑录的《北平笺谱》,不仅在民国当时就成为一书难求的"新菫",更造就了中国木刻断代史上的一座丰碑。其后两人又合力推动复刻明代《十竹斋笺谱》,虽然鲁迅未能亲见全书完成便溘然长逝,但正因为他的坚定决心与慷慨资助,才使这部精美绝伦的古籍重获新生,更留住了传统彩色套印版画技术的火种。

暂且不多详述这些永恒的成就与后人的赞誉,其实鲁

---

*文中括号内数字为鲁迅写信之年/月/日。

迅在青年时给自己下的定义颇为悲凉,"我决不是一个振臂一呼应者云集的英雄";同时,他也没有"做了女婿换来"的许多资本能助其一臂之力,轻轻松松获得成功。鲁迅诗云"无情未必真豪杰,怜子如何不丈夫",这可以视作他的夫子自道,正是由一个"情"字萌生的绵绵愿力,贯穿在他编辑《北平笺谱》和《十竹斋笺谱》的过程始终。不妨浏览一番他与众多友人有关笺谱的通信,或许更能感受到那一片如今少为人知的融暖真情。

一

鲁迅提出编辑一部笺谱的成熟想法,是1933年初。他在给郑振铎的信中写道:"去年冬季回北平,在琉璃厂得了一点笺纸,觉得画家与刻印之法,已比《文美斋笺谱》时代更佳,譬如陈师曾齐白石所作诸笺,其刻印法已在日本木刻专家之上","因思倘有人自备佳纸,上加序目,订成一书,实不独为文房清玩,亦中国木刻史上之一大纪念耳"。(19330205)

鲁迅对笺纸的浓厚兴趣并非心血来潮,这一次仍不过是念念不忘的回响而已,在这回响中有个依稀闪烁的身影,正是他去世多年的故友陈师曾。早在1928年准备出版《朝花夕拾》时,他就曾向自己的学生李霁野认真地托付过:

"(《朝花夕拾》)书面我想不再请人画。琉璃厂淳菁阁似乎有陈师曾画的信笺,望便中给我买几张(要花样不同的)寄来。我想选一张,自己写一个署名,就作为书面。"(19280131)或许李霁野这样的新式青年没有很好理解他的用意,未能实现起初设想的效果,鲁迅也只好作罢。"昨天将陈师曾画的信纸看了一遍,无可用。我以为他有花卉,不料并无。只得另设法。"(19280226)

今天的人们评论陈师曾,会说他是民国早期北京画坛的领袖,慧眼识得齐白石的知己,名重天下的陈寅恪的长兄,但对于当时的鲁迅而言,他却是一位在青少年时便志趣相投的同学,一位成年后更有亲近私交的同事。陈师曾年长鲁迅五岁,祖父是清末著名维新派高官陈宝箴。戊戌变法失败后,陈氏家族衰落,陈师曾先考取了江南陆师学堂附设矿务铁路学堂,后赴日本,进入东京弘文学院学习。在此期间,陈师曾恰好两次与鲁迅同窗,特别在弘文学院,两人同住一个寝室,朝夕相处,彼此的了解与欣赏不断加深。鲁迅在日本时,与二弟周作人合译了《域外小说集》并于1909年出版。这部小说集由鲁迅自己设计封面,图案是文艺女神缪斯在晨曦中弹奏着班卓琴,而封面的题字则托付给了陈师曾。陈师曾不负期望,五个铁线篆字古雅静穆,与图案可称相得益彰。

1912年,鲁迅应蔡元培的邀请,赴北京入教育部任职。在他的回忆中,这是一段昏暗的时光,他常常闷坐在绍兴会馆的屋内,无聊地抄录古碑以消磨生命。在这灰黑的底色

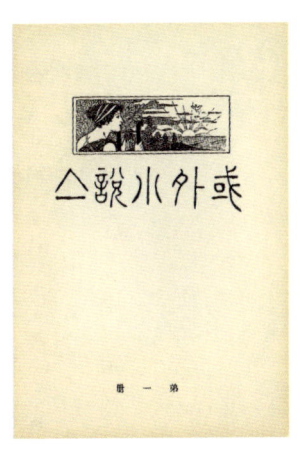

《域外小说集》的封面由鲁迅设计,陈师曾题写书名。

上,与陈师曾的旧友重逢无疑是不多的亮点之一。1913年陈师曾也进入教育部任职,他们一起为博览会选定展品,一起逛琉璃厂淘宝,一起出门寻访师友。陈师曾虽已是名动京城的大画家与金石学家,但性格却一如从前的温厚,对鲁迅更有兄长般的关爱。他曾赠送鲁迅多幅自己的精品画作,也为鲁迅治印数枚,这些故友佳作,鲁迅一直赏用珍藏直至去世。与陈师曾交往时,鲁迅也一反给人的"高冷"印象。他在日记中有过记载,有一次,一位朋友请鲁迅找人写一幅寿联,他满口应允,"携至部捕陈师曾写讫送去"。两人交往的轻松惬意,寥寥数字,跃然而出。

然而天不假年,1923年陈师曾探望生病的母亲时意外

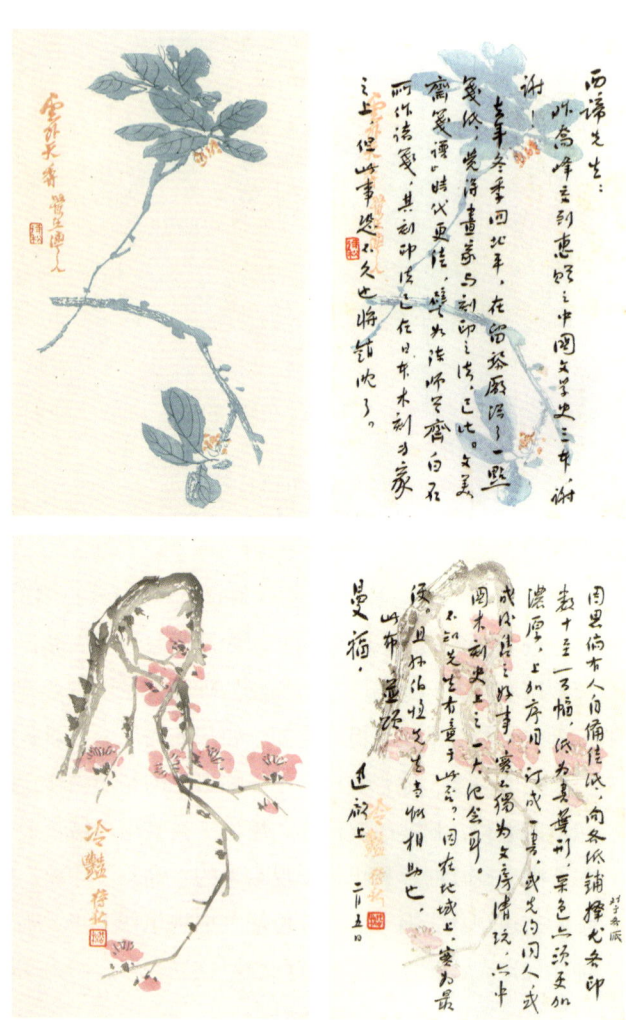

鲁迅致函郑振铎所用花笺,为吴待秋绘制。在1933年2月5日的信函中,鲁迅首次明确提出编辑笺谱的计划。

染疴去世，年仅四十七岁。而在五年后的1928年，鲁迅编辑《朝花夕拾》时，看到早年自己哀悼范爱农的诗句，"故人云散尽，我亦等轻尘"，或许脑海中浮现过许许多多熟悉的面孔，陈师曾无疑也是其中之一。如能用陈师曾的花卉画笺作封面，可称尽美，而用落花呼应人世间的朝夕聚散，则为尽善，只可惜从前以为寻常易得的，却往往难遂心愿。

鲁迅对陈师曾的画笺不仅是"念念不忘"，甚至达到了"耿耿于怀"的地步。他在编辑《北平笺谱》时的通信中还对郑振铎抱怨道："玻璃版也大有巧拙的，例如《师曾遗墨》，就印得很不高明。"（19331120）

如果说鲁迅将最浓烈的悲痛给予了刘和珍与柔石，那最绵长的哀思就是给了陈师曾和瞿秋白。他为瞿秋白编辑文集《海上述林》，又托内山书店将书稿送至日本印出，以此来告慰逝者的英灵。而他辑录《北平笺谱》，冥冥中的第一推动力则正是陈师曾。他在序言中酣畅淋漓地赞颂道："及中华民国立，义宁陈君师曾入北京，初为镌铜者作墨合，镇纸画稿，俾其雕镂；既成拓墨，雅趣盎然。不久复廓其技于笺纸，才华蓬勃，笔简意饶，且又顾及刻工省其奏刀之困，而诗笺乃开一新境。盖至是而画师梓人，神志暗会，同力合作，遂越前修矣。"对陈师曾画艺与刻法相适应的实践、在民国画笺界的首创之功做了永久的定论。

《北平笺谱》共收录清末民初笺画三百三十二幅，其中陈师曾独占三十二幅，一人即近总数的十分之一，这其中既有古拙的山水、苍劲的梅竹，也有玲珑的花卉、灵动的禽果，而格外引人瞩目的是刻在铜墨盒上的两幅铭文笺。鲁迅在编辑《北平笺谱》时的原则之一，就是排除以文字为主的笺纸。"宋元书影笺可不加入，因其与《留真谱》无大差别也。大典笺亦可不要。"（19330929）须知宋元书影笺和永乐大典笺都是文人墨客眼中的至雅之物，但鲁迅为了画面感皆可弃之不用，却独独选中两幅陈师曾的刻铜字迹。那是两首颇为轻巧而回味甘凛的小诗。

其一：**纸屏石枕竹方床，手倦抛书午梦长。**
睡起宛然成独笑，数声渔笛在沧浪。
其二：**谁傍溪山构小庐，林泉深处足幽居。**
主人尽日无尘事，客至焚香读道书。

人常道，见字如面，睹物思人；又道，纸墨寿于金石。鲁迅特意收陈师曾的字迹入笺谱，一来见字迹如对旧友，二来诗中味道颇似二人当年的交谊，三来将两方墨盒融入百部笺纸，历经十年的怀念与周折，终于换得了此人与此情的流传与不朽。

二

鲁迅辑录《北平笺谱》的初衷，或是来自对故友的怀缅，但他在编辑笺谱过程中体现的情谊，却绝不只是对那些在他生命中留下过印迹的人。无论平凡的画师,还是无名的刻工,那些他从未谋面、现实生活中更不会有交集的人们,他都满怀着善意与同情去面对。这样的先生,才真正当得起一个"大"字。

《北平笺谱》收录的画笺,大多出于晚清民国大家笔下,如黄慎的人物,林纾的山水,齐白石的花果,乃至二十名家的梅花。假使这样一路选下去,自然不会有错,但鲁迅的眼光总是与众不同,说一视同仁还不够,他甚至是有几分偏重辛勤的画师。他在给郑振铎的信中列举道:"特请人为笺作画……则有光绪间之李毓如,(戴)伯和,(刘)锡玲,李伯霖。"又详详细细地嘱咐:"李毓如作,样张中只有一家版,因系色笺,刻又劣,故未取。此公在光绪年中,似为纸店服役了一世,题签之类,常见其名,而技艺却实不高明,记得作品却不少。先生可否另觅数幅,存其名以报其一世之吃苦。吃苦而能入书,虽可笑,但此书有历史性,固不妨亦有苦工也。"(19331002)

鲁迅没有食言,《北平笺谱》最终选取了李毓如的四色君子笺,分别是红梅、翠兰、金菊与碧竹,虽未见得有高妙的技法或独特的构思,但笔力过人,构图明快,一气呵成,透着能工巧匠的自信与潇洒。除李毓如外,《北平笺谱》还收录了戴伯和画笺十六幅,李伯霖画笺九幅。时至今日,戴伯和的鹤笺与花果笺仍被北京荣宝斋和上海朵云轩分别梓行,刘锡玲的旧制七十二候笺更是一纸难求的名品,由此可见，笺画不完全等同于国画，自有一番审美与评定的标准。鲁迅先生不凭名气辑选画笺，而是执意将苦工录入艺术史，这番用心与前瞻，为后人保留了更多的参考样本和一个个值得铭记的名字。

画笺作为中国传统木刻套色版画的一种，刻工的水平起着至关重要的作用。鲁迅有信心编辑一部笺谱，正是被当时刻工的高超技艺所打动，他专门为此写信与郑振铎分享心得："（琉璃厂工匠）刻印之法，已比《文美斋笺谱》时代更佳……已在日本木刻专家之上。"（19330205）这一番话绝非溢美的自夸，鲁迅青少年时即赴日本留学多年，在成年后，更收集了诸多浮世绘版画，对葛饰北斋、歌川广重等大家之作也有独特的评判。平心持论，文美斋的百花笺与日本的浮世绘在一定程度上秾丽有余而变幻不足，总差一点点不可言说的飘逸之感，而在中国民国时期刻工的刀下，无论摇曳的花枝、润泽的瓜果，还是灵动的人物、舒朗的风景，都那么自如不着痕迹，足以淋漓尽致地传达画家的笔墨意境。

而同一幅笺画，由不同的刻工运刀制版，也会有高下之分。就像同一道菜，由两名厨师分别来做，味道也不尽相同。鲁迅在给郑振铎信中认真比对刻工的优劣，以决定画笺版本的取舍："齐白石花果笺有清秘、荣宝两种，画悉同……细审之，似清秘阁版为剽窃也，故取荣宝版。"（19331002）

对于刻工的重要性，鲁迅多是凭艺术鉴赏家的直觉，而深谙版画技法的郑振铎则有非常详细的分析，他在《访笺杂记》中写道："彩色诗笺，不仅要精刻，而且要就色彩的不同而分刻为若干板片；笺画之有无精神，全靠分板之能否得当。画家可以恣意的使用着颜料，刻工必须仔细地把那么复杂的颜色，分析为四五个乃至一二十个单色板片。所以刻工之好坏，是主宰着制笺的命运的。"

然而令人遗憾的是，无论画艺高低，画师总被看作文人墨客，刻工虽然起着无可替代的作用，却只是被人用绰号呼来喝去，"刀头具眼"的神技也被视为"贱技"。鲁迅心中为他们暗暗抱着不平："板儿杨，张老西之名，似可记入《访笺杂记》内，借此已可知张某为山西人……中国也竟可糊涂到不知其真姓名（况且还有绰号）。"（19331111）他采取的举措，一是在《北平笺谱》目录中将刻工单辟一栏，与画家的姓名同列在所作画笺的下面；二是请郑振铎专门在后记中记录每个人的姓名与所属的笺肆。多亏了郑振铎这样一位有着相同见识与同理心的好帮手，在不知踏过多少门槛，受了多少白眼，费了多少口舌以后，郑振铎终于查考到淳菁阁的"张老西"名叫张启和，为当时刻工的翘楚；静文斋的"板儿杨"名叫杨华庭；以及荣宝斋的刻工李振怀，松华斋、清秘阁的刻工张东山等等。这些旧时人的名字取得极其质朴、方正，如今读到，脑海中仿佛就浮现出一个个身影，穿着利落的蓝色短褂，坐在光线柔和的大树下，对着梨木板上的雁皮纸，凝神静气，运腕奏刀。

《北平笺谱》于1933年一年内即告功成，并以二人始料不及的速度成为"新董"。鲁迅和郑振铎备受鼓舞，又开始筹划复刻中国古代套色版画的巅峰之作《十竹斋笺谱》。然而鲁迅的心里却少有兴奋，显露更多的是凄凉和沉重，只因为他仍记挂着琉璃厂的工匠们。他在致日本友人增田涉的信中写道："雕工、印工现在也只剩三四人，大都陷于可怜的生活状态中，这班人一死，这套技术也就完了。从今年开始，我与郑君二人每月出一点钱以复刻明代的《十竹斋笺谱》，预计一年左右可成。"（19340318）他在和郑振铎的信中亦确认："翻刻全部，每人不过一月二十余元，我预算可以担任。"（19340209）

中国1930年代的物价，在抗战之前基本保持稳定且非常低廉。米面只需六七分钱一斤，一元钱可买五斤以上五花肉，北京三间厢房的月租金在五六元钱。一名熟练工人月工资不过三十元，一个普通四口之家的每月伙食费十五元足矣。齐白石刚到北京时，扇面画作只卖两元一个，成名后才涨到六元一件。鲁迅与郑振铎两人每月共同出资约五十元，虽然称不上很大的筹款，但也足以补贴当时重新绘刻《十竹斋笺谱》的费用了。

1934年6月，鲁迅收到试印的样张，直到近一年后，才收到刻好的《十竹斋笺谱》第一册。鲁迅由衷肯定笺谱复刻的高水准："样张今天都收到。《笺谱》刻的很好，大张的山水及近于写意的花卉,尤佳。"(19340621)"《十竹斋笺谱》一本已收到。我虽未见过原本,但看翻刻,成绩的确不坏;清朝已少有此种套版佳书,将来怕也未必再有此刻工和印手。"(19350410)但他对刻工进展速度之慢也颇为无奈:"但我们的同胞,真也刻的慢,其悠悠然之态,固足令人佩服,然一生中也就做不了多少事,无怪古人之要修仙。"(19340602)

四册《十竹斋笺谱》一共二百八十三幅纤巧的图案,荣宝斋新记于1952年再次复刻,当年七月就已完工,可见鲁迅原计划一年左右的工程量并不算紧张,然而他在有生之年甚至连《十竹斋笺谱》的第二册都未能亲眼看到,这实在不能不说是一个巨大的遗憾。究其原因,一是作为琉璃厂笺肆的"白眉",荣宝斋于1934年开始印制自家的《北平荣宝斋诗笺谱》,该谱两册,共收录笺画二百幅,印量又大,工匠们无暇他顾;其次,鲁迅与郑振铎商定,为保证《十竹斋笺谱》初刻的效果,荣宝斋不得私自先行印制散笺出售,而且未来刻成的底版要赠予慷慨出借明代原笺谱的王孝慈,笺肆没有持续的利润可图,积极性不会很高;最后,若"不惮以最坏的恶意来揣测中国人",不妨这样揣摩工匠的心理,既然鲁迅与郑振铎是按月付款,一月不刻完,便有一月的收入,钱虽然不很多,但也是一笔稳定的收入,这样慢慢刻下去,何乐而不为?

鲁迅曾为版税问题几乎与出版商对簿公堂,也因自己的作品屡遭查禁而对当局进行讽刺与反击,他当然不是没有脾气秉性的人。鲁迅为《北平笺谱》和《十竹斋笺谱》的定价及预售方法与郑振铎反复计算协商,每月二十余元的开支约为他月收入的十五分之一,他有整个家庭要养,诸多计划要投入,而且每一元钱都是熬着夜一笔一画写出来的;鲁迅也不是对金钱没有概念的人。但除了在《十竹斋笺谱》刚开始复刻的阶段发出过"悠悠然"的调侃,之后两年间他却再也没有吐露过对工匠一丝的不满。鲁迅和工匠之间似乎有一种"消极的默契",他一方面盼望着笺谱尽快完工,另一方面又愿意以这样的方式去资助工匠,延续工艺。

在给郑振铎的信中,鲁迅就像"等待戈多"一样,只能去无助地等待与询问:"后之三本,还是催促刻工,赶至每五个月刻成一本,如是,则明年年底,可以了结一事了。太久不好。"(19340927)"今年似不如以全力完成《十竹斋笺谱》,然后再图其他。"(19350330)"不如以全力完成此书,至少也要出他三本,如果完成,亦一好书也。不知先生以为如何?"(19350430)就在去世前二十天,重病中的鲁迅仍心心念念《十竹斋笺谱》的进度,他去了最后一通短信问郑振铎:"《十竹斋笺谱》近况如何?此书如能早日刻成,乃幸。"(19360929)其中的语气已经十分虚弱,更像是祈祷一般,有一种尽人事、听天命的无可奈何,这在鲁迅的行文中是极为少见的。

1934年,鲁迅得知《十竹斋笺谱》原藏者王孝慈因为藏书被骗而精神失常的消息,在信中不由对郑振铎叹惋道:"王君生病,不惟可怜,且亦可惜,好像老实人是容易发疯的。"(19341108)而他也和王孝慈同于1936年去世。虽然当今世人看到鲁迅的,多是其"横眉冷对千夫指"的一面,但他对素未谋面的画师与工匠,竟抱着那样的同情与宽容。在这个意义上,谁能说他不是一个"可怜而可惜的老实人"呢。

三

单单完成一页画笺,就需要画师、刻工、印工的多重努力,编纂一部笺谱的难度更加可想而知。除辑选画笺和设定体例,就连题签、用纸、售价、印量、版权这样的细节,鲁迅也都一一考虑周全。如果以鲁迅为圆心,以笺谱事由为半径画一个小小的朋友圈,便可以充分感受到他的处世之道与交友之情。

作为《北平笺谱》与《十竹斋笺谱》的共同编者,郑振铎无疑是鲁迅格外倚重的人。他在与郑振铎的通信中,并没有什么客套与赘言,但就在一次又一次的就事论事中,令人充分感受到信任带来的温暖。他在给郑振铎的第二封信之中便强调:"以后印造,我想最好是不要和我商量,因为信札往来,需时间而于进行之速有碍,我是独裁主义信徒也。"(19330929)鲁迅在经济上也是无条件信任郑振铎,几次主动预支大额费用,不让对方有一点为难。他在同一封信中写道:"印款我决筹四百,于下月五日以前必可寄出。"(19330929)在次年编纂《十竹斋笺谱》时,也是一样的慷慨:"今由开明书店汇上洋叁佰元,为刻《十竹斋笺谱》之用,附上收条,乞便中一取为荷。"(19340626)

两人合作时,一如既往的信任与承担已是很难做到的事情,然而对于鲁迅来说,这还只是做人做事的基础。他设身处地,主动为他人着想的例子也不胜枚举。郑振铎垫款买了不少笺样,鲁迅替他牵线,想了处理的办法:"先生所购之信笺,如自己不要,内山书店云愿意买去,大约他自有售去之法。"(19331003)亦商亦友的内山完造积极预订、代销《北平笺谱》,鲁迅在十二元的预售价上尽量打折,"内山加入,还在发表预约之先,我想还是作每部九·四七算"。(19340310)对于慷慨出借明代原版《十竹斋笺谱》的王孝慈,鲁迅觉得只是赠送全套雕版仍不够实惠,还是要多付酬金答谢,"以板赠王君,我也赞成的。但王君又非商人,不善经营。何妨在印售时,即每本增价壹贰成,作为原本主人之报酬"。(19340516)

鲁迅对待亲近的朋友如此,对陌生的读者也视作"上帝"而一视同仁。当他查到过手的《北平笺谱》装订时偶有缺页,遂逐一向郑振铎指出漏掉的笺纸页数,并语重心长地告知:"缺页倘能早印见寄,甚好。这回付印,似应叮嘱装订者小心,或者每种多印几张,以备补缺之用,才好。因为买这类高价书的人，大抵要检查，恐怕一有缺页，会来麻烦的。"（19340310）当他看到《十竹斋笺谱》的古雅与精美，不止一回想到的却是不以之为目标客户的美术生，并主动想办法将这份古典艺术珍品普及给他们："上海之青年美术学生中，亦有愿参考中国旧式木刻者，而苦于不知，知之，则又苦于难得，岁伺如图版刻成，似可于精印本外，别制一种廉价本……以减轻学生之负担并助其研究，此于上帝意旨，庶几近之。"（19340209）"另选百二十张以制普及版，也是最要紧的事，这些画，青年作家真应该看看了。"（19340602）拳拳关爱之心溢于言表。

编书余下来的笺纸、几分几角钱的定价、诚善者的权益、普通读者的需求，那些许多大人物不屑一顾的琐事，在鲁迅眼中却都是值得认真对待的事情。就像一件袍子，他关心的不只是一眼望见的体面，更在乎的是每个细节的熨帖，这种熨帖全然出于本心，不仅让身边人倍感温暖，更让后人感到他人格的伟大。就连至亲许广平也曾对萧红说过："周先生的做人，真是我们学不了的。哪怕一点点小事。"

四

《北平笺谱》一函六册，初印一百部，鲁迅写信给郑振铎："乞为我留下书四十部（其中自存及送人二十部，内山书店包销二十部)。"(19330929)首版很快售空后又加印了一百部。能获赠这样一部珍贵大书的人,在鲁迅心中各有珍贵的情谊与因由。

许寿裳是鲁迅一生的挚友,二人亲如手足。许广平曾回忆道:"鲁迅先生不管是受多大的创伤,得到许先生的谈话之后,像波涛汹涌的海洋的心境,忽然平静宁帖起来了。"《北平笺谱》成书后,鲁迅特致函告知许寿裳:"久未闻消息,想一切康适为念。《笺谱》已印成,留一部在此,未知何时返禾,尔时希见过为幸。"(19340328)对于两名年过半百、相知三十余年的挚友,若不是极为看重的礼物,是很难想到要特意留下一份赠送的。一句问候,一部书,对一次见面的期待,已胜过千言万语。

《北平笺谱》是一如旧制的线装书,手书题签必不可少,鲁迅与郑振铎最终选择的,绝非前清的遗老遗少,而是老相识的"新青年":"序文我想还是请建功兄写一写,签条则请兼士。"(19331111)此外,扉页的题写者定为沈尹默。沈氏兄弟都是鲁迅当年在北大的同事,魏建功是他在北大的学生,号为"天行山鬼"。对于书家,这或许只是举手之劳,但鲁迅满怀着欣慰与感激,他在给郑振铎的信中说:"天行写了这许多字,我想送他一部。"(19340111)"再出版时,写书签之两沈,似乎得各送一部,不知然否?"(19340524)言辞简洁愉悦,颇有"分手脱相赠,平生一片心"的快意。如今谈及与《北平笺谱》有关的书家,或许不少人会感到陌生。但如果多说一句，1987年版电视剧《红楼梦》片名用的也是沈尹默的手书，而魏建功是1953年第一版《新华字典》的主编和封面题字者，相信人们会对《北平笺谱》油然生出几分亲近感，也会更加钦佩鲁迅的眼光。

鲁迅对同辈人是一种淡淡有韵的挂怀，对同道的青年则是格外的坦诚与周到，生怕对方有为难的情绪，每每想到，就先说出来，处处照料着对方的自尊。他将这样一部珍贵的大书赠予自己看重的青年，首先声明的就是不收钱。《北平笺谱》刚刚印成，他就急急地写信给"未名社"的台静农："兄之所要一部，已函西谛兄在北平交出，另一部则托其交与天行兄，希就近接洽。这两部都是我送的，无需付钱。"（19340112）进步的青年木刻家陈铁耕虽久未和他通信，但鲁迅也是牢记在心："记得去年你曾函告我，要得一部《北平笺谱》。现在是早已印成，而且已经卖完了。但你所要的一部，还留在我的寓里，我也不要收钱。"（19340606）鲁迅知道这书的贵重，又怕青年人着急，于是寄出后又写信告知，用的却是轻松无奈的口吻："《北平笺谱》已于一星期前用小包寄出了，但从上海到你的故乡，挂号信件真慢得可以。"（19340712）志愿为他编辑《集外集》的青年杨霁云，大约是订得晚了，鲁迅抱着非常诚恳与关爱的态度："再版《北平笺谱》亦已到沪，不及初版，我可以换一部初版的给先生。"（19341010）这样一位处处平等、体贴待人的大先生，怎能不受到青年由衷的爱戴。

在鲁迅寄赠《北平笺谱》的人士中，还有几位外国友人。增田涉对鲁迅执弟子之礼，曾向他系统学习中国小说史，后来将《中国小说史略》翻译成日文，并写成日文初稿《鲁迅传》，经鲁迅亲自改阅。山本初枝女士——也就是鲁迅在《为了忘却的记念》中提到将"惯于长夜过春时"一诗写予的日本歌人——有着日本女性的温婉和短歌诗人的才情，因寓居上海时和内山夫妇交好而结识鲁迅，多次参加鲁迅举行的漫谈会，也常送给海婴糖果、衣服、玩具等小礼物。这两位友人分别于1931年底和1932年中回国，然而鲁迅与他们仍一直保持着通信联络。他曾向山本初枝预告《北平笺谱》的进行："最近我和一位朋友在印《北平笺谱》，预定明年一月出版。出后当寄奉览。"（19331114）有趣的是，在同一封信中，鲁迅也写到上海的冷清、当局对出版的压迫、如何养兰花乃至青蛙与蒲公英是否能吃，他的确是将山本初枝当作可以漫谈与分享的好友。

鲁迅特意托内山完造的朋友将《北平笺谱》带到日本寄给增田涉，在包裹附信中写道："包内有《北平笺谱》一函。这是由我提议，得郑振铎君大力才得以出版的……因为只做成一百部，故没出版前皆已预约完。幸出版者三闲书屋尚有存书，特奉上一部，以供清玩。"（19340227）他将自己谑称为"出版者三闲书屋"，又模仿士大夫老派的语气，透出对增田涉格外亲近的感情。增田涉去世后，所藏图书

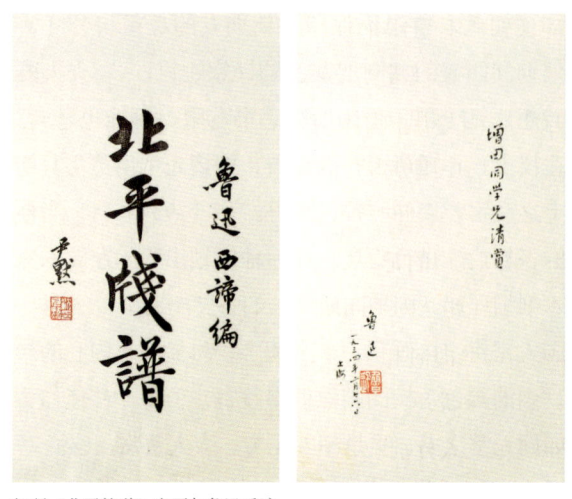

初版《北平笺谱》扉页与鲁迅手迹。

被捐赠给任教的日本关西大学,其中就包括这部初版的《北平笺谱》,笺谱的扉页留有鲁迅的手书赠言"增田同学兄清赏",令这份跨海的深情仍绵延至今。

鲁迅对人除了亲切的一面,也是非常有礼节与分寸感的。增田涉的老师佐藤春夫曾翻译过鲁迅的《故乡》,并称小说中有杜甫的况味,在他主编的《世界幽默小说全集》中收录了鲁迅的《阿Q正传》和《幸福的家庭》两篇,鲁迅于是请增田涉转赠一部《北平笺谱》致谢。

美国著名记者埃德加·斯诺与夫人海伦·福斯特在上海与鲁迅结识,从此对中国有了全新的认识,特别是海伦·福斯特,开始研究鲁迅的文学作品,搜集中国的左翼木刻版画。即便如此，鲁迅仍保持对新朋友的尊重与分寸，他事先写信询问两人的共同朋友、翻译家姚克："S夫人既爱艺术，我想送她一部，但因所得之书有限，不能也送S君了。这在礼仪上，不知可否？倘无碍，则请先生用英文写给我应该写上之文字，以便照抄，邮寄。"（19340211）当他得到肯定的答复后才进行赠送。此后他策划出版的左翼木刻画选集《木刻纪程》，则是向斯诺夫妇各赠一册。

国人常讲"读画"，一个读字，尽显源自内心的珍视与虔诚。画的颜色、构图固然值得欣赏，但每一件佳作背后的传奇如同无字之书，更是回味无穷，令人赞赏与感慨。

后人展开这样一部美轮美奂的《北平笺谱》，犹如瞻仰一座高山仰止的传统美术丰碑，在碑的背面，写满了鲁迅对逝者的怀念之情，对朋友的脉脉温情，对辛劳者的真切同情。"文翰之道将更，笺素之道随尽"，正如鲁迅预测的一般，无需等到三十世纪，《北平笺谱》已成为媲美唐版的绝品，而更加珍贵不朽、几乎绝迹的，则是这样一位对艺术、对人生怀有无限深情与真知的大先生。

正应了他留下的那句话，"无穷的远方，无数的人们，都和我有关"。

附 《北平笺谱》选页

笺纸，即形制华美的信纸，因纸上多印有花鸟、山水、古物等淡雅图案，又叫作花笺、画笺。这样精美的笺纸，文人雅士常用来题诗唱和；若日常拿来写信，叙事言情中平添几分诗意，因此笺纸也被称为诗笺。将一时一地的笺纸编辑成册，即为笺谱。

传统笺纸上的雅致图案，多以梨杜版木雕刻，在宣纸上累次套印而成，笺纸艺术也成为中国古典版画的一个重要分支。明代的《萝轩变古笺谱》和《十竹斋笺谱》可称"绝代双璧"，晚清的《百花诗笺谱》则是花笺大美之作。及至清末民国的文化之都北平，一方面画坛名家辈出，刻工技艺精湛，琉璃厂的各家笺纸店都有自身不同风格和主打作品，另一方面社会巨变，现代印刷术和西式文具涌入中国，以其便捷与低价大行其道，广据市场。

此时，身在上海的鲁迅先生敏锐察觉到传统笺纸艺术的衰微已不可避免，为留住这一片纸上芳华，他于1933年2月致信在燕京大学任教的郑振铎，约请后者共同编辑一部反映自光绪、宣统时期至1930年代北平笺纸风貌的谱册。两人的分工是由郑振铎在北平的笺纸店搜集各种笺样寄往上海，并统筹笺纸的印制、装订、付款等事务，鲁迅则主要负责画笺选编、装帧设计、定价及发行数量等事宜。

经过近一年的努力，1933年底，《北平笺谱》印制完成。在郑振铎寄来的五六百张画笺中，鲁迅选取了三百三十二幅笺纸，统编为一函六册，由荣宝斋装订发行。画笺分别来自琉璃厂的荣宝斋、清秘阁、淳菁阁、静文斋等十家老店，画家中既有陈师曾、齐白石、吴待秋等一代民国名家，也有此前默默无闻的清末笺纸画师；笺谱目录详细记载了画笺的类别、画作者、雕刻者及所属笺纸店，编辑手法科学、现代。《北平笺谱》的封面由鲁迅延请当年在北京大学的同事沈兼士题写，扉页请沈尹默题写。鲁迅和郑振铎的两篇序言，分别由鲁迅的学生魏建功和郑振铎的好友郭绍虞手书上版。郑振铎的《访笺杂记》作为跋文附在笺谱最后部分，文章叙述了郑振铎本人从遴选笺纸到洽谈出版的艰苦过程，是非常难得的第一手艺术史资料。为防止笺纸店私自加印，鲁迅和郑振铎还在初版书的版权页上留下了亲笔签名。

《北平笺谱》首版共印制一百部，除鲁迅自订二十部，郑振铎自订十部以外，内山书店预订了二十部，其余五十部对外预售。《北平笺谱》虽定价十二元，约等于三口之家一月的开支，但尚未问世便引起文化界与艺术界高度关注，很快预售一空，于是鲁迅和郑振铎加印一百部发售，也迅速告罄。时至今日，民国版的《北平笺谱》已经寥若晨星，且多深藏名山，重要拍卖会上初版《北平笺谱》的成交额已近天价。这印证了鲁迅当年的一半玩笑、一半预言："至三十世纪，必与唐版媲美矣。"

1958年，为纪念飞机失事的郑振铎先生，亦有感于民国版《北平笺谱》已经稀见，荣宝斋根据原版笺谱内容，独家重新刻印了全套笺谱，并更名为《北京笺谱》，仍按一函六册发行，鲁迅夫人许广平为重刻的笺谱撰写序言。

进入新世纪2010年以后，西泠印社与中国书店分别影印出版了民国版《北平笺谱》，至此，包括木版水印书迷在内的诸多艺术研究者、爱好者，以及鲁迅、郑振铎的崇拜者，终有机会一览这"中国木刻断代史丰碑"的庐山丰采。

博古角花笺

花卉角花笺

仿古花卉笺

张鞠如·罗汉笺

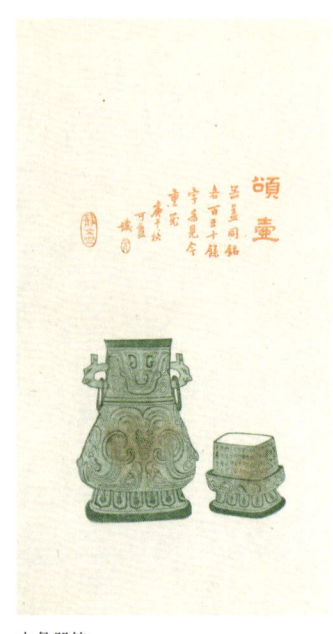# 古彝器笺

# 仿古花卉笺

南田遗制笺

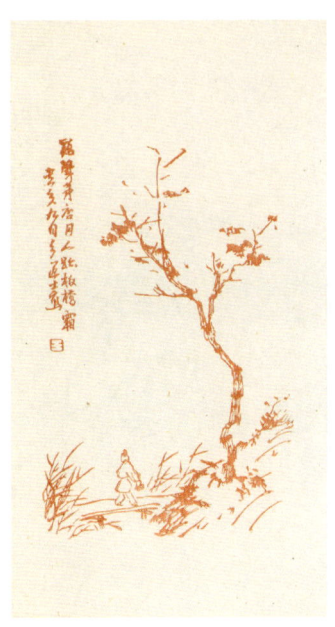
"人迹板桥霜"笺

黄慎·人物笺　　　　　赵之谦·佛像笺

戴伯和·鹤笺

王诏·花鸟笺

李毓如·花卉笺　　　　　缦卿·花卉笺

朱良材·婴戏笺　　　　　王劭农·蔬果笺

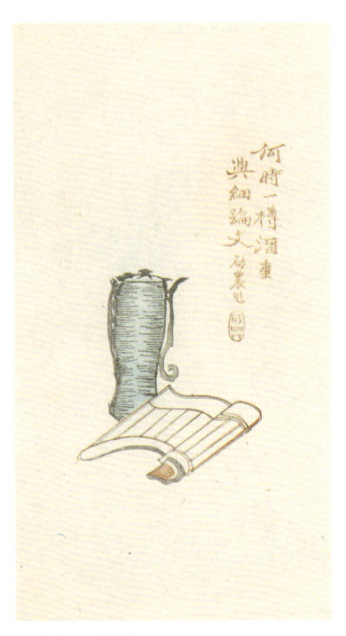

王劭农·清供笺　　　　　吴观岱·梅花笺

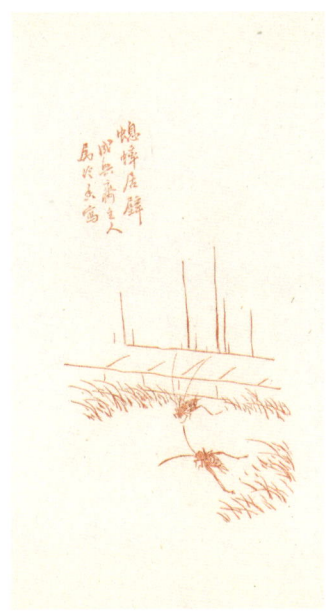

冷香·月令笺

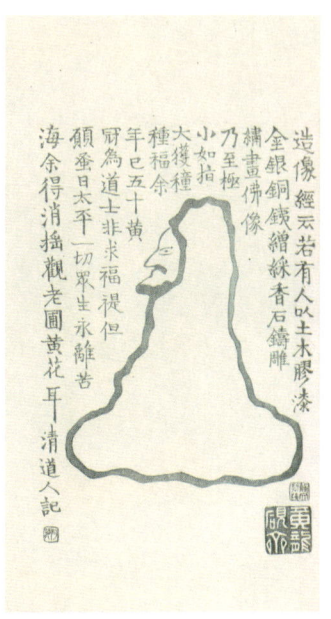

李瑞清·罗汉笺

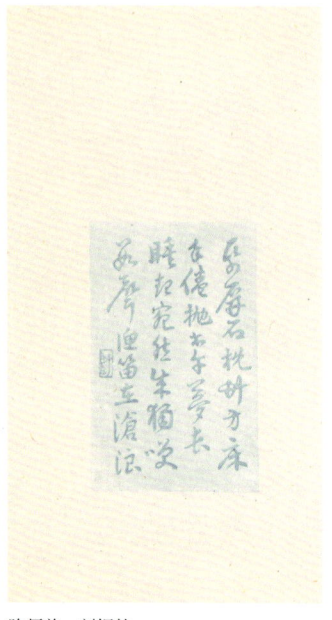

林纾·山水笺　　　　　　陈师曾·刻铜笺

陈师曾·花卉笺

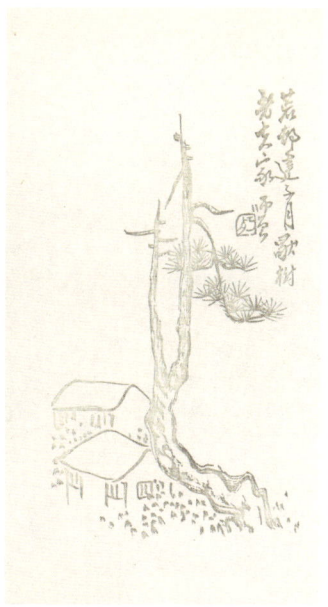

陈师曾·山水笺

姚华·西域古迹笺

姚华·唐画壁砖笺

齐白石·蔬果笺

齐白石·人物笺

王梦白·山水笺

溥儒·山水笺

江采·花卉笺

江采·花卉笺

吴待秋·梅花笺

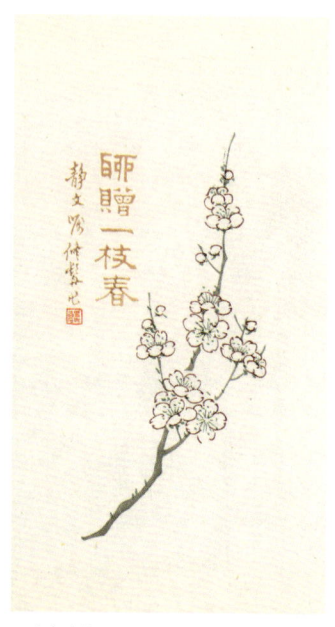
二十名家梅花笺之一

王梦白·壬申笺

王羽仪·癸酉笺

附《十竹斋笺谱》选页

笺纸虽是一门小众艺术,但源远流长,相传唐代女诗人薛涛居蜀中时,用芙蓉花汁染制出深红色小幅笺纸,一时引得"成都纸贵"。近年研究发现,一些宋代名贵笺纸上砑印有不同的图案纹理,但明中期以前,日常所用仍是素笺纸居多。自唐代以降,中国的雕版印刷技术不断发展进步。从粗拙到精细,从单色到彩色,从单纯的佛像到小说插图再到名家画谱,木刻版画逐渐成为重要的古典美术分支。及至明代末期,笺纸艺术与雕版印刷完美结合,成就了中国古代套色版画的巅峰之作《十竹斋笺谱》。

十竹斋主人胡正言,字曰从,曾任武英殿中书舍人,后弃官不做,隐居在南京鸡笼山侧,窗前植竹十余株,每日与画师工匠一道钻研雕印工艺。《十竹斋笺谱》出版于明崇祯十七年,即公元1644年,笺谱分四册,共收录二百八十三幅笺画，被誉为"汇古今之名迹，集艺苑之大成"。其一在工艺难度上，《十竹斋笺谱》将"饾版""拱花"两项技艺发扬光大。饾版就是如同小点心般精巧的木版，通过累次套印，精准展现出笺画的内容与色泽；拱花是用凹版在纸面上慢慢按压出类似浮雕的效果，使流水有形，落花生痕。其二在制笺标准上，胡正言确立了绘、刻、印三位一体的要求。笺画雅致不俗，但不脱离大众审美，刻版线条既避免呆板，又不能草率无力，刷印时要深刻理解画意，用色自然。其三在笺画内容上，既有表现文人雅趣的古物美玉，又有可作画谱临摹的花草竹石，最有价值的则是近半数蕴含典故的笺画，诸如用一副织机暗喻孟母教子有方，用一枝旌杖指代苏武的不屈气节，兼具欣赏与教化功能，可称明代文士的小型百科全书。

至民国年间，明版《十竹斋笺谱》已成世间珍本。1934年，继编辑《北平笺谱》大获成功后，郑振铎向鲁迅提议复刻《十竹斋笺谱》。当时日本文求堂有一全套《十竹斋笺谱》待价而沽，但当郑振铎致函询问时，日方却匿而拒售。此事激发了鲁迅先生的文化自尊心，下定决心要将这部笺谱复刻完成。经人介绍，郑振铎从北平藏书家王孝慈手中借到一套缺图二十二幅的《十竹斋笺谱》，鲁迅与郑振铎共同承担费用，委托《北平笺谱》的发行方北平荣宝斋进行雕版印制。鲁迅先生还为《十竹斋笺谱》题写牌记，记录了藏书者王孝慈和诸多工匠的名字。当他拿到初期完工的笺画，即给予高度评价，可惜此项工程进展十分缓慢，鲁迅先生只见到笺谱第一册印成，便于1936年10月在心心念念中去世。

次年，日寇大举侵华，北平成为抗战前线，郑振铎更加困顿无助，但他仍牢记鲁迅先生重托，独力苦撑，终于在1941年将缺页的《十竹斋笺谱》监制完成。或许是感天动地，就在笺谱完工的同时，竟有熟识的书商在淮城收购到另一套明代《十竹斋笺谱》，平价转让给了郑振铎，而且这部"淮城本"笺谱品质更佳，恰好能够补全王孝慈藏本的缺页。

新中国成立后，百废待兴，已担任国家文物局局长的郑振铎再次主持《十竹斋笺谱》的复刻工作。1952年7月，二百八十三幅全图本《十竹斋笺谱》终于由荣宝斋印制完成，郑振铎评称其"隽逸深远，温柔敦厚"。这套笺谱不但成为木版水印爱好者梦寐以求的珍贵藏品，也是当时赠送重要外宾的礼品之一，更远销到欧洲、北美多国，成为宣介中国传统艺术的极佳名片。

清供

花石

博古

画诗：潮平两岸阔，风正一帆悬

画诗：明月松间照，清泉石上流　　　汉阴丈人：听言微子贡，谁契此冲襟

凌烟阁　　　　　　　三壶

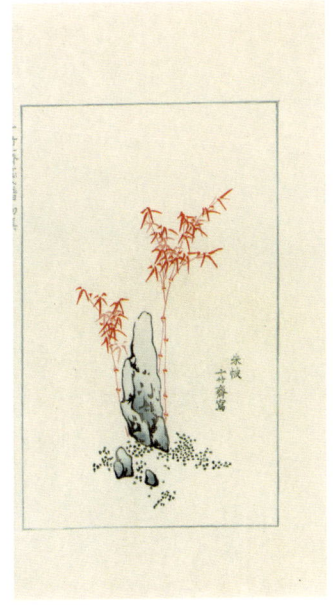

朱皴

印月

凤子

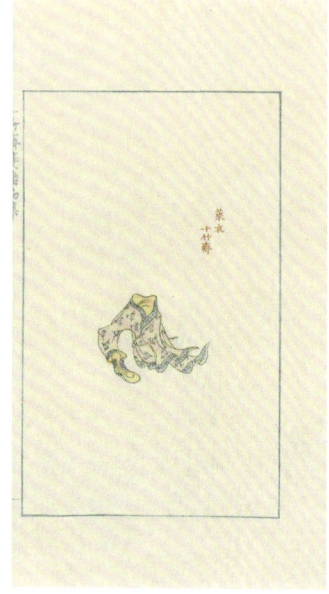

莱衣：老莱彩衣娱亲

陆橘：陆绩怀橘奉母

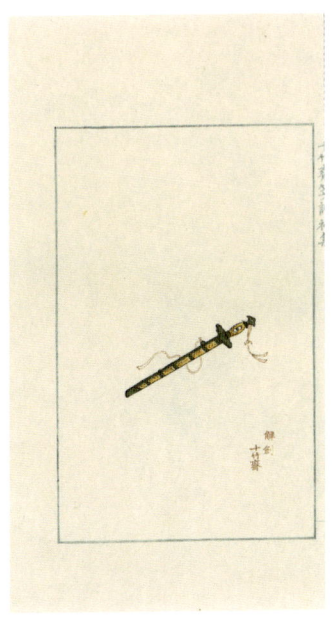
解剑：公子札剑赠故友

倾盖：孔子与程子倾谈终日

孟机：孟母断织教子

邺架：邺侯藏书万卷

挂角：李密牛角挂书

青灯：陆游青灯入诗

笔花：李白梦笔生花

蠡湖：范蠡泛舟隐居　　　　　　洙泗：孔子聚徒讲学之地

周莲：周敦颐写《爱莲说》　　达旦：关羽秉烛夜读

投笔：班超投笔从戎　　汉节：苏武持节牧羊

铜狄：五百年前铸造的异域小人铜像　　海屋：神仙所居海中长生之地

青鸟:神话中的祥瑞　　　　　在郊:逢盛世麒麟出没于郊野

香雪

著书

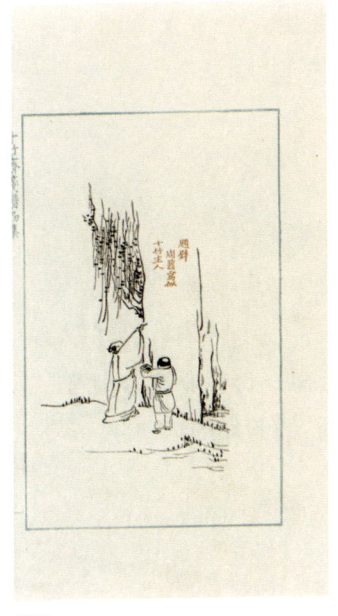

题壁

沧海月明珠有润

办证

尹甯

从2004年到2021年。

从买房到上访

今收到尹仙籍售房合同一份，收据（编号0010976，编号0119921）2份，身份证复印件3份，房屋差价已付538元。

2009.6.4，吕关红

一切要从这张收条说起。

2004年，我二十六岁，有一个处了两年的女朋友，父母决定帮我买房子。我家住在市郊，离家大约两公里的邻村宫庄，正在开发一处地产"翠景观城"。母亲先去看了下，回来告诉我感觉不错，主要是离家近，将来有个照

---

*文中所涉人名、地名、单位皆为化名。

应,房价也能承受得起,话说半年来房价涨得不轻,再不下手,钱就更不值钱了。我不置可否,心里并无多少波澜。对于买房成家这事,好像还没心理准备,既然父母亲有想法,那就顺水推舟。

过了几天,母亲又叫我同去一趟,临时售楼处就在项目工地上,母亲与一位卖楼的中年女士谈得不错。我们得知她是北面邻村人,楼盘也是本地人开发的,卖得还挺好,虽然楼房主体还没完工,但销售看板上标识已售出的小红旗已经贴了不少。经过权衡,我们选了七号楼的五层西户,面积七十多平,各方面感觉还合适,房子就这么定下了。

约好了日子正式交房款签合同,房屋总价十三万多。回家后母亲跟我摊牌:她帮我出十万,加上我从参加工作开始交给她的两万多,剩下的一万,她的意思是让我女朋友出,这房子有了女方的股份,俩人就算拴在一起了。女朋友这边也不含糊,痛快答应。

另外的一个决定有点抖机灵,但后来给我造成了诸多麻烦。这个决定是:购房签合同时,写我父亲的名字。

那时是这么考虑的:我跟女朋友是单位的双职工,我1996年参加工作,国家房改政策规定,1998年以前参加工作的职工,原则上仍旧享受福利分房政策,虽然希望渺茫,但如果我们单位还能分房或集资建房,像我这种情况不但符合政策,而且作为双职工排名打分还会很高。但有个问题是:分房的具体方案往往由单位在不违背大原则的前提下自己制订，比如有的分男不分女，有的只分已婚，还有的只分无房户，我们担心的就是最后一种，如果单位知道了我们已经私下买了商品房，我就属有房户，会不会影响到那个如梦如幻的福利末班车？当时是考虑事情比较长远的兄长提出的这个问题，父母听了觉得有道理，我的态度依然是不置可否，那个年龄段感觉这些似乎都不是事儿，怎么着都行。

按约定好的时间，2004年12月28日这天，我们父子三人带着十三万元现金，去往卖房的公司交钱签合同。

这家公司位于我家到市里的中间位置，从主干道向东经过一百米左右狭窄的水泥路，就看见一处坐北朝南的大院，院子的大门上挂着"万新环境艺术有限公司"的牌子，穿过院子，北侧是一栋三层的办公楼，立面贴着白色瓷砖，红色琉璃瓦，看起来倒有点像是私人住宅。走进去一看，感觉没错，确实是集居住与办公于一体的内部装修，一名年轻的女会计接待了我们。按流程，当面点了钱，开了收据，然后签合同。合同一式两份，有些简单，只有两页纸，约定了最基本的条款，我们看了一下，没看出什么问题，然后父亲就签了字，对方会计也签了字，并盖上了万新环境艺术有限公司的红色印章。

一年半之后，我和父亲又去一趟，补交了剩下的房款和煤暖投资，然后拿到了房屋钥匙。接着是房屋装修，这是2006年的事情。2007年9月，我与相恋四年多的女友结婚并搬进新居。2008年7月，原供职单位解散，我们夫妻二人被分流到不同的单位,开始新的工作。

2009年夏季某天,我接到万新公司的电话,让带着手里的合同及收据去改签正式合同,为办理房产证做准备,顺便补退房款差价。我上班忙一时走不开,父母便提出帮我跑腿。几天后的周末,我回到父母身边,母亲向我出示了本文开头列出的这张收条。这是一张三十二开大小的白纸,字是用蓝色的复写纸复写上去的,不算潦草,也不模糊,在夜晚的灯光下倒是显得有些苍白。

"怎么连个公章也没有哇?"我问母亲。

母亲稍显迟疑:"这还是我和你爸主动跟他们要的呢,她说放心吧,不会有事的。再说了,十里八乡的都熟悉,他们还能骗咱们不成?"母亲所说的那个"她",正是当初售楼处的那个女人,显然当时她也在场。

听了母亲的话,我没再说什么,不过我知道,从此以后,关于这栋房子的手续,就只剩下这张收条了。

此时房子已经住了快有两年,整个楼盘的入住率还挺高。由于是新小区,大家买房的时间也差不多,又是装修又是搬家,一来二去,邻居们都熟悉并热络起来,没事的时候大家凑到一起,便开始打听房产证什么时候能拿到手。

信息在流动和碰撞后完善并清晰:我们这个小区的开发商叫作龙华房地产开发公司,这个公司是我们所处的街道(原镇政府)投资设立的;小区的地皮是宫庄居委会(原宫庄村)的;大家买房的时候把钱交给了一些不同的公司，这些公司多是与开发商联合建设的建筑商，大概有五六家，万新环境艺术公司是其中一家。有意思的是，我们这个单元一梯两户，共十二户业主，西户的业主都是从万新公司手里买的房子，有的还通过该公司办了按揭贷款，至于东户的业主，人家直接把钱交给了龙华公司，有的已经拿到了房产证。

现在大家都明白了：镇政府出地，开发商牵头，建筑商垫资并建设，再将房子分配给建筑商各自销售回笼资金——这是我们这个楼盘整个的开发销售模式。

与房产证相关联的是户口问题。没有房产证就无法落户，小区的外来人员不少，他们着急落户，格外关心什么时候能将房产证拿到手。我则不存在这个焦虑，我是本地户口，房子刚住了不久也没有卖房的打算，再加上妻子怀孕了，心思不在这些琐事上面，邻居们传递的信息，我只需竖着耳朵听。

一个消息引爆了大家的怒火。

没有办出房产证的业主，需要再缴纳土地出让金和房屋维修基金。土地出让金的产生是由于小区的土地属性发生了变更，我们买房的时候知道房子是建在集体土地上，当时没怎么在乎，因为那时的好多房子都是村里在开发，现在则因为市里的统一规划，该地块的开发变成了正规的土地出让，即通常所说的小产权房转正，我们的房子既可以办理房产证也可以办理土地证，完全合法了。开发商龙华公司应是先行垫付了这笔钱，而这笔钱是在项目竣工甚至房屋销售之后产生的，开发商认为应由参与联合开发的各建筑商分别承担，建筑商们当然不愿意承担这笔凭空多出来的费用，于是想到将其转嫁给业主。至于房屋维修基金，据说是政府的新规定，办理房产证之前必须缴纳。

我接到万新公司的电话，说两项费用加起来大约是一万六千多块钱，要想办证，得先把这钱交了。

自然觉得不公平，同一个楼洞里的邻居，东户的业主，房屋面积比我们还大，人家已经拿到了房产证，而且一共才交了不到两千块钱，只因为当初是直接从开发商龙华公司买的房，之前与之后龙华公司也没有再向他们收取额外的费用；同样是业主，我们被拖延了拿证的时间，不但没有补偿，还要被敲竹杠。是可忍孰不可忍。

大家都是这个想法，纷纷去找龙华公司，毕竟他们是开发商，最终的房产手续都要通过他们办理，但龙华公司两手一摊，说我们没收你们的钱，你们的档案、签订的合同都不在我们这儿，你们先去找卖给你们房的建筑公司办手续吧。

建筑公司却跟我们要钱。

哪有这种道理？

于是就有人鼓噪要去上访。

我内心是不太赞成上访的，一是不久前原工作单位解散的时候我参加过上访，大体知道是怎么回事；另一个我不认为这事去找政府有什么道理，这明明属于经济纠纷，卖房的收了钱交了房不给办证是违约行为，应当到法院打官司。好多人说我说的有道理，但还是同意去上访，因为感觉人多势众，政府不会坐视不管。

他们先去了区政府，后来听说在区政府大门外起了冲突，有人被推搡，有人的数码相机被没收。第二次大家理性了一些，相约去街道办事处，好像知道了上访要找信访部门，要从基层开始，不能越级。

去了应该有二三十人吧，拖家带口的。这回有了直观的认识，原来龙华公司的办公地点就在街道的办公大楼里面，却没人代表公司出面跟我们打交道，接待我们的是一位三十岁左右的男士，应该是负责信访的街道干部，只记得他被一大群人围着吵吵嚷嚷，胖胖的脑袋和后背都是汗，当时说了什么我也不记得了。我把握着绝不出头的原则，只是跟着鼓噪，有个印象比较深刻，楼下邻居小吴堵着一间办公室的门，不让一位女工作人员进，结果还挨了一巴掌。

反正闹了半天，我们没得到想要的结果，没人承诺可以不用缴纳那两份钱，也没人承诺什么时候能给办证。

街道办上访，我们聚众可能不止一回，但最终没能达到大多数人的目的，事情的结果是：在最后一次，街道的某位负责人接待了我们这群人中的三个代表，单独与他们谈了话。三人出来后神色有些飘忽，话语有些遮掩，只表示政府仍然不能答应我们的要求。一群人最终作鸟兽散，又过了些日子，倒是听说这三位代表都办出了证。

单打独斗

2009年8月,我的女儿来到了世上,我们的栖息之所又多了些意义。五个月后的2010年1月19日,农历腊月初五,我的父亲去世了,这天是他的生日。

煤气中毒。

母亲重度昏迷,在医院住了近四个月,后遗症造成了不可逆的脑损伤,失聪,神经紧张,情绪焦虑,不足一年后,2011年1月3日,她自己选择了离开我们。

老人们会说,我这叫彻底脱掉孩子皮,真正成人了。

房证的事搁置了两年,这期间我没工夫去想这些,当然也没人为这事联系我,不管是街道、公司还是邻居。2011年中,我一边尝试从家庭变故中逐渐走出来,一边开始重新考虑解决这事。

之前我曾一度天真地想:国家搞物权法,搞产权登记,听说还要收房产税,等要收房产税了,开发商那边会比咱们着急的吧?还不得主动联系咱们办证吗?到时候主动权就是咱们的啦。对我的这种想法,妻子不以为然,听说谁谁家已经把钱交了,要不咱们也认了算了,又不是拿不出这笔钱。每论至此,我就不服,搬出来两个理由:一是我们并不着急卖房子,也不用落户口,房产证晚点拿不会有什么损失;二是万新公司这个老赖,你把钱给了它,它再反悔或者搞出点新名堂来继续拖着,你再怎么办?

妻子不再与我争执，我猜她心里对被敲竹杠这事也是有些不甘心。

那就走正常渠道，去找法院，实践我当初解决这事的想法吧。于是在七月的某一天，我走进了区法院的立案大厅。

我把情况跟一名工作人员简要介绍了下，说想打官司。记得那名工作人员听了之后毫无迟疑地跟我说道："关于商品房延迟办证的问题，我们法院自三月份起不受理。"我顿时语塞："为什么？谁说的？""没有为什么，我们庭长说不受理。"

我真的有点蒙，又有些愤怒，当晚在网上几个知名的全国性论坛和地方网站发帖吐槽这事，还用了当时非常流行的咆哮体进行表达。我心存一丝期待能引起关注激起一点波澜，而实际情况却是泥牛入海。

愤怒往往带来不好的结果，回忆起那年关于房子的事情，就有一段小插曲。

女儿一天天长大，得考虑上幼儿园，我们住的地方离工作单位比较远，为接送方便，打算选择离我单位近的幼儿园，就考虑在市内再买套房子。恰好当时有个位置不错的新盘，我们去看了下，相中了一个小的两居室，没怎么犹豫就交了定金，但令人不快的是，几天后该楼盘被电视台曝光，说了土地权属不清，使用权年限太短，电梯运力设计不足等等一大堆问题。

我和妻子就决定去售楼处退房子，我们也不是不占理，因为先前有个销售总监拍着胸脯保证,如果不满意可以跟我们解除合同退我们定金。哪知等真的去了,对方却反悔,说那个销售总监已经离职联系不上了,定金交了就不能退。我和妻子数次上门,结果却越来越难以沟通,最后一次我独自去了,对方态度恶劣,一副你能把我们怎么样的架势。

我有些急眼了:做生意都不用讲诚信了吗?讲道理的人就得受欺负吗?一腔怒火无处发泄,恰好那天戴着皮手套,我右手一拳捣在售房大厅矗立的沙盘模型上。

平常看似很结实的一米多高的双子大楼模型,轰然倒塌。一屋子的人望着一地的模型碎片,惊呆了。

有人报警,派出所效率倒是很高,五分钟后,我就被两名民警带走了。派出所给出的处理意见是:这属于故意损坏公私财物,得看对方接不接受赔偿,双方最好私了。

赶紧找人帮忙吧,当时能想到的只有我哥和单位里关系较好的同事杨哥。我哥接到我的电话也蒙了,一时没什么办法;杨哥人活泛,先联系对方,努力代我求情,说这小伙儿只是一时冲动,明天是他老母亲的周年,他心情不好才干了傻事,你们也有态度不好的方面云云。对方说他们的模型值五万,杨哥最后给讲到了三万五,得,正好是我交的定金的数额。

我哥连夜帮我凑够了钱,把我从局子里捞了出来。妻子表现得倒很平静,只是长叹了口气,没怎么埋怨我,第二天就把钱取出来还给我哥。

房子没退成，倒赔了三万五，我心有不甘，思前想后，给对方公司老板写了一封情真意切的信，大体意思是我就给贵公司造成的损失表示抱歉，但做生意应该讲诚信，定金一开始你们答应还我的，我们工薪阶层攒三万多块钱不容易。信投出去本没抱太大希望，没想到几天后还真接到了售楼处的电话，通知我去退定金，看来老板被我的信打动了，还是有底线的。

这场风波就这么结束了，现在回想起来还五味杂陈。

事情还结了个果，在局子里的时候，一位岁数不小的民警（我猜是协警）得知我在本地区最大的医院上班，有点利用价值，过后时不时打电话跟我套近乎，动不动就说有病号让我帮他联系大夫看病。他算找对人了，这方面恰是我的弱项，工作了多年也没认识几个大夫。我烦得不行，尽力帮他一两次之后，再接到电话，就推托没有熟人，不再理他了。

草率加愤怒造成的创伤，用了大半年的时间来愈合。2012年的下半年，必须重启买房计划，因为女儿已经上幼儿园了。

这次就出奇的顺利，我们用公积金贷款买下了一套市中心不足六十平米的二手房，各方面都很满意，十月份就高高兴兴地搬了进去。原先的房子闲置下来，因为是我和妻子的婚房，又是亲手装修起来的，总不舍得租出去，房产证没到手，想卖就更不现实了。

一转眼又过了三年多。2015年4月，我们所在的城市教育局转发省教育厅《关于普通中小学招生入学工作的指导意见》的通知，标志着学区房政策开始实施了。不像在一线城市具有的爆炸性，我们这里的房价对这一政策的反应好像有点慢半拍，一年之后效果才开始显现。这期间，妻子曾提过，我们是不是也该考虑买套学区房，我嗤之以鼻，一是我们现在住的地方小学划片质量还不错，孩子离上中学还早着呢；二是以当时手里的资金，如果勉强支付一个老破小学区房的首付，我的改善型住房计划就无法实施了，除非一个可能，就是把第一套房出手，获得更多的资金，然后再办个按揭，实现一步到位、既住上大房子又解决学区问题的想法。大房子的必要性还体现在我们赶上了二胎的全面放开，我和妻子打算以实际行动衷心响应。

换大房子的想法我没怎么在妻子面前说，因为那个房产证一天没办下来，这种想法就是空中楼阁。

我掐指一算：现在是2016年，只要在2019年底之前把证办下来，到时候一出手，在这座城市的任何角落顶个大房子的首付都应该没有问题。根据学区房实施细则，只要赶在女儿上四年级之前解决问题就行，还有三年，一切都来得及。

于是我开始重启办证计划。

先是打电话给万新公司，一个号码总没人接听，一个号码连着传真机。那就登门吧。距离上次拜访过去了十年，这公司居然还在！不过门有些难进，外面的大铁门总上着锁，还没走近院子，就传来许多条狗的叫声。倒是有一位看门的老大爷常在，却不好沟通，外地口音，一问三不知。登门数次，只有一次我进入到办公楼里面，一二层空无一人，三楼正对楼梯是一道防盗门，怎么敲也没人应。

找不着人就递信吧。我简单表达了自己的意思，一是这事拖的时间也太长了；二是如果可以谈的话，我想在办证之前把合同的名字由父亲改成我的，这样就省去了将来再办一次继承的麻烦，我可以再出点钱，至于多少钱，对方完全可以说个数。我认为既然是生意，一切都可以谈。

毕竟又多活了几年，现在我的心态上少了一些认死理，钱的方面气也粗了些，但我心里还是设定了个数目，对方要是狮子大开口，我就不能答应。我认为这个数不应该超过两万。

我把信塞给了看门的老大爷，顺便跟他要公司老板吕万欣的手机号码。老大爷说他没有老板的号码，但可以给我一个冯姓经理的电话，说这方面的事都可以联系冯经理。我就给冯经理打了电话，他倒是挺客气，说回去查查我的资料。

大约一个礼拜后，我再次致电，他在电话那头支支吾吾，一会儿说没查到我的资料，一会儿又说好像听说我父亲曾经来公司办理过退房手续。

我就知道他是在打太极了，申明我的立场：我父亲已经过世好多年了，就算没过世，也不可能去把我住的房子退了；你们开公司是为了赚钱的，这事现在就是门生意嘛，你们开个价总可以的吧？

他不接我的话茬，说要不我再给你查查，再问问我们吕总吧。

我怀疑他能否真实向吕老板传递我的想法，过一段时间，就又递了一封信，算是最后通牒。在这封信里，我又表达了想花点钱的意思，并强调了如果再不给我一个明确的回应，我将会邀请第三方介入此事，至于第三方是谁，我卖个关子，你们爱怎么想怎么想。信写好没找到合适的信封，就放在一个红包里交给了看门老大爷。

过段时间，冯经理给我回话了，他始终不承认公司收到了我的买房手续，却含蓄地表达如果想改合同需要三万到五万块钱。这个数目超出了我的底线，我的执拗劲又上来了，心想我要是打官司，肯定不会花那么多钱，如果给了你们三万，再加上开发商开发票要缴纳的税金，恐怕没有五万拿不下来，另外那笔土地出让金还不知道需不需要再交，于是说，我接受不了。

在另一次电话中我们还聊起了别的事，他也知道了我在市里最大的医院上班，想请我帮忙找个专家给他老婆看看眼睛。我说我不直接认识眼科专家，有必要的话我可以帮他打听打听。我还开玩笑地说，是不是如果我帮不上忙，我的事也就黄了？他继续跟我打哈哈。又过了段时间，他非得约我见上一面，我说有什么事电话里不能说，见了面又能怎样？

不过还是应约前往了。不出所料,他还是那些车轱辘话。我们在离他们公司不远的路边见面,他开了一辆改装的能拉货的小面包车,外貌短小精瘦,像个做小买卖的。

见了这面之后,我断定这人根本就不是公司副总级别的人物,就是一个给老板跑腿的马仔。我越发不把他当回事了,也不再给他打电话。不过后来仔细琢磨他约我见面的意图,或许是想摸摸我这人的底细,是不是那种能哄得住的人,如果从我这儿要了钱去,我会不会再反咬一口,毕竟无论是办理正常手续,还是合同改名字,额外的费用都师出无名,是不合法的,我完全可以先给他们钱把证办了,然后再回过头找他们打官司。想到这一层,我就发现这变成了一个信任问题,一方面,我不信任他们,一直担心他们继续敲竹杠,不敢按照他们提出的数目给钱,除非他们把证办出来摆在我面前;另一方面,他们也不信任我,从我给他们递的信里,从屡次的电话交谈中,他们发现我是个爱讲理又认死理的人,不太好糊弄,从我身上榨出点油水恐怕很难,所以他们也不愿意冒险,毕竟一直拖着对他们也没什么损失。

2015年2月4日,最高人民法院印发《关于全面深化人民法院改革的意见——人民法院第四个五年改革纲要(2014-2018)》,改立案审查制为立案登记制。我经常听新闻,法律的事虽然不太懂,但感觉国家这一改革举措应当是鼓励打官司的信号,既然指望不上万新公司的主动配合,我就又想告他们了。

打了几个法律咨询电话，得到的信息是，办房产证这事是可以起诉的，当然你得先去法院立案，可以自己去，也可以委托律师替你办。委托律师要花钱，我这个案件相对简单，决定自己先去法院探探路。

2017年开春，我又迈进了区法院的大门。

与六年前确实不同，新的立案大厅设了专门接待员，也有叫号系统了，服务的味道重了好多。只是来办事的人不多，却要好长时间叫一个号。好不容易排到我，接待人员看了材料，听我讲了情况，说这事没那么简单，你想打官司，首先这诉状你会写吗？你最好找个律师帮你写。其次，你也可以选择诉前调解的方式，我们法院现在鼓励民事纠纷进行诉前调解。

在排号的时候，我留意到大厅侧面的一排调解室，并仔细读了挂在墙上的宣传材料，感觉调解或许也是个不错的选择，接到法院的调解通知，万新公司总不能无动于衷吧？那我就先申请下调解试试。

过后证明，我又一次把事情想得简单了。其后两个多月里，法院按部就班地将流程走了一圈，通知我递材料，了解情况，签字画押，拿材料，通过电话（或许也有书面通知）联系万新公司，但万新公司拒不到庭，不接受调解，法院表示他们已经尽力了，因为调解本身就不具备强制性。

我自己也直接给万新姓冯的打电话，我说你们调解不到庭，我就真的要起诉你们了。冯说，啊，那倒无所谓。

我又一次傻了眼。

两个多月的白忙活，我对走法律渠道多了一些认识，知道正式起诉打官司恐怕是最后一条路，一旦这条路走不通，那就真走投无路了。所以在选择正式起诉之前，要把其他的可能性再尝试一下。

我想到了龙华公司。

你龙华公司是房子的唯一开发商，房子是你牵头开发的，你有办证的义务啊，房子你交出去这么多年了，有没办出证来的你总该有数吧？理论上，房子没办证就代表你没正式卖出去，账上押着许多房子，这么多年你就不着急吗？这是我能想到跟他们讲理的理由。

代表龙华公司跟我接洽的是街道财政所的徐所长，一位中年女士。我先是跟她通电话。她知道我的情况，告诉我像这种没办出证来的大概还有不到十户吧，我们这栋楼的五六户是跟万新公司签合同的，别的楼上还有几户是跟其他公司签的。我就把我的道理讲给她听，她说龙华公司是开发商没错，房产销售发票也由公司开，但你们的信息我们一概不掌握，能证明你们是产权人的一切资料都在当初跟你们签合同的建筑公司手里，我们如果擅自给你们把手续办了，万新公司来找我们怎么办？我说他们为什么要来找你们？"万一你们这些业主跟他们有纠纷呢？比如说房款还没交齐呢？"她回复我。

她给我的建议是，去万新公司开一张证明。只要万新公司认可我的业主身份,她这边就可以帮我办手续。

我说我找过万新无数次了,他们就不配合怎么办?她说是呀,她也听说其他业主也是差不多的情况,你们可以考虑联合起来一起找,到时候你们开个车,也可以拉上我们的人一起去。

我说公司都进不去,人都不在,又是锁门又是养狗,联合起来就有用吗?她说也是,她也感觉万新公司老板吕万欣这个人道德有问题,"我们给他打电话,他也不回应"。

我说:"那你有他的电话吗?可以给我吗?"

她很痛快地给了我吕万欣的电话。

当晚,我拨通那个号码。"喂,请问是吕老板吗?""你谁呀?""我是买你房子的。""买我房子的?你买哪里的房?""山河翠景的。""你打错了!"

这是全部通话内容。自从与他那个姓冯的马仔联系后期,我留了个心眼,开始对一些我觉得重要的电话进行录音,争取多留下些证据。

我又梳理了一下:龙华公司的态度与八年前没什么区别,负责这事的人本身就是街道工作人员,公家单位,办事讲原则,你手续不全不会为你担风险的,帮不上忙对单位对个人总不会有什么损失,只会对你表示点同情。显然仅仅获得同情对我来说是不能满意的,我得咬定他们是开发公司,他们有协助办证的义务,他们应主动联系万新公司,让万新公司提供我的资料和手续。

过了几天，我又登门到街道财政所面见徐所长，重申我的主张。为缓和气氛，我还带了个大西瓜去。

她仍然表示暂时无能为力，只能把我的情况跟领导再反映反映，龙华公司虽然没什么业务了，但毕竟还是正常存续的公司，负责人是街道主管人武工作的邢主任。我提出跟邢主任面谈，她说邢主任不在，他知道你们的事，还是由她反映吧。

另外，我把手里那张宝贵的收条带给她看，说这个难道不能证明我与万新公司之间的关系吗？她说你这张收条上一没公章，二没房产门牌号，不敢给你办，怕出事，要不你留个复印件吧。

我给她留下个复印件。

大约半个月后，我再致电，徐所长表示已经反映给邢主任了，领导也没有新说法，事情总归还跟原先一样，需要万新公司的证明。

我知道问题可能出在力度不够，我就又想到了上访，让上级部门给他们些压力。

我去了区信访办，区信访办当场联系街道相关负责人了解情况，然后告诉我，具体事项还得由街道信访办负责接待和解决。街道信访办继续按流程接待了我，面对面向我了解情况，让我给他们一点时间解决问题。

当晚，财政所徐所长给我电话，语气颇为不快，意思是我不跟她打招呼就去上访太鲁莽了。我心里有一丝丝得意，看来你们感受到了压力。

二十多天后,街道信访办约我再次面谈,给我答复。记得有四位相关负责人在座,后来又请到徐所长也参加。我得到的反馈是:街道已了解到详细情况,街道也无能为力,因为街道手里没有能镇住万新公司的牌,没法掐住万新公司的脖子,让吕万欣主动配合办证这事目前不具备条件,你只能再等等,看有没有合适的机会柳暗花明。

我也表达了我的想法,我说如果你们都没办法,我只能去法院告了,龙华公司估计也会是被告,作为公司背后的政府面子会好看吗?

他们听了并没有什么反应。

我的话算说到家了。我也不能再等了。

打官司

2017年中,我的第二个孩子降生。家里又多了口人,孩子姥姥过来帮忙照顾,居住空间凸显狭小,换房子的议题不断出现在我们夫妻俩的讨论中。

我依然坚持把宝押在那个房本上。现在是2017年底,距离2019年底还有两年时间,两年时间,打一场官司够用了吧?

得先找个律师,前几次去法院的经验告诉我,这事不是一纸诉状能解决的问题。我哥帮我打听到一位自己开所的律师，张嘴就要四万，胜诉的话再收提成，把我吓了一跳。我又自己通过同学打听到一位盛律师，他执业于本地最大的律所，我登门跟他见面。

盛律师年纪不大，戴着眼镜，黑胖黑胖，说带点口音的普通话，语速稍快我就有点听不清。他帮我梳理案情：

一、龙华与万新两公司一个是开发商，另一个收了钱，要告两公司就得一起告；

二、收条作为唯一证据，没盖公章，又是复写件，法律效力很弱，需要我准备更多能证明买卖关系以及合法占有房屋的证据，还要能证明开收条的吕关红与万新公司之间有联系；

三、尽量联络其他业主一起起诉，越多越好，原告越多，就可以互相佐证，法院采信度就越大；

四、当初签合同是我父亲的名字，现在人不在了，原告就不能是我自己，还得加上我哥，要准备一大堆亲属关系证明材料。

盛律师一再强调了证据的重要性，他说的第三条有点打动我：虽然大家手里都没有合同，但人证同样是证据，大家抱团一起告，法院没有理由认为我们是在串通撒谎。

嗯，就是这个道理，看来我要着手联络并动员同病相怜的邻居们了。

我首先想到了住楼下的小吴。当年上访的时候他挺积极，我们又最熟，他和他媳妇岁数都不大，孩子看病我还帮过忙，我觉得首先就得动员他家。小吴这回不甚积极，理由是他丈人以前打过官司，他了解打官司的来龙去脉，他说他丈人本来很有胜算的一场借贷诉讼最后却输了，他们两口子不太相信法院了。我说这回不一样啊，我们几户绑在一起胜算很大的，律师都这么说。

通过小吴我又联系了另一户，我拼命在电话里劝说，他也将信将疑，勉强同意约个时间见律师一面。见面或许是碍于面子，结果是他们态度依然不积极，我说要不这样，你们要是同意打官司，律师费我都可以帮你们付。这么大方的原因，一是我感觉自己单打独斗证据不足确实没底气；另一方面，盛律师答应了人数越多，代理费可以打折，私下里我跟盛律师商量好了，我一个人的话五千，三个人绑一块一万，由于诉讼标的是要求对方履行义务，诉讼费法院会按件计算，不会收太多，我心里盘算了下，如果官司能打赢，这点成本我承担得起。

都这样了，两位大哥还是不为所动，都不愿意打官司。我说难道你们还有别的办法吗？俩人也不正面回应。我感觉他们最直接的顾虑还是一旦上法庭就彻底把万新公司得罪了，后路堵死，再想通过其他途径办证也就不可能了。

我还抱着侥幸心理联系了其他两户业主，一户态度很不友好，完全对我敌视，我也不知为什么；另一户没有主见，我认为拉着她随大流还行，单独合作我害怕带不动她。

我跟盛律师说了情况，盛律师说不行那就你自己单独打吧，目前房子你占有使用，这是你最大的优势证据，还是有胜诉希望的，当然，证据越多越好，你就回去多准备吧！我说那像我这种官司一般多长时间出结果？他说怎么也得半年吧，不过你这个案情不复杂，估计顶多开两次庭吧。

我们签委托代理协议，盛律师咕哝了一句：你这个案子有个问题是你父亲不在了，诉讼过程会多一些麻烦。可不是嘛，我一边签名一边问他：今天几号？

2018年1月19日。唉呀，父亲过世八年整了。

两天之后，盛律师将起诉状交给了我。诉讼请求是两条：一、请求法院确认我父亲尹仙籍与万新公司的房屋买卖关系成立；二、要求万新公司与龙华公司协助我们办理房产证。

我找到我哥一起签了字，下一步就是去法院立案。盛律师说现在区法院立案的人比较多，要是能找找熟人可能会快一些。我打听到一位同事的亲戚在法院工作，央求他帮忙给打了个招呼。

一个多月后，收到法院的通知书，2018年3月1日立案，4月10日开庭。

法院联系我，让我一起去给被告送传票，因为这样比较能够保证送达效率。

两个被告，万新公司吕老板坐在一辆黑色宝马车里，打发冯经理下车取文件。我一度冲动地想走到车边一睹这位冤家的尊容，并跟他说上两句："你终于露面了，你也知道法院的传票不接不行哈！"一转念又觉得那么做没意思，既然已经走了法律程序，法庭上见面也是一样。

很奇怪，我更想看到的是龙华公司负责人的反应。在街道办事处的一间办公室外，我通过虚掩着的门听着里面的对话，有种偷窥的快感。法院的同志急于让负责人签收传票，而对方执意要请示领导。法院说，你不就是公司的负责人吗？对方说得请示办事处的领导，僵持好长时间后，负责人打了一通电话，勉强同意收下传票，但不能签字，说要等到领导回来之后再签。法院的同志有些着急就说，你懂不懂法律呀？我们的送达文书必须有你们被告签字，才能带回去交差啊！

这时负责同志突然站起身打开了门，看着我说，你是尹甯吧？进来坐吧，为什么站在门口呢？

这就有点尴尬了，我只得走进办公室。落座后才发现，负责同志办公桌对面有一台监视器。

我倒没插话，他们继续理论了一番，至于最后怎么解决的问题，我还真想不起来了。

虽然可以委托律师全权代理出庭，第一次开庭我却一定要参加。4月10日这天上午，我平生第一次坐在法庭的椅子上，正式体验打官司的感觉。

主审法官是女的，姓曲，看上去年纪不会比我大，这让我有点惊讶又敬佩，她的每一句问话都很直接、简练，透露出一定程度的威严。双方律师感觉完全被镇住了,说话都小心翼翼。

庭审过程主要是我方陈述证词,提供证据,然后对方质证。两被告都是委托律师到庭,我想看到吕万欣吕老板,他却没露面,我有点小失望。

龙华公司的辩词是对我方的陈述一概不知情,唯一承认了与万新公司曾经存在合作关系;万新公司则不承认与我父亲之间有房屋买卖关系,对我提供的那张收据不予承认,至于收据开具人吕关红与公司之间的关系也不清楚,由于当事人吕万欣不在场,有些问题还要待庭审后进一步调查了解。

曲法官让我方提供房屋的权属证明,进一步补充我事实占有房屋的一些证据,例如从交房至现在的水电煤气缴费收据等。

庭审没用多长时间就结束了。

这么长时间,我为什么不联系吕关红呢?毕竟收条是她签的名,合同是她收走的。我还真想过这事,并且从邻居那儿得知,吕关红是万新公司老板吕万欣的亲妹妹。为打官司,我到工商部门调取了万新公司的工商登记信息,上面也清楚注明了她也是公司的股东之一。我是这么理解这些信息的:一方面,吕关红当初收回合同以及开收条的行为显然是她哥授意的,既然她哥撒谎抵赖不再承认与我之间的买卖关系,那她就更不可能承认这事;另一方面,她开收条的行为如果能够代表公司,这对我的官司是有利的,尽管盛律师说股东的行为严格意义上不能完全代表公司，妹妹显然更不行，但至少这两种关系都是真实的，法院会倾向于相信我的诉讼请求是真实的。盛律师强调，我还是应该想办法提供更多她与万新公司之间存在关系的证据。

当然可以联系下她试试，这就需要搞到她的电话号码。直接打听不到，只能找在电信公司上班的朋友帮我查。朋友给我的信息是全市有七八个叫吕关红的，除了手机号码，还有身份证号，我根据身份证号筛选出一位，确定她应该就是我想找的那个人。

我打过去电话，却没有留下电话录音，也没有获得我想要的信息。

其实很长一段时间，我也没完全放弃通过另外的途径，比如拐弯抹角找个熟人同吕万欣说和。我有位初中同学在村委会任职，万新公司占用的那块地皮恰巧是该村委会管辖的，难道这公司跟村委会之间会没来往吗？谁都知道熟人好办事，我求同学帮忙牵个线，中间做个保人。几天后同学给了我答复，说人家吕老板占用的地皮与村里签的是长期合同，合同本身没有问题，并且是与上任村委签的，目前公司与村里确实没有什么往来，他与吕万欣个人不熟，也不好以村委的名义掺和这事。我还联系了万新公司附近村子里的几个同学，他们也知道吕万欣，并向我透露了他的一部分底细，说这个吕老板一开始是开公共浴池的，后来靠承包一些零星工程慢慢发了财，以前去他那儿洗澡见了面还点头打招呼，后来发达了就爱搭不理，毕竟他不是村里的原住民，还真没什么人能跟他说上话。

只得一门心思回到正道上来。法院让落实房屋的权属关系，我委托盛律师去了房产交易中心，调出来的结果是房子目前登记在街道办事处宫庄居委会名下，而居委会属于独立的法人实体。盛律师肯定地说，这下你得把宫庄居委会也追加为被告了。

既然这样，我说不能把吕关红也追加为被告吗？反正被告数量也没有限制。盛律师说不行，因为你的诉讼请求是让万新与龙华公司以及宫庄居委会配合你办证，你与吕关红之间不存在买卖关系，吕关红给你开条的行为也是代表了万新公司，追加她为被告与你的诉讼请求不符。

我当然得听律师的，同样，我也得听老天爷的。第一次开庭后不足半月，厄运又来，我唯一的兄长撒手人寰，撇下了嫂子和尚未成年的侄女。办理兄长的后事，收拾棘手的烂摊子，然后继续让时间治愈创伤。

我在等待一审第二次开庭。盛律师说过，我这个官司相对简单，估计第二次开庭就能结案。唯一需要的是进一步充实证据，还要履行一些手续，比如我哥去世后，官司的原告就变更为三人，我，我嫂子和我侄女。

第二次开庭的通知却迟迟不来。一审第一次开庭时间有硬性规定，要在立案后两个月以内，而第二次开庭就要听主审法官的安排。立案登记制政策效果明显，区法院的案子近几年爆发式增长。我抽空完善一些证据，比如我已经把房子租了出去，有租房合同；去电业局打印了几年的电费发票；还有交给物业的水费收据，这些都能证明我是房子的实际占有人。

九月份，我等来一个好消息，邻居小吴媳妇主动联系我咨询打官司的事。小吴的孩子也大了，需要考虑落户上学的事，我们的房子虽然位置较偏，但处于一所不好不坏的学区之内，可以满足一些普通人的普通选择。小吴媳妇不简单，一边着手打听办证的各种途径，一边去街道闹，硬是逼着街道开出了证明，证明他们的房屋所有权，那段时间派出所是认这个证明的，他们家最终凭此落了户。我跟她要了这个证明的复印件，上面清楚地盖着龙华公司的公章，标注该证明仅供办理孩子户口迁移使用。

我约了她与盛律师会面，她了解情况后依然显得犹豫，并没有马上给我回话。过段时间，她给我提供了个信息：就在离我们房子所在的小区不远处，有一家房产中介，在负责我们这些剩余户的房产证办理。

我带着疑问给这家中介打去电话。中介说，他们全权代理山河翠景小区（就是原来我们的翠景观城）剩余的房产证办理。我说你们怎么办理？电话那头回答，带着你们的合同和发票来就行。我说我们手中既没合同也没发票怎么办？哦，那你可以来一趟，问问我们领导。我说你们领导是谁，他能解决这事吗？我可以先给他打个电话吗？那头回答：这事你还是亲自来一趟吧,电话里不好说,领导交代,最好是跟他面谈。

我听他们居然有办法完成不可能的任务,那这里面一定有猫腻,龙华公司会把履行办证手续这事委托给一家中介公司?而中介公司又含糊其词遮遮掩掩地表示有门路解决手续不全的问题,会不会有利益输送?或者这个中介干脆就是万新公司的白手套?

后来我又从小吴媳妇那里得知,就在不久前,我们剩下的几户中有一户通过这个中介办出证来了,交了三万六千块。小吴媳妇则找了房产主管部门的熟人给这个中介打了招呼,对方也是跟她要了三万多块钱,让她等信儿。既然这样,她就彻底放弃了打官司的想法,不过碍于面子,也是在我的请求下,她答应可以让小吴帮我出庭做个人证。当然这也是盛律师给出的主意。盛律师还提到,其实小吴家打官司比我更有优势,当初他们的房子办过按揭,后来虽然提前还上了贷款,手里没留下什么东西,但银行总归是有记录的,那是能证明买房的最好证据。

等到了开庭的时候,小吴媳妇又反悔了,说小吴不能出庭,因为她还没从中介那儿拿到证。我知道她是怕掺和我的事再影响到她那边,既然铁了心押在中介那边,再蹚我这浑水就没什么好处了,况且把我这边晾了也不会有什么实质性损失。

我有点恼羞成怒了。恼的是一来二去中介那边也知道了我在同龙华和万新打官司，已经警觉起来，后来我再给他们打电话就不承诺我什么了；另一方面，对方要的钱也不少，超过了我的心理承受范围。最关键的，经历这么多波折，我的沉没成本越积越厚，越来越不甘心不明不白地解决问题。我更想抓住打赢官司这根稻草，因为这根稻草正大光明，花钱最少，最能让我心理平衡。当然也得做好准备，万一败诉了怎么办。

我觉得这个中介，可能会是个突破口。

我坚信他们办的事情拿不上台面，如果我能有证据证明他们在暗箱操作，将来就去找开发商也是街道办事处的那帮人，拿这个作为筹码，跟他们要说法，再上纲上线，甚至可以进一步向上反映，就不信他们不在乎。因此，我要尽可能多掌握一些信息，了解到底有几户我们这种情况的业主从他们那儿办出证来。

听小吴媳妇说，三楼那个邻居好像也在忙活这事。我便打电话向她求证，她却支支吾吾，不愿意跟我透露什么。我耍了个心眼，请一个同事冒充她的亲戚，给中介打电话询问。

同事表现得不太好，露了破绽，没能从中介那里进一步套出我想要的信息，却起了另外的作用。当天傍晚，小吴媳妇给我来电话，气势汹汹地责怪我为什么要给中介去电话，说因为我的搅和，那边告诉她不能给她办了。我当然没有承认，因为确实不是我打的电话。另外，中介的反应再一次验证了他们办这事见不得光。我心中窃喜：现在你知道叛徒的下场了吧？

当时我被自己耍小聪明的沾沾自喜冲昏了头脑，借着小吴媳妇六神无主的时候劝她回到打官司这条正路上来，一顿高谈阔论和大义凛然，但最终没能再次说服她，她只是叹了口气，没继续接我的话茬。过了几天，我看她没反应，便再发微信给她，甚至有些狗急跳墙地威胁她：你说我要是告诉中介，你从他们那儿办出证来之后还打算反咬一口把那三万块钱要回去，你说他们会信谁？

没了下文。自此我们再没联系过，我继续单打独斗。

那天我从小吴媳妇处获得中介负责人的电话，就打过去跟他谈了十几分钟。听得出来对方是位久混社会的大哥角色，甚至有一瞬间我都怀疑他是万新公司吕万欣本人，他对我们的情况了如指掌，却未提我打官司的事，只是一再要求跟我面谈，说能帮我。我说你怎么帮我，我怎么信你，只要你能把房本摆在我面前，我们一手交钱一手交货，当然你害怕留把柄，我光着屁股给你带现金去。对方却并不提钱的事，只是让我不要冲动，不要得罪了万新公司，见了面再说。

我挂了电话，才不会去跟他见面呢。我受够了与这些一心敲竹杠的人打交道，我自己的房子，在我手中十几年，至今还要为张房产证跟这些牛鬼蛇神打交道，受够了！

更何况，离再次开庭只剩下几天了。

再次开庭的日期原定于当年的十二月份,后来又推迟到第二年的3月25日,这期间我直接打电话给主审庭催过,也拜托同事在法院工作的亲戚给打招呼,却依然等了近一年的时间。

吕万欣终于露面了。亲自到庭,看着挺利落,当然我指的是外貌,五十多岁的样子,说起话来粗声粗气。

这次庭审我方没能提供出更多有价值的证据,除了一些证明我占有房屋的缴费单据跟租房合同。此外发生了一个变化,就是遵照之前法院的建议,我方的诉讼请求变更为一条:要求三被告协助办理房产证。法院的意思是:原诉讼请求第二条涵盖了第一条,要求被告协助办理房产证的前提,一定是承认买卖关系的存在。

被告方吕老板却拿出了重要"证据":我给他的第二封信。

那个红包,没想到他还留着。他把它呈给法官看,提到里面我写过的一段话:"上次递信跟您沟通房产证事宜,如今又没了下文,这么拖着我觉得对您对我都没什么好处,夜长梦多,既然是买卖人,价格问题我们都好谈,您处若没有个痛快话,我心里也没底,实在不行我请第三方介入来解决,恐怕对您也不太好,是吧?"证明我不但非法占有了他的房子,而且还威胁他,里面提到的价格说的就是房子的价款,说我没付房款。

法官让我当面确认这封信的真实性。吕万欣将它拿到我面前，我抬起头盯住他的脸："吕老板，十几年了，我们终于见面啦！"

他没料到我会先给他这么一句，愣了一下，半张着嘴不能回应。我扫了一眼他手上的纸，对法官点点头承认是我写的。

盛律师在旁边示意我不要多嘴，我当然知道法庭上不能随便说话。我是有目的的，一是可以利用这个机会稍微发泄一下情绪，二是尽可能地让法庭看见谁在说谎。

吕万欣在说谎其实很明显：他承认房子是他开发并出售的，却不承认把房子卖给了我父亲。法官问他房子卖给了谁他又含糊其词，却又一口咬定我非法占有了他的房子。法官进一步追问原告没有钥匙怎么住进去的，他说是破坏门锁强行搬进去的。千不该万不该，他还画蛇添足地说，他曾经屡次给我致电，并上门让我腾退房屋，我就是赖着不走。法官问我有这事吗？我摇摇头，从来没有过。

再联系我那封信的内容和口吻，我想谁是谁非法官心里应该有了数。面对这个逻辑混乱只懂得胡搅蛮缠的对手，有那么一瞬间我的感觉是悲哀的，跟他空耗了这么多年，蝇营狗苟，费力伤神，可恶的是这场官司要持续多长时间仍是个未知数。

另外两被告之一龙华公司依然是委托代理律师出庭，另一个宫庄居委会的主任坐在那儿一脸茫然，一问三不知。也难怪，这事可以说真跟她没关系，她上任的时候，房子已经在居委会名下挂好多年了。

这场庭审比第一场持续时间长了些，吕万欣的表现我认为是在给我方加分，唯一让我担心的是，对方终于对我的那张收条提出了质疑：一是无法直接证明跟三被告任何一方有关；二是复写件没有法律效力。

针对第二点，我方盛律师马上拿出了事先查询到的案例予以回击，复写件不同于复印件，证据效力等同于原件，人民法院是有过判例的，法庭应予以承认。

至于第一点，我方出具了万新公司的工商登记信息，上面显示收条开具人吕关红是万新公司的股东之一，同时我们又听说她也是公司法定代表人吕万欣的妹妹，因此我们坚持她开条的行为就是代表了万新公司。

主审曲法官问吕万欣我们说的是不是事实，他没回应；又问吕关红能不能到庭质证，他回答说来不了。

至此我稍微有些放心，他俩是不是兄妹我原不敢肯定，万一不是就露怯了；吕万欣的回应显示他对这个问题没什么准备，如果真想死扛到底的话，他就把他妹妹推到前台，死咬着纠纷是我与吕关红的，那这官司估计就得另起炉灶了，我得重新起诉吕关红才行；最后关于收条的点并不是吕万欣提出来的，而是龙华公司的代理律师提出来的，也从侧面说明吕万欣并不想把官司引到他妹妹身上。

他只想和稀泥，只是能拖就拖，他只是个老赖。

之前妻子不止一次地跟我说起她的担忧：吕万欣不会反

咬一口起诉咱们占他房子吧？我说你的担心有些过了，别看咱拿不出有力证据证明买了他的房子，却能证明这房子是在咱手上，他想证明房子不是咱的可是难上加难，他得伪造证据才行，他如果想证明房子是吕关红的，就得以吕关红的名字过户，一系列手续他造得出来吗？他会傻到铤而走险吗？

现在看来我的判断基本是准确的，这场官司对方只是在应付，要是打输，无非就是把以前应尽的义务尽了，可能会补缴些税款和土地出让金什么的，资金损失也不大，我这边也没对他延期办理房产证的行为要求赔偿。说起赔偿这事，当初我还跟盛律师谈过，他说不太支持我这么做，一是赔偿金同房产价值挂钩，数额不会太高，诉讼费和代理费却会水涨船高；二是近些年对于延期办证的赔偿诉讼，法院好像只支持两年以内的，你这个时间太长了，证据又不充分，诉讼请求加上这个没多大好处。

本来嘛，能把办证的官司打赢就烧高香了，别的也确实不应多想。

盛律师之前说的第二次开庭结案并没有发生，我想体验的当庭宣判也没有出现，曲法官让双方继续回去充实证据。

我是没什么新东西可提供了，有同事听说我在打官司，提醒我可以给主审法官写信，争取博一个同情分。我问盛律师这么做行不行得通，盛律师说随你。

都2019年4月份了，这场官司搅得我心里五味杂陈，还真有些不吐不快的冲动，于是我动笔给曲法官写了封信，原原本本地陈述事实，情真意切地表达看法，死皮赖脸地渴望把官司打赢。当然也得言简意赅。

2019年6月17日，又开庭了。

吕万欣又来了。我暗自里嘲笑：付不起律师费了吧？怎么都是亲自来呀？

这次庭审没留下什么印象，只记得我精心准备的电话录音作为证据提交给了法庭。确实是精心准备的，盛律师告诉我，录音证据不光要有电子版，还要有一字不差的文本内容，如果是电话录音，还要提供当时使用的带通话记录的手机。我花了一个晚上的时间，把与吕万欣手下冯经理、街道财政所徐所长的几次通话录音，以及仅有的与吕万欣的那次直接通话，逐字逐句敲到了电脑上。最后在法庭上播放的却只有最后一个，因为其他内容在盛律师看来与案子关系不大，不足以作为证据，如果要呈给法庭，还得请通话人出庭对质，很麻烦。

播放那个通话，寥寥数语，在法庭上用音响大声放出来，瞬间竟有点荒诞的意味。

我感觉更荒诞的是：吕万欣不承认，既不承认接过电话，又不承认电话里的声音是他，甚至还说那个电话号码他早就不用了。

前后矛盾，语无伦次，看来他根本不记得这事。对这个证据他完全没有准备应对，只是被动应付。

我感觉离打赢官司又近了一步，我方手头上是没有直接证据，但所有间接证据，稍微具备判断能力的人就能看出谁是谁非，再加上被告在法庭上的表现，一切都是秃子头上的虱子——明摆着的事嘛。

我就不信法庭只看证据不讲逻辑，虽然之前盛律师提醒过我，法院断案首先看证据，证据不足，可能是我官司打不赢的唯一原因。

再一次，曲法官宣布休庭。我率先走出审判庭，在门外掏出手机，第二回拨打了吕万欣的那个号码。

果不其然，电话响了，只见他从面前的桌子上拿起了手机，注视那个对他来说完全陌生的号码。我这边连忙挂掉。

看到了吗？他当庭撒谎。我把刚才的一幕跟盛律师说了，盛律师简单地回了个"噢"，好像见怪不怪的样子。

还要再开庭吗？盛律师也说不准了，原以为挺简单个案子，没想到法院审得这么认真，这庭开了一次又一次。或许是好事啊！盛律师说。

2019年7月31日第四次开庭，我有事去不了，由于没有新东西能在法庭上呈现，当初的新鲜劲也过了，就算没事我也没兴趣再去，就全权委托盛律师代劳。

盛律师却带回一个坏消息。被告方向法庭陈述：2009年6月4日，吕关红给我父母开收条那个时间点，她并不是万新公司的股东。有工商部门的企业变更登记为证，盛律师把被告方提供的材料复印件递给我看。

尽管吕关红的出资日期记载是在2002年，但直到2011年

5月万新公司进行出资人变更,她才被列入了股东名单,而就在2019年的1月份,万新公司的出资人又由多人变更为吕万欣独资。我手头那张载明吕关红为股东的企业信息查询记录,是我在2016年去工商局调取的,正好处于2011到2019这个时间段,所以一切都没错,只是我方忽视了关键的一点,十几年间,很多事情是可以变化的。

怎么办?我有点着急了。盛律师说,曲法官让我们去法院,对这一证据单独进行质证。

我硬着头皮去了,面对坐在办公室、跟庭审时一样严肃的曲法官,我只能死咬住一点:企业变更记录上显示2002年吕关红已经出资且认缴了出资额,至于在2011年才办理登记手续,只是说明手续办理的时间太长了,到底什么原因,我不知道,也不认可,我觉得法院不能只看字面上的东西而不顾事实的依据。

最后我的表达显然有些激动,曲法官皱起眉头示意我打住,然后对盛律师说,你们可以回去继续完善证据。

从法院出来,我的心情很不好。如果真的证明不了吕关红是股东,那收条的证据效力将大打折扣。最关键的证据不好用了,我还打个屁官司啊!

盛律师也好像受了我的影响,同样不说话,显得无精打采。一场看似简单的官司持续了这么长时间还没完,出了那么多次庭,陪我跑了那么多次腿,代理费我也没给多少,还能指望人家再帮我出多少力呢?

山穷水尽了吗?

我想起了我的一个同学在市里的国资部门工作,她对企业登记的一些事情应该有所了解,不知道她能不能帮我出出主意。

晚上给她打电话,听完我的叙述,她首先对我独自打官司的勇气表示佩服,说她家有个房子也在为办证打官司呢,不过他们是集体诉讼,一百多户,官司早就赢了,可因为被告履行能力不足就是执行不下来。又问我找的哪家律所代理,我如实相告,她一听说道,欸,那我熟悉啊!那是我们单位聘请的咨询所啊。代理律师是谁?盛律师?他呀!欸!那好办,我找他。

只能说我们的城市太小了,圈子碰圈子,总能碰出交集。

第二天,盛律师就主动给我打电话,提起我同学,说既然有这么层关系,那就是缘分啦,你这个案子我又考虑再三,现在就卡在吕关红的身份这儿了,股东这个身份也就那样了,我们现在可以查一下她是不是万新的员工,如果是的话,那作为证据提供人,要比股东身份效力大得多。

我说那怎么查呀?他说可以看看社保记录,如果公司替她缴社保,那就证明她是公司的正式员工无疑,法律就是这么认定的。我说万新那就是个皮包公司,估计吕关红当时就是给他哥帮忙的,还指望跟他哥有劳动合同啊。盛律师说那可不一定,咱们先查查再说。

从哪儿入手呢?要查询非本人的社保记录,必须要有法院授权，得打申请。盛律师建议我找人在内部先查一下，有准信了再去办理那些繁琐的手续。

又得找熟人啦。我想起有一个同事的妻子好像就是人社局的，马上给他打电话。同事听了我的请求，说这事应该不难，要我等信。

之前我搞到的吕关红那个身份证号码派上了用场。半个小时之后，好消息来了。根据我提供的身份证号码，这个叫吕关红的人在2006年至2010年、2012年至2018年间，是由万新环境艺术有限公司为其缴纳社会保险费。

官司赢了

2019年8月13日，我们拿着法院开具的调查令，到人社局取证。

估计也没有先例，人社局窗口的办事人员请示部门领导，部门领导再请示上级领导，用了一上午的时间，我跟盛律师终于拿到我们想要的那张纸。

盛律师把它交给了法院。我问他：还会开庭吗？他答：估计不会了。

然后就又是几个月的等待。

12月份，我给他发消息：这判决书还没下来呀？他回：谁说不是呢。

春节前我又问他：年前有戏吗？他回答说：问过，可能有戏。

其实我知道他也没谱，我这个案子在他那里已经算办完了，该说的说了，能做的也做了，估计他跟我一样，都有种问心无愧的感觉。

终于，2020年3月18日，下班回家的路上我接到了他的来电："判决书下来了，你的官司赢了！"

我激动起来："是吗？太好了！我有点不敢相信啊！"

听得出来他也有些激动，这是我没想到的。我知道律师打赢官司肯定会高兴，但这次我感到他的激动程度超过了我预估这个案子在他心目中的重要程度。放下电话，我马上给他转过去两千块钱。他就更激动了，给我连发了好几条语音，一方面表示感谢，说我的红包有点大；另一方面他对我表示了肯定，说官司的胜诉跟我个人的不懈努力是分不开的。

这一刻我竟有些感动，回了他一句："你的结案陈词委托人很满意。"配了一个"偷笑"的表情包。

盛律师最后提醒我：也不能高兴得太早，对方还可以上诉。

我嘴上说着知道知道，如果真的有二审我还委托你，心里却在想：吕万欣真能做得那么绝吗？

还就这么绝！过了不到一个月，盛律师告诉我：第一被告万新公司上诉了。

听到这个消息我郁闷了好一会儿，这老赖也是脸皮厚到家了，明知道没什么胜算的事还敢继续干。不过后来我静下心来想了想，他的选择也是理性的：上诉成本可以忽略不计，这个案子一审的诉讼费只有一百块钱，二审估计也不会高，而如果放弃上诉，我这边很快就会要求执行，那他该承担的费用估计很快就得掏出来。作为一个生意人把账算到这个地步，我祝他再也发不了财。

妻子更生气，要诅咒他不得好死。到如今我已经不那么愤怒了，我被这桩没完没了的官司磨得没了脾气，没关系的，无非再耗费点时间和钱，我就不信你还能在二审搞出新名堂。我奉陪到底。

上午接到电话，下午我就去找盛律师签委托协议。盛律师都有点不好意思了，说其实二审你自己去应诉也行啊，请律师又要花钱。我说万一有什么意外情况，有你应对，我放心，你对这个案子全面了解，再花钱我认了。

这次的委托费，盛律师给我打了八折。我说谢谢啊，不过还有件事得请你帮忙，我给曲法官做了面锦旗，麻烦你捎给她。他说真没想到你还有这一出，我可以打开看看吗？我说正要你给把把关呢。

我展开锦旗，上面是"担义拾信"四个大字，这是我自己斟酌好长时间编排出来的，一般的套话我看不上，表达不出我的想法。这四个字，我认为能够较为准确地表达我对以曲法官为代表的法院工作人员的评价：在案件证据不明显的情况下,通过一轮又一轮认真细致的调查以及对事实和逻辑的理性分析,敢于断案判案,主动承担维护公平正义的责任,使社会重新建立起对法律的信任。

拿到案件判决书,我最爱看的就是这一段:

> 本院认为,本案的争议焦点为尹仙籍与被告万新公司间是否存在涉案房屋买卖关系。庭审中,原告提交的2009年6月4日吕关红出具的收据复写件中明确载明收到尹仙籍售房合同一份和收据两份、房屋差价已付538元,而吕关红曾系被告万新公司股东,且由被告万新公司缴纳社会保险费,庭审中,被告万新公司又拒不提供吕关红出庭对此进行质证,应承担对其不利的法律后果,故本院认可上述收据的真实性,认定吕关红出具收据的行为系代表被告万新公司的职务行为;上述收据中虽未明确写明出售房屋的具体坐落位置,但原告和被告万新公司认可一致双方间并无其他房屋买卖关系,结合尹仙籍和原告已在涉案房屋内居住多年且使用房屋至今的事实,本院认定尹仙籍与被告万新公司间就涉案房屋存在房屋买卖关系及尹仙籍已支付了房款的事实。根据市中级人民法院判决中的查明情况,结合本案庭审中被告陈述,本院认定三被告合作开发建设山河翠景小区7号,涉案房屋由被告万新公司负责销售,由被告龙华公司、宫庄居委会协助办证的事实。综上,在尹仙籍购买了涉案房屋的情况下,现原告作为尹仙籍的继承人要求

三被告协助办理涉案房屋的产权登记手续，于法相合，本院予以支持。被告的辩解，与查明事实不符，本院不予采纳。

二审开庭是在7月8日，我准时来到中级人民法院出庭，盛律师临时有事，委托一个年轻的同事代劳。

上诉人未到庭。符合我之前的判断和期望，吕万欣利用法律赋予的权利，耍了最后一次赖。

中级法院做出裁定：上诉人无正当理由拒不到庭，按撤诉处理，一审判决自裁定书送达之日起生效。

心里的石头终于落地，这场官司彻底结束了。

两年半的时间里，表面上我的生活没有受到大的影响，但有时这场讼案就会突然闯入思绪，不断提醒我有个疙瘩还未解开，是否应该再做点什么。每每至此，心情就难以平静，仿佛在一条平坦的大路上行进，鞋子却不跟脚，总要停下来提一提。

问题总算解决了，现在可以庆祝啦！这天还是我儿子的三周岁生日。我忽然想起，两年多以前去找盛律师签协议打官司，那天不正是父亲的忌日嘛。这场官司以老父的忌日始，以儿子的生日终，老天爷安排得有始有终。

还有更巧的，当天下午回家的路上，我与一个老熟人打了个照面，是小吴媳妇。不过我看见了她，她可能没看见我，她正跟身边的人说着话。她的房产证拿到手了吗？拿到手之后的心情是怎么样的呢？是像我这样坦坦荡荡，正大光明吗？我禁不住浮想联翩。

剩下的就是执行法院判决。不出意外，被告们不会主动履行义务，吕万欣根本就不用指望；我给龙华公司去电话，再一次联系上了财政所徐所长，徐所长说她还没听说这事，我心想半个多月都过去了，判决书早该收到了，你也是揣着明白装糊涂罢了。

只有申请法院强制执行了。

盛律师帮我打了申请，然后我就等着。

当然，根据以往的经验，不能干等。盛律师说，区法院执行庭的案子也排着大长队呢，我这个案子相对简单，多催一催法院，或许会给我往前排一排。于是没事我就往执行庭打电话，又找同事的那个亲戚帮忙打听，终于，两个多月后，我等来了法院的电话，让我陪着去房管局办手续。

这回与法院的同志一起出外勤，我心情就轻松了许多。流程要一步一步走，房管局的房产交易大厅熙熙攘攘，我们来到专门的司法业务窗口，在办理过程中，我获得了一个信息：目前为止，山河翠景小区登记在宫庄居委会名下的，只剩下两套房产了，这是否说明其他邻居都办理完过户手续了呢？如果当初他们的房子也是登记在居委会的话，他们是通过什么渠道办的证呢？也是那个中介吗？他们经历了我经历的这么多波折吗？我又胡思乱想了一通，最后只有一点我敢肯定，一定没人打过官司。

分拆了大证之后，剩下的那一套也不知是谁的房产，被移交给了法院名义上代管,我的手续进入下一个流程。

是税务部门,却卡住了。

作为买房者,我需要缴纳契税,交易中心的契税窗口管我要发票,我说我没有。对方说那你得找卖房子的给你开,我说卖房子的要是给我开,我还打官司干吗,我是法院强制执行程序,现在执行到你们这儿了,你们应该知道怎么办的吧?

几个办税的小姑娘面面相觑,其中一个站起来,到楼上找领导定夺。快下班的时候,领导请我去他的办公室,说你这事有点难办,我们得研究研究。我说那需要研究多长时间?领导说不会很久,一个礼拜后你打电话问问吧。我说那好吧,领导,我可以等。

我等了十天之后打的电话,领导说你这个事有点难办,你没有发票,我们没法确定你的房产价格,就没法收你的税,你最好联系一下开发商,让他们给你开发票。我说领导我就是因为开发商不给我开发票才打的官司,你让我现在再去找他们,他们会给我开吗?你们税务部门就没法解决这事吗?领导说我们也只能帮你通知一下对方催促一下他们,我们也没有强制力,关键你这个裁决法院也没给你认定房产的价格,再一个你这个开发商还是个正常经营户,不符合我们税务机关代为认定计税价格的条件,要不你再问问法院那边看有什么办法?

我再打电话给法院,找到最初带我出外勤的老同志,他说把执行书送达给房产部门我们的流程已经走完了，他们税务部门不执行就不对了，上回有个开发商都不在了的官司人家没多长时间就办出了证，你这个开发商还在怎么就不能办呢？你得催促他们给你办，不行你就去闹！

好嘛！法院的同志都让我去闹。

我不会去闹的。我又得动用自己的社会关系了，我有一大堆同学在税务部门，有两位我认为可以帮得上忙，一位就在我们市税务局的行政口，另一位在外地一个县税务局做一把手。我先找的前者，拜托她详细了解下我这事目前卡在了哪个部门；再打电话给后者，这个同学是专业型领导，曾长期在税政部门工作，他让我把判决书传给他，他研究研究。

两个同学都把我这个事当事办，第一个同学给我回电说，确实如契税科那个领导所说，问题出在发票上，主管龙华公司的区分局领导也帮忙调查了，龙华公司不给你开发票是因为他们没收到房款，所以你得找龙华开发票。我说老同学你也可以看看我的判决书，了解一下我的故事。

我想起了一部小说《第二十二条军规》，我现在好像就掉进了小说里。

外地的同学给我打来电话，说你这个案子有代表性，我还布置了我局业务部门开了个讨论会，总体给你的建议有二：一是找开发商的主管分局，让他们帮助落实发票的问题，这条路估计很难走；第二条路是看我给你发的文件，国家税务总局对契税的征管有规定，各省也会有相应的规定，基本涵盖了你这种情况，税务部门不能以没有发票为由不受理你的申请，拖着不办也不行，你可以直接把文件给相关主管人员看。

我打开那个文件，找到一条："根据人民法院、仲裁委员会的生效法律文书发生土地、房屋权属转移，纳税人不能取得销售不动产发票的，可持人民法院执行裁定书原件及相关材料办理契税纳税申报，税务机关应予受理。"

拿着二审裁定书和打印出来的政策文件，我再一次登门拜访房产交易中心契税科，感觉自己手里拿的是尚方宝剑，就算不是，我也得有手握圣旨的气势。

当然不能盛气凌人，要有理有据，还要表现出不疾不徐的礼貌。我首先对给领导添麻烦表示了歉意，再对领导为研究并协调我这个事所付出的努力表示感谢，然后，我就趁领导没回过神来的工夫祭出了大杀器，一边把那个政策打印件交给他，一边说：我通过你们税务部门的熟人了解到，我这种情况按政策是有办法处理的。

领导扫了一眼文件说，知道知道，我知道这个文件，现在你的问题是开发商是个正常户，它是能开出发票的……我急忙插话，等等，领导，请您仔细看后面那条，我是属于不能取得发票的那种情况，我打官司的原因就是开不出发票，有一审判决和二审裁定书为证啊。

领导低下头，把我指的那条又默读了一遍，然后抬起头若有所思地对我说：要不这样吧，我把你这个情况再汇报给局里研究一下，看符不符合认定的条件。

我能感觉到这次他的态度有些动摇，似乎倾向于认同我的看法了，也就不再追住不放。我说领导那谢谢啦，我等您信，您觉得我再多长时间给您打电话合适？

一个礼拜以后吧。

我就再等十天，我现在已经不像等判决那会儿心里忐忑不安了，我知道税务局不可能把这事无限拖延下去，虽然我不知道哪一条哪一款规定这种业务的办理时限，但对他们来说，这是个很确切的业务，不履行责任说不过去。如果他们实在不像话，我就给上一级主管部门打电话，要不就诉诸媒体。这种事我相信一捅一个准，我也这么安慰自己和妻子。

反而市局那个同学比我着急，更多地了解了我这事之后，她替我抱不平并给我支招，先是让我举报开发商偷漏税，理由是开发商明明把房子卖了却不开发票；然后又让我打电话给上级部门投诉主管分局，她说你不知道现在税务局正在搞人事变动，你要是不盯着他们，等分局长换了可能真没人管你这事啦！

我还真给税收征管打了个举报电话，他们了解情况之后，建议我联系主管分局，我一想这不又转回来了吗？

事情的转机出现在十一月份。某天，我接到同学的电话，她说她打听到我的材料已经转到市局税政科了。我听到消息很高兴，这说明契税那边领导没有食言，确实把我的案子转上去研究过了。我就打电话给税政科，税政科的领导答复说正在走流程，他会在我的材料上签署意见转给主管分局，一个礼拜后我随时可以打给主管分局咨询。

我听了心里咯噔一下：不会又在走回头路吧？趁热打铁，时间一到我马上致电主管分局，那边一开始有些搪塞，不想跟我说得太多。我揪住不放，一再要求对方明确具体的流程是什么。最终，分局管业务的一位女领导给出了答复：他们已经下了书面通知给龙华公司，要求其在十五个工作日内到分局开出发票并补缴税款，如时间到了龙华公司不上门，她们会启动一个叫作联系单的程序，签署意见后转回市局税政科，再由税政科转交契税窗口办理缴税事宜。

有流程有时限就行。我相信这位女领导的话靠谱，心里踏实了，因为税政科也跟我说过，只要分局的流程走完，他们没有理由耽搁，一拿到相关材料就会转交契税那边，而契税的领导早就跟我保证过，他们需要的就是上面的意见，也就是明确计税依据，有了意见，他们执行就可以了。

十五个工作日到了，分局那边说龙华公司上门补缴了税款；又过了若干个工作日，终于有人通知我：到房产交易中心缴纳契税。

2020年12月23日这天，我在房产交易大厅的纳税窗口见到了那张传说中的联系单，上面密密麻麻六七个部门签了七八个人的名字，在中间空白的地方有情况说明："分局经过调查，上述情况属实，由于上述法院判决书及裁定书只涉及过户,对该房产的交易价格并没有提及确认。鉴于上述原因,分局同意该房产按照上述法院裁定书办理过户,过户涉及的契税、印花税由我局选定的评估中介按照目前市场评估价格计算缴纳。原告等三人无法取得购房发票,由契税窗口向不动产中心开具暂不开具增值税发票涉税通知,同意办理该房产过户。"

有了这个东西,我终于可以正式履行我的纳税义务啦。我再一次向契税部门领导表示了感谢,他说不用客气,然后嘱咐了窗口办税的小姑娘几句就离开了。小姑娘反复翻看面前的一堆材料,电脑上噼里啪啦地敲了一通,最后给我打出税票,契税与印花税加起来一共一千五百多元。

又是多少个工作日之后,我约上我嫂子和侄女,到房产交易中心办理了过户手续。这是事先约定好的,我们三个继承人占房产的份额是我百分之九十八,我嫂子和侄女分别占百分之一,这样最大限度地降低了过户成本。

最后,缴纳了几百块税费之后,我终于拿到了大红烫金的不动产登记证。

这天是2021年的2月2日,我在房产交易大厅把房本打开,拍下照片,微信分享给妻子。

不一会儿,妻子回:你怎么知道我想看啊?

配了一个"害羞脸"的表情包。

次子穆加贝

克 韩

他凝视了深渊许久,最终化身为深渊。

穆加贝,全名罗伯特·加布里埃尔·穆加贝(Robert Gabriel Mugabe)。由于其罗伯特的教名,常被昵称为鲍勃(Bob是Robert最常见的昵称),而中名加布里埃尔则是他父亲的名字。1924年2月21日,穆加贝出生于津巴布韦的库塔马——彼时的津巴布韦还叫南罗得西亚。罗得西亚(Rhodesia)这个名字,纪念的是为大英帝国在南部非洲开疆拓土立下汗马功劳的塞西尔·罗兹(Cecil Rhodes)。

津巴布韦首都哈拉雷以西一百多公里的库塔马,其实是一个小村庄,但过去是天主教在南部非洲传教的重镇。这对穆加贝的成长十分关键,这里曾有津巴布韦最好的教会学校,穆加贝就是在这样的学校里学习长大,并深得神

---

*本文选自微信公号"克韩冷知识笔记"。

甫的欢心。

穆加贝后来曾对《与穆加贝晚餐》一书的作者海蒂·霍兰德说："那时候库塔马不允许异教徒进入，我们出生在这里，但我们的祖母外祖母只能住在外头。我们可以去看她们，但必须在下午五点前返回村庄。"

穆加贝的母亲叫博纳，在穆加贝之前，她还生有两个儿子。不幸的是，这两个孩子都少年夭折了。其中最可惜的是长子米特里（也叫迈克尔），他非常聪明优秀，是公认的家族宠儿，全村的人都喜欢他，远胜于对穆加贝本人的宠爱，不幸的是，由于当时乡村异常糟糕的卫生状况，米特里于1934年夭折，年仅十五岁。

这一事件对穆加贝的命运转折也有很大影响。迈克尔死时，穆加贝才十岁。他日后回忆说："那真是一次沉重的打击。那时候，我们用一种杀蝗虫的杀虫剂。迈克尔可能是拿了个曾经存过杀虫剂的葫芦来喝水——这是当时和他在一起的小伙伴后来说的。他很会奔跑，毒性发作后他又跑了七英里，一路跑回家，到家就躺翻了。我外公说：'你怎么了？'他说：'肚子！肚子疼！疼死了！'"为什么没有带他去医院呢？"外公说：'不行啊，他爸爸不在，他妈妈不在，如果我们把他带到医院，医院会把他送到萨利斯伯里（津巴布韦首都哈拉雷在殖民时期的旧名），那地方可是要开膛破肚的啊，孩子爸爸会怪我的。'到第三天，妈妈才回来，当晚她去找了奥黑神甫（当地的教团领袖），奥黑神甫立即来做了灌肠术。他摇摇头,告诉我的妈妈:'跟我出来一下。'他是要告诉我妈妈,情况很糟糕,只有上帝的旨意才能让他活下来了。我妈妈回到屋里没几分钟,迈克尔就走了。奥黑神甫后来常说,如果及时送医院的话,迈克尔本来是可以救下来的。"

这是穆加贝童年生活中的重要转折,如果迈克尔没有死的话,家族的重担将压在大哥的肩膀上,穆加贝会轻松很多,他以后的人生也许就不会走上今天这条道路。多年后穆加贝在总统府回忆说:"按照计划,他本应该在1939年完成自己的师范学习,他可以在……父亲离开后照顾我们大家。"

穆加贝的父亲加布里埃尔正是在迈克尔的悲剧发生后离开这个家的,这成为穆加贝成长经历中又一个重要转折点。

加布里埃尔是一个有手艺的木匠,他离家后去津巴布韦西南的布拉瓦约省找到了工作,并在那里再娶妻生子。在整个穆加贝的成长阶段,父亲是缺席的,穆加贝成为总统后也从来没有找过他。他从未原谅过父亲。加布里埃尔晚年带着和别的女人生的三个孩子回到了家乡,长眠在库塔马。

穆加贝最爱的是妈妈博纳——他日后唯一的女儿以博纳为名。由于博纳在教会学校教一些简单的教义教理,所以穆加贝也变得十分虔诚:他每天都陪妈妈去参加弥撒,周日甚至去两次。在儿子夭折、丈夫出走的日子里,博纳变得非常抑郁,年仅十岁的穆加贝突然成为长兄,承担起了照顾弟弟妹妹的重任。小小穆加贝希望妈妈眼中再度闪现快乐的光华，因此他努力按照母亲所希望的样子成长。这或许是穆加贝所有悲剧的开始。在失去两个儿子后，博纳把所有的希望都寄托在了罗伯特·穆加贝身上，认为他是上帝的恩宠，注定要成为大人物。

在长兄去世和父亲出走后，穆加贝的童年宣告结束。

一开始，博纳希望穆加贝成为一个神甫。在那个年代，这是一个相当体面的职业。这部分是因为博纳自己当年也想成为一个修女：她父母是虔诚的基督徒，她当初来库塔马就是这个目的，只是不巧碰到了加布里埃尔并很快怀孕，才放弃了这个梦想。有了迈克尔后，她又一度梦想迈克尔成为神甫。现在迈克尔死了，重任落到了穆加贝的肩上。

穆加贝的小弟多纳托就不像他这么虔诚，经常忘掉功课，只想和小伙伴玩耍。多纳托后来对穆加贝传记作者海蒂·霍兰德回忆说，母亲教育穆加贝和教育自己的方法不一样，"如果妈妈打了罗伯特屁股，罗伯特必须说感谢，感谢母亲纠正自己。她并不喜欢这么做，她一共打了罗伯特大概三次，每一次罗伯特都说了感谢"。

穆加贝对功课也很认真，当地最好的学校叫圣弗朗西斯·泽维尔学院。库塔马当地的教团属于耶稣会，其头领是来自爱尔兰的杰罗米·奥黑神甫——日后穆加贝与宗主国英国之间的恩怨情仇，或许和奥黑的爱尔兰血统也不无关系——他是一个出色的教师。奥黑相对来说比较开放，愿意接受更现代的世界观。他很快发现了沉默而有天分的穆加贝，助力培养他成才。穆加贝的弟弟多纳托至今还记得，哥哥很喜欢等在奥黑神甫的课堂外，帮着他抱书或者擦黑板。

由于是母亲的宠儿，嫉妒的弟弟妹妹经常嘲笑羞涩敏感的穆加贝。多纳托说："他看上去不在意，但或许他内心是在意的。妈妈总是保护他，尤其是保护他不受我的欺负，但他自己不会打架。我姐姐是那个经常和我一起打架的人，她比穆加贝还更像个男人一些。"穆加贝是个内向的孩子，母亲的压力让他躲藏在图书的海洋里，他很少与自己的弟弟妹妹交往。他是家里和学校里的双重宠儿，把自己所有的精力都花在成为一个"好男孩"上。

无法在同龄人中获得认同感的穆加贝，因此更变成了一个"书呆子"。成为总统后，他曾回忆说："我妈妈老说，我小时候腋下总是夹着一本书。是的，我热爱阅读，阅读每一本我能找到的书。是的，我宁愿独处，而不是和别人玩耍。我不需要太多朋友，顶多一两个——都是我挑选过的。我生活在自己的脑海里，我喜欢和自己讲话，背诵诗歌，阅读书籍。"

多纳托说，穆加贝从小就是个孤独者，"他是那种不需要朋友的人，他的书就是他的朋友。我和他相反，我和所有人都聊天，甚至和其中一些人打架。我可以跑很快，但罗伯特不行：他懒惰，整天都在读书。就算外公叫他去放牛时，他都带着书，一手拿着牛鞭，一手拿着书在看！

这在当时是很奇怪的事情，牛开始吃草后，他有时就坐在树荫下看书"。

穆加贝是如此安静，以至于外公找孩子打鸟补贴家中食物时，总是落在他头上。"他会去河边放下罗网，然后一边静静读书一边等待。当鸟飞来河边喝水时，他就能抓住它们。他是唯一一个能抓住鸟的孩子，因为他能一动不动地坐在那儿，所以他每次都能抓很多鸟回来当晚餐。"多纳托对《与穆加贝晚餐》（*Dinner with Mugabe*）一书的作者海蒂·霍兰德说："他一直都很严肃，看上去总是在想很多事情，并不总是开心。"

母亲博纳相信他将来会成为一个神甫，认为他是一个神圣的孩子。多纳托说："母亲给我们解释说，奥黑神甫告诉过她，罗伯特会成为一个重要的大人物，一个领袖。我母亲相信，奥黑神甫的话传达着上帝的意旨，她对此非常严肃认真。当我们食物不够时，母亲总是说'给罗伯特'，虽然他一般都会拒绝。"

这样一个落落不合群的孩子，奥黑神甫却很喜欢。日后已经贵为总统的穆加贝，在回忆起这位爱尔兰神甫时也充满了崇敬和依恋："每周四，他总是用货车载上我们，带我们去河边或者去池塘，他会在那里教我们游泳，有些孩子会在他仰泳时坐在他胸口。他是一个可爱的爱尔兰人。"

小小穆加贝，所有的一切都是为取悦母亲和奥黑神甫，但在儿童的圈子里，这样受到老师和家长双重喜欢的人，往往是被嘲弄的对象，都说他懦弱，是妈宝。多纳托说："我们嘲笑他，是因为他一切都太严肃了。"嘲笑多了，穆加贝会恼火，这时候博纳就会叫弟弟妹妹们放过他，"别吵他！"穆加贝很倔强，放牛的时候和小伙伴吵架了，他就会挑出自己的牛，然后远远地赶到山上去，远离其他放牛郎。对小伙伴他从不和解，也从不妥协。

这或许让他的童年充满了不安全感，或许也是日后他很难信任别人的缘由。他自傲，同时又深深感受到了小伙伴们对他的不公。他此后人生大部分的矛盾混乱，也和这样的童年有关：一方面，母亲和奥黑神甫的灌输，让他相信自己天降大任；另一方面，弟弟妹妹和小伙伴的嘲笑，让他内心深处并不觉得自己可以做到，这带来一种隐秘的自卑感。

耶稣会的教育，也让他一生都对自己要求严格，充满纪律性。多纳托说："他总是说自己没有时间玩耍。"这种纪律性让他在这样艰苦的环境里，成长为那个年代非洲受过最好教育的人（穆加贝有七个学位，其中三个是在当囚犯时获得的）。

1945年，二十一岁的他毕业于库塔马当地的圣弗朗西斯·泽维尔学院，获得了当教师的资格。直到此时，穆加贝还是一心只想当老师。此后十几年，他辗转于罗得亚（即津巴布韦）、南非、加纳，有时候当老师，有时候继续求学。曾经当过津巴布韦信息部长（相当于政府公关总监）的莫约曾说："你可以翻检穆加贝的历史，他从来不是一个自发的民族主义者。他的经历与一个民族主义领导人的并不吻合。在南非的哈雷港大学,他一心只想为自己当老师做更多准备。回来后他在罗得西亚辗转执教。他去了非洲民族主义盛行的加纳,恩克鲁玛的国度,但他在那里也没有参加政治活动。他未来的妻子还比他更政治活跃一点呢!"

莫约说:"看看历史记录,他当时回津巴布韦只是为了度假,带未来的妻子来看爸妈,然后还回加纳继续当教师。他本来是准备留在加纳的,那里有一份高薪的工作——他从未辞职。然后,正在经历领导层动荡的罗得西亚民族主义运动,听说了这么一个有文化的人。人们都说他是培养教师的,所以应该比教师——非洲人都很尊重教师——更强。更令人兴奋的是,他来自加纳,正在领导非洲解放运动的恩克鲁玛的故乡,他还在哈雷港大学读过书,他的妻子也令人印象深刻。所以民族主义运动就派人接触了他,希望他加入,这时他才决定试一试。在成为ZANU(津巴布韦非洲民族联盟)领导人之前,你从未看到穆加贝因为政治热情或者对津巴布韦美好未来的向往,而去做一些事情。"

对此,穆加贝本人怎么说?他在接受海蒂·霍兰德采访时说:"我在哈雷港大学加入了非国大的青年联盟……那时候决心要学习甘地和不合作运动,我决心先教几年书,获得一些去英国学习法律的学费,这样我就能经济独立并出国去奋斗。我当时已经教书八年,我决心那么去做。"

耐人寻味的是,在日后被问及是否希望自己的孩子从政时，穆加贝说："我不会建议任何亲属做任何工作，我让他们自己去决定。那些选择从政的，当然很好，这是他们自己选择的。我不希望有一天会有人说，'我们是被逼从政的'。"沉默了一会儿后，他又说："政治这玩意儿，很痛苦。这不是一个人们应该邀请自己去从事的职业，真的，应该是别人邀请你才对。"

穆加贝从加纳回国度假是1960年，这一年他已三十六岁，年近不惑，一门心思只想当个老师，并未有从政的愿望。改变其命运走向的因素有很多，但第一任妻子莎莉·海芙蓉（Sally Hayfron）或有功劳。

莎莉是加纳人，职业也是教师。比起内向、害羞的穆加贝来说，莎莉更加主动和外向，她也远比穆加贝更为亲近政治。彼时加纳领导人恩克鲁玛是非洲解放运动的一面旗帜，就像卡斯特罗之于拉美解放运动一样。穆加贝等非洲各国俊彦，正是在这个时期被恩克鲁玛政府邀请到加纳的，目的可想而知，是为了星星之火可以燎原。

莎莉也认同恩克鲁玛的民族平等理想。那个年代的年轻人，全球都一样，尽想着解放全人类，而不仅仅是自己的国家。一天，莎莉听说有一个来自南非（此前穆加贝在南非哈雷港大学读书）的家伙在她就读的师范学院演讲，就去现场听了。由于迟到，她错过了穆加贝的自我介绍，等演讲结束，莎莉大方地走向讲台，自我介绍并询问他的名字。穆加贝说:"我是罗得西亚的罗伯特·穆加贝。"

如被闪电击中,两人很快陷入热恋。莎莉的外甥女帕翠霞·贝克勒后来对海蒂·霍兰德说:"她当时对他的国家所知不多,只知道那里的白人对黑人不好,所以她开始教育他很多东西。"帕翠霞是莎莉姐姐的女儿,由于莎莉姐姐一共有六个孩子,养不过来,所以实际上等于莎莉收养了帕翠霞,她也叫莎莉"妈咪"。穆加贝成为津巴布韦总统后,帕翠霞在很长一段时间内住在总统府,是穆加贝夫妇爱情的长期见证者。

小时候和莎莉分享一个床铺的帕翠霞回忆,穆加贝和莎莉从一开始就是志同道合的革命伴侣,"鲍勃姨夫一开始就发现,莎莉对津巴布韦人的命运充满真诚的兴趣,尽管他开始并不知道她也是一个政治活动积极分子。他和她聊津巴布韦的抗争时,她常常会非常激动,会大叫:'你们必须起来为争取自己的权益战斗啊!'妈咪非常热情洋溢和戏剧化,鲍勃姨夫特别喜欢这一点,因为他正好是相反——他安静和克制"。

两人性格两极,却宿命般相互吸引,很快走到了一起。莎莉家族富有且有地位,她的一个叔叔人称"威廉律师",拥有一个私人的法律书籍图书馆。莎莉的家人热情欢迎罗伯特·穆加贝加入大家庭,帕翠霞说:"鲍勃姨夫家境贫寒,所以我想妈咪更加高级的社会环境激励了他。他是非常绅士的一个人,他们都这么说。非常有礼貌、非常绅士,这是我外婆的评语。"

莎莉热衷政治,如果不是穆加贝,她自己本来也可能在加纳从政。本是犹犹豫豫进入政治领域的穆加贝,到她身边后突然焕发了自己的热情,是莎莉和加纳给他展示了一个独立的非洲国家会是什么样。1960年,穆加贝回乡探亲时,参加了津巴布韦全国民主党(NDP)的集会,并首次做了公众演讲。演讲非常成功,很多民族解放运动领导人都希望他不要再回加纳。但穆加贝说自己还要娶莎莉,而津巴布韦的政治圈人士都希望他赶紧娶一个当地女子,这对他日后在津巴布韦国内走向政治上升通道有帮助。莎莉听说这些事情后,急急赶往津巴布韦,并于1961年在罗得西亚首都萨利斯伯里与他成婚。百忙之中,莎莉还应穆加贝的要求,把他在加纳买的人生第一辆凯旋车(Triumph,现在已经不存在的一个厂牌)运回了津巴布韦。从这点看,穆加贝一直是个长情的人——这辆古董车至今仍停在他库塔马的家乡。

婚后,莎莉与穆加贝一些家人的关系并不和睦,尤其是他的妹妹萨布丽娜。这事儿倒也真不怪莎莉,萨布丽娜负责照看莎莉的婚纱,却偷偷把婚纱出租换了点外快。不过莎莉和穆加贝的妈妈博纳关系良好,博纳非常感谢莎莉对穆加贝的正面影响和悉心照顾。

穆加贝越来越投入政治,而莎莉时而住在罗得西亚,时而住在加纳。很快,他们的孩子诞生了。穆加贝和莎莉把孩子命名为Nhamodzenyika(在绍纳语中意为Suffering Country,

受难中的国家）。莎莉的妈妈对此非常不满："对这么个小孩子来说，背负着这么个名字真是负担太重了吧？"亲爹穆加贝则回应说，为解放津巴布韦，孩子的父母不得不分开，这是这个小孩生活中的现实状况，这名字合适。

1961年，津巴布韦非洲人联盟（ZAPU）成立，取代了被禁的NDP，但次年，ZAPU同样被禁。1963年，津巴布韦非洲民族联盟（ZANU）成立，这是ZAPU某种意义上的竞争者，穆加贝是ZANU的骨干。1963年底，穆加贝和自己的同伴一同被逮捕，成了政治犯——穆加贝时年四十岁。

在狱中，穆加贝遭遇了丧子的悲剧。

穆加贝被捕后，坐了将近十一年的大牢，而就在入狱三年后，他和莎莉的唯一爱子"受难中的国家"不幸夭折，这成为他人生的又一个重要转折点。很多人设想过，如果莎莉没有在1992年因为肾衰竭去世，如果这个孩子还活着，穆加贝的人生有更多完美，或许就不会这么贪恋权位了。

莎莉的外甥女帕翠霞当时才八岁，她清楚地记得小表弟如何生病的过程："他先是发烧，浑身滚烫，然后开始发抖。我们带他去了医院，但一切都太迟了。当妈咪确认儿子走了时，她撕心裂肺地叫了一声又一声。然后，她抑郁了很长时间。我想最让她难受的是，需要慰藉的她，这时候却无法得到丈夫的安慰。她更难过的是，鲍勃姨夫没有能多看儿子几眼。"

儿子出生的头三个月，穆加贝甚至把政治放在一边，专心当一个父亲，所以可以想见当听到儿子在加纳因脑型疟疾暴病去世时，狱中的他心情会是怎样。妹妹萨布丽娜来监狱通知他这个坏消息，当时的罗得西亚政治保安处（作为英殖民地，罗得西亚和中国香港一样，有自己的政治保安处Special Branch，或称政治部、特别部）督察托尼·布拉德肖在场。据布拉德肖后来回忆，入狱后从未妥协的穆加贝，这一次毫不掩饰地在自己的敌人面前放声痛哭。穆加贝在自己十岁时被父亲实质遗弃，这是他童年时最大的痛，而现在，出狱后能伴随自己儿子成长的梦破灭了，而儿子比他当年更小，只有三岁多一点。莎莉后来说："他从来没有机会去好好看着孩子成长，更别说陪他玩耍了。"

更大的打击还在后面。穆加贝申请假释，去加纳参加孩子的葬礼，他保证自己会回来。布拉德肖同意了这一请求，并告诉上级：这个犯人一定会回来的，哪怕是为了自己民族主义殉道者的政治诚信，也一定会回来的。然而上级还是无情地否决了这一人道主义请求。最终，是穆加贝的弟弟多纳托代表哥哥去了加纳。多纳托后来回忆说："我去看了坟墓，然后告诉了罗伯特有关的一切——那里的天空，星星，树和花朵——我妈妈博纳特别喜欢大自然，罗伯特也一样，他喜欢听到这些。"

当莎莉听到罗得西亚当局拒绝假释丈夫来参加儿子的葬礼时，她再度哭泣。帕翠霞后来说："她恨死了白人政权。她难以相信，罗得西亚政府居然没有意识到，鲍勃姨夫是绝不可能当逃兵的。他是如此充满信念,他一定要达成自己的政治目标:抗争是他的运命。难道这些人认为,仅仅为了逃出监狱,他就会放弃这些信念和苦难吗?我阿姨晚年一直说,尽管伊安·史密斯(白人政权领导人)对鲍勃姨夫做了这么恶的事,但鲍勃姨夫掌权后还是允许史密斯住在津巴布韦,允许他随意批评政府。"

儿子去世后,莎莉大部分时间住在英国。她的住处在伊灵大道,经常要去瑞典等地"出差",帮助丈夫的政治力量筹集军服等物资。她还利用穆加贝在狱中攻读学位、可以看书的时机,把禁书内容抄录在小抄里夹带进监狱。帕翠霞说,她的妈咪做这些,都是因为爱。她太爱穆加贝了,"她很有吸引力,这样的女性谁会为一个囚犯等上十年?毕竟她根本不知道他何时会被释放。在很长时间里,她和他只是名义夫妻,但妈咪一直在等着他,每天都在满足他的各种需求。她永远在教堂里为他祈祷、为他募集资金、卖旧衣服换钱支援抗争。她根本不出门约会,我记得她每到周末就躺在自己的房间里,看各种英格兰足球,她热爱足球"。

帕翠霞说,穆加贝1974年被当局释放后,很快转移到了莫桑比克。在那里,莎莉和多年未见的丈夫再见时,一下子晕了过去。尽管经过如此多的磨难,但两人伉俪情深,帕翠霞回忆的一个细节是:多年以后,莎莉和穆加贝一起住在总统府,每次下班回家,穆加贝会大声开关每一扇门,帕翠霞有一次问他为何要这样,穆加贝说是因为这样莎莉就会听到，就会立即冲他奔来，两个人就可以早见到一秒。

每天下午五点半，不管国事有多忙，穆加贝都会和莎莉共度下午茶时间。帕翠霞回忆这幅温馨画面时说："她喜欢吃奶油冻，而他喝茶。妈咪经常靠在他的椅子扶手上，而他经常搂着她。他有时会读一点格雷厄姆·格林的小说，每天日落都是如此。有时候他们还互相亲昵一下，接吻什么的，我会捂住自己的眼睛，因为他们真的太亲密了。"他们的卧室永远会传来笑声，鲍勃姨夫不回来，妈咪就不会吃饭，"她经常开会早退，因为她要赶着回家和老公吃中饭。这不是因为鲍勃姨夫要求，也不是因为这是义务，而是因为这是一件令他们感到享受的事情。你可以看到他们之间爱的火花，每次一起出门，他会等在化妆室之外，因为他要在她出来时第一眼看到她。妈咪带出了鲍勃姨夫身上最柔情、最关爱的一面"。

然而，这一段感情并非帕翠霞说的那样总是玫瑰色——莎莉还没有去世，穆加贝就已经搭上了自己的第二任妻子格蕾丝。

穆加贝和第二任妻子格蕾丝的私情，早在莎莉去世前就发生了，甚至都有了孩子。这有多种可能性：一是穆加贝这个人虚伪；另外一种可能性则是人性太复杂，穆加贝确实出轨，但这并不表明他和莎莉的感情不深；第三则是非洲文化的不同，据说穆加贝和格蕾丝的关系是得到莎莉认可的，莎莉的孩子夭折后一直不能再生孩子，穆加贝的弟弟多纳托在谈到这一切时经常说"格蕾丝能给穆加贝孩子"。

莎莉有激进革命的一面，也有保守的一面。如她的外甥女帕翠霞所说："我相信他们之间也有争吵，但她从来不会向外人诉说，看上去一切都很完美。她真的是一个老派女人，她毕生的使命就是支持丈夫、给丈夫带来荣耀。哪怕在她去世之前，穆加贝已经有了新的年轻女人，她当然不喜欢这一切，但她做了她一直教导我的事情：'如果你的婚姻出了问题，把一切都告诉你的枕头，永远不要羞辱你的丈夫。'"

帕翠霞说，穆加贝甚至在政治问题上都很信任莎莉。每次他要改组内阁时，都会和莎莉长谈。他的执政风格就是深藏若虚，除了他信任的莎莉，他不会向别人透露任何情况。莎莉甚至还要帮助穆加贝做研究，包括草根调查，了解民间疾苦。

1992年，莎莉因肾病去世，享年六十岁。弥留的日子里，穆加贝一直在她身边陪伴。帕翠霞回忆说："那个周日晚间，妈咪坚持我们回家休息。她当时穿着白色的睡衣，头上戴着蓝色的小睡帽，我说您看上去很美，她就开玩笑说，都说人回光返照时会好看一些，我就求她不要这么说。她坚持说：'鲍勃，回家吧，你累了，你需要休息。'最终，他走了。我留的时间稍长一点，最后她说：'为我祈祷吧。'我祈祷了，然后在凌晨两点离开了医院。这是我们最后一次看到活着的她。"

医生在五点三十分开始紧急抢救莎莉,十五分钟后宣告死亡。医院没有给穆加贝和帕翠霞打电话,帕翠霞说:"实际上鲍勃姨夫说他根本没有睡着,凌晨四点的时候他一直坐在他们的卧室里……她的去世给他带来了极大的痛苦,一般你很难观察到他情绪的变化,因为他是如此有纪律的一个人,喜怒不形于色,但那段时间他是如此痛苦,以至于你都可以感知到他在痛苦之中。"

追思典礼上,穆加贝当众哭泣。在莎莉安葬的陵园,穆加贝不时派人送上鲜花。海蒂·霍兰德在《与穆加贝晚餐》一书中引用帕翠霞的话说:"莎莉是他的右手、最好的朋友、导师和政治合伙人。拥有她,真是他的幸运。"帕翠霞说,津巴布韦人在莎莉死后,才知道她有多好——而在她生前,很多人因为其加纳人的身份而对她有成见。

然而真相恐怕远比亲属的赞美复杂,莎莉并非像外甥女所说的那样毫无指摘,在穆加贝执政期间最大的政治丑闻"威罗门"中,就有她的身影。

所谓"威罗门"丑闻,是这样一起事件。1988年10月,津巴布韦议员奥伯特·姆普福收到了威洛韦尔(哈拉雷郊区的一个工业区)一家汽车厂的支票;狐疑之下,他调查了下,发现这张支票其实是给工业部长的朋友、和他同姓的阿尔福德·姆普福的。这到底怎么回事,汽车厂为何要给部长的朋友开支票?嗅到了贿赂气味的奥伯特·姆普福把这张支票转给了国营的《布拉瓦约记事报》主编。报纸随后的调查发现,穆加贝政府的部长和官员们拥有在这家汽车装配厂购买外国名车的特权,有些官员转手把车加价两倍倒卖。事件总共导致五名部长去职,其中包括当时党内排名第三的人物(后服毒自尽),但莎莉最终毫发无伤。

尽管帕翠霞说莎莉身后的银行账户里基本没啥钱,以证明其廉洁,但她没有说的是,莎莉大部分的钱留在了海外公司,而且在死后给了她的孪生姐妹。据称穆加贝在她死后听说这个消息,气愤地扔了一把椅子,砸碎了总统府的落地玻璃窗。这是修玻璃的工人后来告诉海蒂·霍兰德的。

今日,津巴布韦人对莎莉如果有怀念的话,恐怕也是靠两任比较,穆加贝的第二任妻子格蕾丝实在太糟糕了。

穆加贝是1964年入狱的。如果说和莎莉婚姻的头几年他暂时变了一个样子,那么来到孤独、封闭的监狱,他就像回到童年的环境,又开始了内省和埋头于书本的日子。头三年,他在各个拘留中心换来换去。等最后安定下来,立即开始组织狱友们念书,他提醒大家要为津巴布韦解放后的日子做准备,"这些岁月,不管有多长,一定不能浪费!"

他组织起了监狱里的教育系统,有点文化的狱友帮一字不识的狱友摆脱文盲状态,到了下午,穆加贝则开始教这些"老师"。一个当年的狱友回忆说,穆加贝在狱中焚膏继晷,日夜苦读,常常在狱友们晚上睡了之后还在为明天的课程做准备,唯一一次中断,就是幼子去世和出席葬礼的请求被拒绝之后。

没有人知道，儿子的去世是不是让他第一次质疑自己从政的选择是否正确，毕竟在内心深处穆加贝是一个爱家的男人。在这种困难时刻，他很快选择重回度过童年危机时行之有效的办法——埋头学习。度过儿子去世的沉重打击后，穆加贝又恢复了监狱学校"校长"的身份。

在狱中，穆加贝并非大家的领袖。当时监狱里分为两派，说恩德贝勒语的ZAPU大佬恩科莫，说绍纳语的ZANU（后来的执政党）大佬西索尔。津巴布韦人口分布中，百分之八十的黑人属于绍纳族，穆加贝就属于该族，恩德贝勒族人是少数派，大概二百万人。

穆加贝能在狱中取代西索尔成为ZANU的领袖，要感谢三个小伙伴的帮忙，一个叫特克雷，一个叫恩卡拉，另一个叫尼亚贡博。特克雷后来接受海蒂·霍兰德采访时，详细谈了夺权的经过。当时ZANU的主要领导层是六个人，包括穆加贝和他的三个小伙伴。特克雷出身显贵，是津巴布韦某著名酋长的后裔，算得上是个王子。他和恩卡拉、尼亚贡博都坚持让党的一把手西索尔下台——西索尔在被白人政权抓捕后承诺放弃武装斗争，被特克雷等认为是叛国——但穆加贝一开始坚决反对这么做，这样的话，赞成和反对西索尔下课的人就是三比三。特克雷一方后来想办法说服——与其是说服，不如说是威胁——穆加贝："我们派尼亚贡博去和他说：现在反对西索尔的人是三个，支持西索尔中的一个会被任命为会议主席,没有投票权,不管穆加贝是否投票支持让西索尔下课,西索尔都下课下定了,何必和多数派为敌呢?"

最终,穆加贝选择了投弃权票。历史的吊诡就是:由于一把手西索尔被下课,当时党的二把手刚巧死于狱中,时任ZANU秘书长的第三号人物穆加贝就此登上名义上的第一把交椅。特克雷等人也许觉得穆加贝很好控制,但实际上他们都低估了穆加贝的能量。日后正是以这个身份,穆加贝成为津巴布韦的领导人。

这一事件也反映了穆加贝的某种性格。《与穆加贝晚餐》的作者海蒂·霍兰德就说:"这其实反映了穆加贝的一种道德堕落,显示了他是多么容易妥协。一开始他拒绝那么做,因为他相信这不对,但最终却在流氓的压力下屈服了。他选择了骑墙和保命,而不是继续为自己的原则坚持。这显示了他或许在进入政坛时是希望为国家做点好事,但一旦面临需要自保的情况,他是很容易被腐蚀的。"

1974年,穆加贝出狱。一年后,比穆加贝更受欢迎的ZANU军事委员会领导人契特波遇刺。剧变之中,中央命令穆加贝和特克雷穿越国界,去莫桑比克领导游击战争的星星之火。特克雷后来出版的自传中,曾详细描述过俩人穿越国境的隐秘和惊险的过程。当然,出生显贵家族的特克雷对穆加贝很贬低。

特克雷甚至认为穆加贝在游击战争中的作用很小,他说穆加贝出现在游击队军营时都是穿着西服,而不是迷彩服。他后来说:"很多年后,我警告他:别老吹嘘你在战争中的事迹。别忘了,游击战归来时,你都还不会开枪,也不知道如何在下属给你敬礼时回礼,你甚至穿件军装都要人帮忙!"

不过,津巴布韦很快就不需要一个会开枪的军人,而是一个政治领导人了。

1975年,穆加贝和特克雷越境进入莫桑比克。莫桑比克也有一部分绍纳族人。穆加贝所属的绍纳族,是津巴布韦主要民族,Shona这个名字来自该部族人善于隐藏到山洞里的特性。十九世纪津巴布韦著名的国王姆济利卡齐在谈到该部族人时,称他们为"amaShona",意即"那些会突然消失的人"。

从1975年开始打游击战,到1980年当选津巴布韦总理,穆加贝只用了五年。这五年里究竟发生了什么,其实对穆加贝后来的成败有莫大的关系。海蒂·霍兰德说,她在1975年——也就是穆加贝被释放出狱,但还没有到莫桑比克去的这段时间——曾经作为东道主,为自己的一个朋友和穆加贝举行私密会谈提供了场地和晚餐,那一次的穆加贝给她留下了深刻印象。她的朋友不会开车,而穆加贝需要赶晚九点的火车,只能是她开车去送,但她家里又有一个婴儿,来不及把婴儿挪到车上,最终海蒂决定冒险把孩子放在家中,送穆加贝一趟。那一次海蒂开车很快,并向穆加贝解释了她必须尽快回去看孩子。次日中午，穆加贝专门打来电话，感谢海蒂的晚餐，并且关切地询问起了她的孩子。

海蒂很难把这个彬彬有礼，像极了英国绅士的穆加贝，和后来西方媒体中的那个恶魔联系起来。海蒂因此询问与穆加贝后来亦敌亦友的信息部长莫约，莫约说："有些分析家把出问题的最初放到了1975年，当他离开罗得西亚去莫桑比克主持游击战的时候。"

初到莫桑比克，穆加贝被当时的莫桑比克总统马谢尔关了一阵子。非洲的情况很复杂，相邻国家之间经常互相养蛊，扶植一些反政府武装给邻国制造麻烦，但对这些武装他们又经常不信任，这就是为什么穆加贝初到莫桑比克会被马谢尔软禁的原因。但一年之后，马谢尔接受了穆加贝已经成为ZANU合法领导人的现实。莫约点评说："他离开罗得西亚时，契特波（前ZANU军事领导人）刚刚遇刺。穆加贝肯定是想继承契特波的大位，但他到底最终是如何掌控领导权的？这是一个关键的问题。要领导一个像ZANU那样的暴力武装组织，而且他还不是一个最有实力的党内派别，那时候为争夺大位内部又流了这么多血，他真的需要搞清楚：一、如何去获得大位；二、获得大位后又如何坐稳江山。要理解今天的穆加贝，就必须去找到这些问题的答案。"

在监狱里，在莫桑比克，前半辈子一直以教师为职业、平静而安宁的知识分子穆加贝，经历了前所未有的腥风血雨。严刑拷打、战火覆盖，战友的相互叛卖、刺刀见红……对穆加贝来说，政治不再是在讲台上的慷慨激昂，不再是一场游戏，而是一场绝地求生的大逃杀，不是你死，就是我亡。

"人民军事件"，就是这样一个例证。1976年，津巴布韦两个对立政治派别ZANU和ZAPU的军事力量联合成"津巴布韦人民军"。但在穆加贝一旦感觉人民军可能为他人作嫁衣，成为政治对手恩科莫（ZAPU领导人）控制的力量时，他立即用手中权力解散了这支军队。当人民军的部分力量趁他去日内瓦谈判而拒不服从命令时，穆加贝联合莫桑比克总统马谢尔发动了一场清洗。这是穆加贝对政治对手的第一次政治清洗，也是他对威胁自己的政敌采取无情行动的开始。到1977年，这个一开始被人劝服才从政，也是被人劝服才开始坐上领袖高位的津巴布韦革命斗士，已经全面掌控ZANU及其军事力量。他发现，当掌握权力时，自然会有人帮你做很多事情。比如，1978年ZANU的军事领导人尼翁戈就帮助他剿灭了旨在颠覆其领袖宝座的叛乱。

1979年，作为前宗主国，英国邀请穆加贝等黑人领袖以及执政的白人政权到兰开斯特宫举行会谈，希望能够达成一个解决"罗得西亚问题"的一揽子协议。当时，穆加贝领导的军事斗争已经取得了一系列胜利，眼看就要"打过长江去"，但兰开斯特宫协议提供了一个用选票而不是子弹去取得政权的机会。

兰开斯特宫是约克公爵在1825年委派修建的，距离英国历史最悠久的王宫圣詹姆士宫非常近。这里是一级古建，很少对外开放，也曾是《唐顿庄园》（2013年圣诞特辑）等影视剧的取景地。而它更经常的用途，是被用来召开像津巴布韦和会这样的闭门会议，毕竟，它的管理者是英国外交和英联邦事务部。

英国主持的兰开斯特宫谈判，让穆加贝领导的黑人民族解放力量顺利地通过选票接管了白人殖民政权，成为和平解决殖民地遗留问题的典范。

具体负责谈判的英国政府官员，则是时任英国外交大臣的彼得·亚历山大·鲁珀特·卡灵顿，第六代卡灵顿男爵。英国贵族有两种，一种叫终身贵族，不要看这头衔听上去很好听，实际上意味着你的头衔及身而止，不能让子女再继承，爵位只限于男爵及以下，如撒切尔夫人就是；另外一种就是天潢贵胄、老世家，那是世袭贵族，像卡灵顿那样传到第六代的，就是贵族中的贵族。卡灵顿生于1919年，在丘吉尔时代就开始从政，是撒切尔第一期政府的外交大臣，后来还做过北约秘书长。

兰开斯特宫协议是1979年9月开始谈判。卡灵顿知道，这份协议必须谈成：一方面，继续支持罗得西亚白人政权不得人心，将严重影响英国与撒哈拉以南的非洲国家之间的关系，而这种关系对于英国来说越来越重要；另一方面，1979年5月刚上台的保守党内部在这个问题上面临分裂，亟需达成协议来解决宪政危机。卡灵顿后来告诉海蒂·霍兰德，穆加贝是参与谈判各方中最不希望达成协议的，"南非人已经厌倦了给伊安·史密斯的白人政权砸钱，恩科莫则指望着当津巴布韦总统，罗得西亚白人开始尝到经济制裁的痛苦，所以大家都想要某种解决方案，除了穆加贝，他认为这玩意儿没必要，他或许也是对的（军事斗争即将胜利）。如果不是坦桑尼亚领导人尼雷尔和莫桑比克领导人马谢尔逼迫他签协议，穆加贝本来不会签的"。

尼雷尔和马谢尔之所以想达成协议，是因为围绕津巴布韦的战火让他们两个国家也饱受其苦。而卡灵顿男爵知道，他必须采取政治手腕弥合分歧，必要时也必须强硬，否则永远无法达成协议。他这种经常下最后通牒的强硬，引发了各方的反弹。恩科莫有一次质问他：津巴布韦的命运为何要让英联邦政府来决定？谁给了他这个权力？穆加贝有一次叫卡灵顿男爵"Go to hell（滚去地狱）"。白人政权头头伊安·史密斯说，这是他接到过的"最糟糕的条件"。但各方也都离不开卡灵顿男爵，狡诈的他，早就在各方代表团的住处布置了窃听器，所以他完全知道是否要施加压力、如何施加压力、在哪个问题上可以施加压力。他威胁穆加贝和恩科莫组成的爱国阵线说，一旦协议无法达成，那么英国将承认伊安·史密斯政权的独立。而伊安·史密斯最后离开谈判桌时也说："就我来说，英国外交就是'欺骗'的一个比较委婉的代名词。"

是否立即举行民主选举——这将让这个黑人占据主导地位的国家立即进入黑人执政时代——和如何处理白人农场主占据的土地,是兰开斯特宫谈判的两个关键难点。最终,卡灵顿男爵用支持立即举行选举,取得了在土地问题上的让步。最后时刻,美国也参与进来,表示愿意和英国一起,为赎买土地提供部分资金,这成了临门一脚。当然,土地问题是穆加贝执政盛衰的关键线索——兰开斯特宫协议是留下了严重隐患的。

卡灵顿男爵和穆加贝的对比,在这次谈判中是很鲜明的:卡灵顿天生贵族,其优越感渗入血液,他确实应该有优越感,也相信自己应该有优越感;而穆加贝的优越感一直是一种伪装,只是保护自己内心深处自卑感(贫苦出身,不如夭折的哥哥聪明)的保护层。只要一个比他更强的人存在穆加贝的身旁,就会让他产生戒备心理,他会变得难搞和无法沟通。

卡灵顿后来回忆说:"在兰开斯特宫谈判中,他参与不多。很多其他的人积极参与,但他游离在外。哪怕他看上去很礼貌,但依然有一种冷血动物的风采——我会更亲近恩科莫,尽管他是个老流氓,但至少很有人味儿——而不是他。穆加贝不是人,你无法和他感到亲近。你可以赞赏他的技巧和智慧,但他是那种特别难以捉摸的人——爬行动物。"但卡灵顿还是表示,就算这样的穆加贝,也比白人领袖伊安·史密斯更好一些,"那个家伙只见树木不见森林。有一次他当着大家的面抱怨,说我参加会议太少,'在你忽略这次会议的时候,别忘了罗得西亚每天都有人在被杀害'。这是我唯一一次大光其火,我怒斥他:'史密斯先生,如果不是你,根本不会有人被杀!'他真是一个蠢货!"

1979年12月21日,在圣诞节前几天,各方签署兰开斯特宫协议。再通过随后举行的民主选举,1980年,穆加贝当选摆脱白人少数统治后的津巴布韦第一任总理。

现在大家可能很难想象的是,当时的穆加贝可是西方的宠儿、非洲民族解放的象征——由于曼德拉当时还被南非当局关在监狱里,穆加贝作为一个前抗争斗士、政治犯以及民选产生的非洲解放领袖,具有极高的合法性。

他是如此如日中天,以至于英国这个前宗主国都对他制造的屠杀睁一眼闭一眼。

津巴布韦西南部有一块历史悠久的地方叫马塔贝莱兰,这里是津巴布韦少数民族恩德贝勒人聚居的地方,也是穆加贝政治对手恩科莫的力量源泉。在兰开斯特宫协议谈判期间,恩科莫一度认为自己有望成为新津巴布韦的领导人,但在选举中却输给了有坦桑尼亚领导人尼雷尔等支持的穆加贝。其实,南非和罗得西亚白人都认为穆加贝在大选中不会赢得那么容易,他们认为恩科莫、穆加贝和白人的傀儡穆佐雷瓦会三足鼎立,然后在第二轮选举中,恩科莫和穆佐雷瓦的力量联合起来可以击败穆加贝，没想到的是穆加贝在第一轮便以百分之六十三的压倒性优势获胜，恩科莫仅获百分之二十四点一的选票。

连支持穆加贝的坦桑尼亚领导人尼雷尔也没想到他能赢这么多。卡灵顿男爵后来对海蒂·霍兰德说："在兰开斯特宫会议期间，尼雷尔曾表示，最好是他支持的穆加贝获胜，否则周边国家不会接受选举结果。"但选举结果出来后，尼雷尔通过他的外交部长给卡灵顿男爵传话："朱利叶斯（尼雷尔）想告诉您，他对穆加贝当选很高兴，但你干吗让他赢这么多？！"

穆加贝以压倒性优势当选，或许还来自另外一个运气：就在兰开斯特宫协议达成后，穆加贝所属政党（此时已经改叫ZANU-PF，津巴布韦非洲民族联盟–爱国阵线）的军事领导人通戈加拉遭遇车祸，死在选举前夕。通戈加拉性格开朗，是一个远比穆加贝受欢迎的人物，他在兰开斯特宫会议上，也交了很多朋友。如果他参选的话，情况不知会如何。而通戈加拉是建议穆加贝和恩科莫联合参选的，这也会带来变数。也正因为如此，津巴布韦一直有传说认为，通戈加拉的"车祸"不仅仅是一场车祸。

兰开斯特宫协议于1979年12月21日签订，通戈加拉死于12月24日圣诞前夕，选举则在1980年2月举行。不过，就连穆加贝当年的战友、后来的敌人特克雷也反对这种阴谋论，他认为只要读过警方的事故调查报告，就知道这起事件不可能是策划的,"通戈加拉和他的朋友们是想连夜赶到游击队驻地,通报他们有关兰开斯特宫谈判的结果。他们开车撞到了停在路边的一辆卡车上,而这辆卡车的后部是钢板,坐在前座的通戈加拉当场死亡,其他人则都活了下来"。

通戈加拉之所以要连夜赶路,是因为他需要亲自通知游击队:和平解决问题的机会来了,现在要放下武器,前往在津巴布韦各地英国人负责监控的集合点。这样的命令,他觉得只有自己亲自下达,游击队才会听。毕竟游击队当时即将取得军事上的全面胜利,如果不是通戈加拉去通知,哗变的可能性也不是没有,所以他才这么急着赶回去。特克雷说:"尽管我并不在现场,但我相信通戈加拉的死就是一场事故。我不相信穆加贝设计杀死通戈加拉的阴谋论,虽然我确信穆加贝很嫉妒通戈加拉如此受人欢迎。我非常坚定地相信,如果通戈加拉真的是被害死的,那他一定会给我托梦:'酋长,我是被害的!'"虽然不知道最后一个证据是否成立,但特克雷作为穆加贝日后的敌人,确实没有必要为穆加贝说话,除非他也参与了谋害通戈加拉的阴谋。

不管怎样,恩科莫参加了大选,而且也输了。恩科莫甚至在1980年津巴布韦独立庆典的仪式上都背对仪式方向而坐,这在恩德贝勒人的礼仪中象征着极大的不服和不敬。穆加贝为巩固自己的政权,随后命令由朝鲜训练的部队进击恩科莫的根据地马塔贝莱兰地区,造成了无辜平民被屠杀和人道主义灾难。

对此，国际社会又是如何反应的呢？对于穆加贝这个正受宠的解放斗士，国际社会采取了"选择性遗忘"的策略。主持兰开斯特宫谈判的卡灵顿男爵后来说："我们（英国政府）是否想把这一切掩藏到地毯下面？我觉得就是这样，不过那一切都是我辞职之后的事情。我猜我们（政府）就是希望这件事自动消失，是不是？所以我猜穆加贝就此逃过一劫，这或许让他感觉自己能干任何坏事都不受惩罚。"

大家都希望独立后的津巴布韦能成功，所以对这期间发生的一些坏事避而不谈，毕竟津巴布韦问题后还有南非问题需要解决。南非白人政权希望独立后的津巴布韦乱成一团，以证明黑人统治国家不行，所以不断派人潜入津巴布韦制造事端，国际社会在两害相权取其轻的思路下，选择了对穆加贝网开一面。

当海蒂·霍兰德问，是否是这个背景导致了英国和国际社会都对穆加贝的屠杀视而不见时，卡灵顿男爵说："恐怕是这样了，虽然这个答案听上去很可悲。但除了对恩德贝勒人的屠杀，穆加贝初期的执政还可以吧，不是吗？他不是在建立一个法西斯国家，他看上去不是一个糟糕的独裁者。我不认为他的头十五年干得有多糟糕，司法和警察系统都没有腐败。但渐渐地……他收买了所有的人。"

在变糟糕之前，穆加贝确实有很长一段时间并不坏。比如，他对前任白人独裁者伊安·史密斯就没有报复。考虑到史密斯曾让穆加贝坐了十一年的牢，甚至在其子早夭时都不批准他去参加葬礼,这算得上是以德报怨了。卡灵顿男爵就说:"他对伊安·史密斯真的是十分宽容,换了是我,我都做不到。"

穆加贝在执政初期是个"好人"——如果我们在这里用如此黑白分明的概念的话——在很大程度也要感谢英国派驻罗得西亚的最后一任总督克里斯托弗·索姆斯。

索姆斯本身也是一个人物,家世算得上显赫,姑姑是英国女童子军的创建人,而他本人则是温斯顿·丘吉尔的女婿。他当过议员、战争部大臣、影子外交大臣、英国驻法大使、欧盟副主席、上院领袖等显要职位。索姆斯出任津巴布韦最后一任总督,是在1979年12月11日,十天后兰开斯特宫协议达成,次年四月他就离任了,所以他的主要职责,就是负责保护政权的平稳过渡,是一个临时"救火队员"。卡灵顿男爵说,索姆斯很懂得如何激发出穆加贝的善,"他总是搂着穆加贝的肩膀,和他开着玩笑。索姆斯把穆加贝争取到了我们这一边,他不是以一个人的身份来对穆加贝提出诉求,而是以一个朋友的身份。这真是他杰出的表演,否则事情肯定不成"。

索姆斯的夫人玛丽·索姆斯直到2000年代中期对穆加贝印象依然不错。玛丽本身也是个人物,她出嫁前的原名是玛丽·丘吉尔,温斯顿·丘吉尔五个孩子中最小的一个。2002年,英女王伊丽莎白二世庆祝执政五十周年,白金汉宫举行庆祝晚宴,参加晚宴的有当时的首相布莱尔、仍在世的四位前首相，接下来就是玛丽·索姆斯和其他一些已故首相的遗属了。

在玛丽·索姆斯眼中，穆加贝依然是她当年见到的那个谦谦君子，一个典型的英国绅士。她回忆说，穆加贝曾经恳请她丈夫留下来，因为穆加贝"完全不知道如何治理一个国家，他手下的人也一样"。在索姆斯夫人眼里，至少在那个时候，穆加贝一直很诚实和真诚。不过索姆斯男爵还是拒绝了他："相信我，这样不成的。你必须接受好一个现实：一个月内你们将要独立。"

在索姆斯夫人眼里，穆加贝还是一个念旧的人。1987年，索姆斯男爵仙逝。晚六点的新闻刚一播出，索姆斯的儿子就接到了电话——穆加贝夫妇表示要来伦敦参加葬礼。索姆斯夫人说："我老公当时离开政坛已久，撒切尔夫人1981年就解雇他了，所以我不认为他做这些事情会有什么政治目的。"穆加贝夫妇立即赶往机场，和查尔斯王子、戴安娜王妃一起参加了葬礼。

穆加贝一生都在两种心理阴影中犹疑，一种是自卑，他担心自己没有妈妈博纳和奥黑神甫说的那么棒，能够成为一代伟人；一种则是自弃，这是父亲遗弃家庭给他带来的创伤，当他觉得别人看不起自己时，特别容易走向一种以牙还牙的恶性循环。他需要一个关爱、接纳他的环境，需要有人搂住他的肩膀告诉他，事情没有他想的那么好，但也没有他想的那么糟糕。

有一个好的"父母",穆加贝就会被激发起善的本能。在执政早期,除了末任总督索姆斯男爵之外,还有一个白人曾经给他这种关爱,那就是曾经当过穆加贝第一任政府农业部长的白人农场主丹尼斯·诺曼。诺曼对海蒂·霍兰德说:"我是少数几个能让穆加贝笑出来的人,我也永远对穆加贝保持坦诚。我根本不欠他任何东西,我从一开始就不想当政客,我的态度是:他随时可以拿走我的职位。"

穆加贝就任津巴布韦总理时,从牛津郡移居到这个南部非洲国家的诺曼拥有七个农场,也是商业农场主联盟的主席。在他的回忆里,执政早期的穆加贝衣着笔挺,彬彬有礼,从不大声与人争论,也不会打断别人的讲话,总是耐心聆听。他不怒自威,极有威仪,第一次开内阁会议时,手下的那些游击队老队友穿着夏威夷花衬衫就来了,他没有明说什么,只是在会议结束时提醒了一句:"既然你们想当内阁部长,那么至少得穿得像个内阁部长。"

诺曼本身是一个富人,也根本不想当官。他对穆加贝无欲无求,所以他们的合作模式是:穆加贝要解决一个问题时,请诺曼出山,诺曼总是会愿意帮忙,然后穆加贝就给他全力支持,因为他知道诺曼没有个人利益在里面。可惜的是,穆加贝身边这样的人并不多,这或许也是穆加贝先后四次邀请诺曼参加内阁的原因。

对白人农场主,穆加贝一开始伸出了善意的双手:当选的当天晚上,他就去视察了白人农场,并承诺自己会遵守兰开斯特宫协议，确保白人农场的产权。他希望传递一个和解的信号，甚至表示津巴布韦军队将吸纳为白人政权服务过的白人军官、士兵。

曼德拉后来做过的那些模范事迹，实际上穆加贝也都做过。比如，曼德拉曾经邀请罗德岛的狱卒来参加他的总统就任大典，穆加贝对当年关过自己的监狱工作人员，同样宽容有加。

诺曼记得有一次随穆加贝去看展览，正好碰到了一个橄榄球运动员体格的监狱老相识，穆加贝非常高兴地说："上帝啊，这不是德普吗？"他一把抓过这个叫德普莱斯的狱卒（此时已经成为监狱办公室主任），介绍给诺曼。临走，他还拍着德普挂满勋章的胸膛对诺曼说："他是一路勤勤恳恳做上来的，德普，我一直觉得你能成。"德普也憨厚地笑了笑："先生，我也一直觉得你能成。"穆加贝乐不可支。

在这种宽松的气氛中，穆加贝执政的前十年成为津巴布韦发展最好的时期，当时连西方媒体都盛赞他是战后非洲杰出领导人。独立时，津巴布韦儿童入学率只有百分之二，但到1990年——也就是执政十年后——这一指标已经上升到了百分之七十。同期，津巴布韦的识字率从百分之四十五上升到了百分之八十。健保系统方面，每个津巴布韦村民都能在走路可及的地方找到诊所。在他的劝说下，对国民经济有至关重要作用的二十万白人农场主和农民都留了下来……

如果一直给穆加贝正向循环的激励，他内心的善是可以被激发的，但世界没有这么玫瑰色。很快，在穆加贝看起来忘恩负义的白人就给他后背捅了一刀，而固有的性格缺陷又决定了他不会在挫折中愈战愈勇、坚定自己的信念，他的反应反而是立即走向报复的恶性循环。

一切似乎都是有预兆的。在当选总理后，穆加贝曾经邀请伊安·史密斯来住所会谈，他让史密斯和他并肩一起坐在沙发上，并紧紧握住史密斯的手。很显然，穆加贝希望这个有象征意义的动作，能够让黑人和白人为津巴布韦的团结共同努力。但伊安·史密斯直接拔出了自己的手，坐到了沙发的另一头。这真是一个不祥之兆。

按照兰开斯特宫协议，白人在第一次选举中可以保留二十个议会席位（一共一百席）。为争取这些白人的支持，穆加贝在内阁中任命了两个白人部长（其中包括诺曼当农业部长，另一个白人当工商部长），任命了白人担任军队领导人，也任命了白人当警察总长。然而，在1985年的再次选举中，白人没有把二十个席位选给温和派，而是依然把大多数席位投给了伊安·史密斯领导的强硬派。这一次，是白人整个群体打掉了穆加贝伸过去的友善之手。

这一点，连诺曼本人也想不通："和穆加贝一样，我无法理解他们为何去支持史密斯。那时候穆加贝的政策真的是很有利于他们的。在这些努力之后，白人依然选了史密斯那边的人，这让他深深失望并且感到受伤。在我看来，这是穆加贝时代遭遇的第一个挫折。"穆加贝的第一反应是解雇诺曼，他要任命黑人部长了。此后虽然他和诺曼还是保持着良好的关系，但最初对白人的宽容、期望和信任消失了。

失望很快接踵而来，这一次是前宗主国英国的白人政府"背信弃义"。

我们先要了解一下津巴布韦的土地问题。所谓土地问题，就是津巴布韦黑人认为前殖民者占据的土地都是"霸占"，理应归还给黑人。这不仅仅是现实的利益考量，也有黑人原始宗教信仰的因素在。曾在穆加贝服刑期间管过他的白人政权秘密警察部门头头麦克·麦吉尼斯对穆加贝非常了解，说："尽管穆加贝受过西方教育，但内心深处依然有非洲人的信仰，我想这是他把白人农场主赶走的重要原因。"根据黑人的信仰，他们的祖先都植根于这些土地之中。麦吉尼斯说："他非常强烈地相信，没有人有权拿走黑人的土地，因为这也意味着对祖先的背叛。他当年说的话和现在说的一样，土地是英国人和殖民者偷走的，他的政府应该不需要支付赔偿金就拿回来。"

但穆加贝从某种程度上来说也是一个现实主义者，革命时期他在坦桑尼亚和莫桑比克待过，知道如果一下子把白人都赶走，会让国家经济陷入怎样一种灾难。也正因为如此，在兰开斯特宫协议的谈判过程中，穆加贝等津巴布韦黑人领袖一直采取的是这样一种策略：独立后的津巴布韦将采取出资赎买的方式，回购白人农场主掌握的土地；至于具体的资金,部分将由前宗主国、殖民津巴布韦近百年(1888–1980年)、掠夺了无数资源的英国出资,最后是美国也参与进来,表示将和英国一起提供资金,兰开斯特宫协议才最终得以签署。

然而,英国政府最终没有遵守这个诺言,尤其是工党政府取代保守党政府上台之后。其实穆加贝对此早有担心,1990年,穆加贝正在斯威士兰参加南部非洲发展共同体(SADC)会议,一天,冗长的会议结束后,白人部长诺曼问他的同僚们有没有听到新闻,阁僚都说:"啥新闻?"诺曼告诉他们,撒切尔辞职了。诺曼的所有黑人同僚都开始欢庆和鼓掌,只有穆加贝木然坐在那里。等一切平静下来后,他问:"你们究竟为什么这么高兴呢?"他的内阁部长们可以看出,穆加贝不是在反讽,而是真诚地觉得奇怪,于是他们说:"铁娘子辞职了啊,终于干掉她了。"穆加贝依然非常安静地沉寂了一段,然后说:"好吧,但这真的是一个好消息吗?让我提醒你们一些事实:谁给了我们独立?是保守党的撒切尔,还是工党的卡拉汉?是哪个英国首相支持了兰开斯特宫谈判?"

很显然,穆加贝承认撒切尔政府是一个艰难的谈判对手,但保守党至少是遵守诺言的。穆加贝接着说:"让我告诉你们一些重要的事情:我不同意她的很多政见,但我尊重她。我尊重她,是因为她为了她祖国的利益而奋战,她本应该得到比这个更好的结果。"最后他宣布:"我现在要立即返回自己的房间,给她写一份慰问信。各位,明天见。"

正如穆加贝所敏锐洞察和担心的,工党政府上台后,开始"赖账"了——至少在津巴布韦的官方叙事里是这样。但公平地说,这似乎也不能完全怪英国人:在穆加贝执政头十年中,英国人给津巴布韦用于赎买农场的资金,很大一部分被裙带关系贪腐了;1994年,调查发现有九十八个赎买的白人农场现在操纵在穆加贝的高级官员手里,他们只需给国家付非常不起眼的租金就可以。

1980年津巴布韦独立时,以非洲的标准来说可谓相当富足,坦桑尼亚领导人尼雷尔因此称津巴布韦为"非洲的明珠"。如果说穆加贝一开始还励精图治,给这个国家带来稳定和繁荣的话,那么一些贪腐的迹象在他执政的第二个十年渐渐蔓延成灾。随着革命者、解放者的光环日益褪去,他的执政合法性也日益受到质疑,到2000年他的宪法修正案遭遇全民拒绝而达到顶点。

而越是执政合法性受到质疑,穆加贝就越要酬庸那些忠于他的党羽和裙带。而越酬庸这些人,人民就越不满。

穆加贝走上了一个无法摆脱的恶性循环。

在赎买白人农场的问题上,穆加贝遭遇了英国工党政府的背叛。事情要从1997年布莱尔政府的国际发展大臣克莱尔·肖特的一封信说起。

肖特是国际发展大臣,这个部门是1997年布莱尔执政后从英国外交部分离出去的。肖特作为第一任大臣,忠实贯彻布莱尔的政策。当年早些时候,穆加贝和布莱尔在爱丁堡举行的英联邦会议中,已经就农场赎买的资金发生了争吵。肖特随后专门以英国现政府的立场修书一封给穆加贝:"我必须明确表示,我们并不接受以下立场——英国政府对于购买津巴布韦土地的赔偿负有责任。我们是一个新的政府,我们有多元的背景,我们与前殖民地利益毫无关系。我本人就是个爱尔兰后裔,你看没人把我们看成是殖民者。"就一般来说,肖特和她的上司布莱尔是有点耍赖的——撒切尔背书兰开斯特宫协议时,是以英国政府的名义,这并不应该随着英国政府的变化而发生变化,否则国际协议存在的意义是什么?更何况,当时保守党拨款的这笔资金还有余额,并没有用完。但肖特坚持说,英国即便帮助津巴布韦,也应该是帮助津巴布韦的穷人,是以国际发展的名义,而不是出自前殖民宗主国的责任。

穆加贝接获此信后怒不可遏,他后来直接把布莱尔(Tony Blair)叫"B-Liar(B级撒谎者)"。

其实保守党政府也不是没有和穆加贝就资金的走向发生过冲突:1994年,梅杰政府就以农场都到了穆加贝亲信手里为由,在发放了四千四百万英镑资金后中止了发放;1996年,英国海外发展署专门派人去进行调查,并提出了用一点四五亿英镑资金解决三点五万农户家庭再安置问题的一揽子方案。但工党的"背信弃义",让无法用政治智慧解决问题的穆加贝走向了极端:"如果白人殖民者能够不付出任何代价就夺取我们的土地，那我们为什么就不能用同样的方式去抢回来？或许我们的弱点是我们过去都一直想合法和有道德地行事，而他们则正好相反。"到2000年1月，肖特宣布将剩余的五百万赎买资金通过非政府组织发放，这更激怒了穆加贝：你这是不信任我和我的政府？

由于童年时父亲缺位，母亲溺爱，没有人在他越界时惩罚他，穆加贝缺乏边界意识：当他遭遇挫折时，最通常的反应就是"我就这么做，看谁敢来拦我"。一些津巴布韦革命老兵正好在这个时候提出需要政府资助，他们认为自己解放了津巴布韦但没有得到应有的回报，因此希望穆加贝给他们每人每月两千津巴布韦元的终身津贴，以及五万元的一次性补偿。白人农业部长诺曼后来回忆说，领头的退伍军人叫琴杰拉伊·洪兹维，外号"希特勒"。诺曼说：这帮人贪得无厌，一开始的每月两千元补贴很快涨到了四千，洪兹维敏锐地觉察到了穆加贝在政治上的弱势，开始反复勒索，最终直接索要白人农场主的土地。

按照当时每天都会去见穆加贝的诺曼所说，后来黑人自发强抢白人农场的局面已经彻底失控（很多白人农场主被暴民殴打，甚至有些被打死），穆加贝也已经没有办法。事实究竟是否如此？没有人知道。导致整起事件的肖特认为，穆加贝至少在最开始是认为这股力量可以用来刺激一下英国人：如果你们不付钱，那么就会有人直接去抢。

海蒂·霍兰德后来采访了英国海外发展署的独立高级

智库专家拉扬·索尼。索尼认为,肖特并不像她自己所说的那样无辜,事实是布莱尔政府当时就觉得穆加贝执政时间已经太长了,所以想要推翻他,"他们觉得,只要不给他土地改革的资金,他在农村的那些选民就会开始造反。这就是他们的立场,他们希望他下台,愿意为加速他的下台做一切事情"。

不管双方的初衷如何,强抢白人农场中的种种风波,给津巴布韦和穆加贝带来了很糟糕的负面国际形象。更重要的是,抢下农场的老兵和黑人们,缺乏真正经营好这些农场的能力。穆加贝早期曾央求诺曼想办法,给自己的老战友、也是内阁部长的尼亚贡博贷款买一块土地当农场,但十个月后尼亚贡博又来找他,要求卖出农场,因为革命前最多只当过酒馆侍应的他,完全没有经营农场的能力,有了农场,只是让他多了五十个穷亲戚整天住在农场等待他周济。

而津巴布韦又是一个农业立国的非洲国度,一旦农业GDP下降,国家经济立即陷入下行周期而无法改出。灾难,来临了。

从1990年代初糟糕的经济转型计划,到老兵团体开始强抢白人农场引发西方国家制裁,最后到津巴布韦为支持刚果(金)的卡比拉政权而入刚果参战,津巴布韦这个1980年独立时生活水准高于南部非洲平均水平的"非洲面包篮",渐渐陷入全面经济危机。

1990年，随着苏联的解体，穆加贝知道自己已经别无选择，接受了世界银行和西方推行的产业结构调整计划（ESAP）。但这个计划设计糟糕，而1991年到1996年的执行又十分混乱，其设计者相信随着市场和金融的自由化，以及公务员行政部门、国营企业的改革，会导致GDP增长，制造业成为领头的产业，然而计划的最终执行结果却变成了去工业化。1990年代早期工业占津巴布韦GDP的百分之二十五，而如今这个数字只有百分之十。非农就业数字1980年代就是八十五万人，现在还是这个数字不变。而工业领域的就业数字从二十万下降到了九万。正式就业人口中，百分之四十属于公营系统（除军队外的公营事业，如教师、医生、公务员）。

经济转型的失败，让穆加贝政敌增多，为了增加盟友，穆加贝给老兵团体发津贴，这带来了更大的经济负担。为平息老兵的土地诉求，是穆加贝又转而对农场土地问题采取激进策略的根源，这又让农业崩盘——津巴布韦的农业产值在2001年达到高峰，随后一路崩盘，一度跌到只有2001年产值的百分之三十，到2016年，依然只有2001年产值的百分之四十多。

土地虽然从白人手里抢来了，但接管的黑人农场主根本没有农业经验。土地问题带来的欧盟和美国的国际制裁，又让津巴布韦的经济更加困难，这真是一个完美而致命的系统风暴。

农业的崩盘导致食物短缺（从1999年到2009年，食品供应急挫百分之四十五），再加上突然遭遇干旱，津巴布韦在2002年遭遇了六十年未见的大饥荒。

农业工业都不行了，金融业自然也不可能独善其身，穆加贝政府为了进口开动印钞机，从而导致大幅度的恶性通胀。到2008年7月，政府已经放弃了通货膨胀率的统计。根据相关机构的计算，2008年11月中通货膨胀最高点时，通胀率是百分之七十九亿。换句话说，当时一美元约等于津巴布韦元二十六亿。到2009年，津巴布韦索性放弃了本国货币，转而直接改用美元。但丧失了本国货币，也就让国家失去了用货币政策调整市场的可能性。国际制裁以及外资的观望、不敢进入，使津巴布韦的危机愈演愈烈。

而在这些经济问题之外，还有腐败问题。从穆加贝开始执政起，这个问题就一直存在，经济危机下问题只会更加严重。

非洲的情况和很多发达国家不同。比如阿德巴约，这个多哥球星多年来一直被树为贪财的典范，但实际上他也有自己的苦衷。成名后七大姑八大姨都来寻找和投奔，让他承担费用，阿德巴约承认自己曾多次想过自杀。还有那个津巴布韦贷款买农场的部长尼亚贡博，他买了农场后发现，五十多个亲戚到他的农场来白吃白喝，让他根本无力承担。后来他陷入高官廉价买进口车然后转手倒卖的"威罗门丑闻"，真的愤而自杀，据说他买的大部分车根本不是给自己用的。

穆加贝身居总统高位，自然不可能独善其身。

在非洲，如果领导人连自己的亲属都照顾不好，那还有什么资格当领导人？穆加贝的问题是，连自己的继承人都想要在自己的亲属中选。2014年，他的第二任妻子格蕾丝担任执政党非洲民族联盟-爱国阵线的妇女联盟主席，接班态势呼之欲出。格蕾丝甚至公开表示："为什么我就不能当津巴布韦总统？我也是津巴布韦人。"

出生于南非、五岁移居津巴布韦且有一段婚史的格蕾丝，最早只是总统府的一个年轻打字员。她比穆加贝小整整四十一岁，非常漂亮。在1980年代的一次采访中，她曾这么说与穆加贝的相遇："是他主动找我攀谈，并问及我的家庭。我视他为父亲，我可从来没有想过他会想'我喜欢这姑娘'。"在穆加贝第一任妻子莎莉去世之前，两人就已经好上了。穆加贝声称这段感情得到了重病在床的莎莉的认可，当然这也是死无对证的事情。

1992年，莎莉去世。四年后，穆加贝才和格蕾丝成婚。两人共生下三个孩子，其中长女博纳（穆加贝用母亲的名字命名）出生在1988年，早在莎莉去世之前——很多津巴布韦人认为，穆加贝和格蕾丝的关系就是为了孩子，但从2014年后格蕾丝一系列抢班夺权的行为来看，似乎两人的关系不止于此。

野心勃勃的格蕾丝（曾在中国某大学学习并获得汉语学位，后又两个月内在津巴布韦大学获得博士学位）在出任非洲民族联盟-爱国阵线妇女联盟主席后，自动进入该党最高决策机构。她在党内拉帮结派，成立了一个所谓的"四〇一代"，意思就是四十来岁的年轻一代，来跟老家伙们一决雌雄。她的生活浮夸奢侈，经常征用国家航空公司的飞机出外血拼，一度有"Gucci Grace"的外号，这引起了生活在水深火热中的津巴布韦人民的反感，也让她的丈夫更加不得人心。

但2017年11月14日的软性政变，让一切都发生了变化。这一天，忠于军方领导人奇温加的军人开始接管要害部门，奇温加当天对穆加贝解除副总统姆南加古瓦的职务公开表示不满。午夜，在接管国家电视台后，军方发表声明称自己不是政变，穆加贝现在很安全，军方只是要"清君侧"。

11月15日清晨，军方控制了议会、执政党大厦和最高法院的出入口，穆加贝电话告诉南非总统祖马，目前他被软禁在家，但情况良好。

11月16日，在与军方的谈判中，穆加贝拒绝下台。

11月17日，政变发生后穆加贝第一次出现在公开场合，出席了一所大学的毕业典礼。执政党十个省的地方分部中，有八个呼吁穆加贝下台。

11月19日，执政党选举姆南加古瓦当主席，同时给穆加贝下达最后通牒，在20日中午前辞职，否则将面临弹劾。但在全国直播的电视讲话中，穆加贝依然拒绝。

11月20日，执政党开始考虑启动弹劾程序。

11月21日，姆南加古瓦首次公开呼吁穆加贝下台一鞠躬。当天，穆加贝召开内阁会议，但三十名部长级官员拒绝到场，只有七人到场，这七人也很快离去。当地时间当天下午六点，穆加贝宣布辞职。

11月23日，有报道说，军方同意给予穆加贝及其妻子格蕾丝豁免，并且将给穆加贝夫妇一千万美元。

11月24日，姆南加古瓦宣誓就任总统。

就这样，在执政津巴布韦近四十年后，穆加贝终于以一种较为和平而不血腥的方式淡出了津巴布韦政坛。按照官方的说法，他将着手开始写自己的回忆录，而格蕾丝则将更好地照看家族的生意。

2017年11月21日，穆加贝官宣辞职前两小时，在总统府召来了自己最亲密的助手们，其中包括要为他辞职声明打字的查兰巴——查兰巴在加的夫大学新闻学系毕业，1988年开始就为他工作。打完声明后，穆加贝和助手一一握手，和他们合影，然后坐下来和自己的妻子格蕾丝喝茶。查兰巴回忆说："在他发出信件后，他对我说：'查兰巴，你的眼睛是红的。'我说：'是的，总统先生，确实如此。'他说：'年轻人，你没有好好睡觉，我希望从现在开始你可以好好休息了。'就这样，我转身离开，而他和他的妻子坐在起居室里喝茶。他非常平静。"

这位从小接受西方精英教育的非洲领导人，虽然最终和英国彻底闹翻，但其本质是想当一个英国绅士——其实，他对自己身边的普通工作人员一直很好。

穆加贝第一任妻子莎莉的外甥女帕翠霞住在总统府时，曾经听到穆加贝在窗外和总统府园丁说话，穆加贝鼓励园丁去学一个函授课程，还给了对方一些学费，后来有个园丁真的考上了大学。有一段时间，出身教师的穆加贝还每天抽一点时间，给办公室的低阶员工上点课，其中有个员工后来当了交通部长。

就像《与穆加贝晚餐》作者海蒂·霍兰德所感受到的那样，穆加贝会在参加宴会的第二天给女主人打电话问候，这是典型的英国绅士做派。接近过他的裁缝也说，穆加贝是一个非常有礼貌的人，也非常准时——英国绅士的又一个特征——一旦他因为国事繁忙而要稍微迟到一会儿，他总会让自己的助手来打招呼。"哪怕他迟到仅仅五分钟，也会在走进门时立即道歉。"裁缝说，"裁缝，是一门在渐渐死亡的手艺。他手下的这些部长们，现在都是买现成的西装，但穆加贝不是。他的穿着依然像个英国绅士，这是他惯常的风格。他做事也像英国绅士，如果你和他本人接触你会发现他是一个美妙的人，也许他在公众场合不是如此。当你看到台上的他时，你可能无法和生活中的他联系起来。"

或许确实如此。权力让人变化，而穆加贝本身并不是一个恶魔。也许当年他坚持当教师，今天依然是一名令人尊敬的教师。如果他在当了二十年，甚至十年领导人后急流勇退，也不失为一个功成身退的非洲民族解放斗士。或者，那个从小喜欢看书的小男孩，从内心深处并不喜欢权力的钩心斗角，只是因为要满足妈妈的心愿而走上了妈妈希望他走的道路，而一路不能回头。

他的孤独，或许从未消散。

他从来没有说过十一年在大牢中的生活。或许，只有切断自己的痛感神经，他才能在那样的酷刑中生存下来。可切断了自己的痛感神经，也让他在渐渐年迈的时候，无法去体察民情的苦难。

他总是控制着自己，他可以和自己的对手面对面坐着谈笑风生，哪怕内心已经翻滚如江海，但这种控制和压抑，也是他走向覆灭的开始。

或许，他本来就不适合当领导。他的情商不算很高，对人的判断力有限，所以遭遇拒绝和背叛时，他会特别受伤。

而父亲在童年的缺位，让他也丧失了界限感。受伤之时，他会狂怒地想要报复，而无法用政治智慧和更理性的方式找到妥协中道。作为一个普通人，这不是问题。作为一个政治领袖，这是国家走向灾难的致命伤。

他容易嫉妒。在曼德拉出狱之前，他是非洲民族解放的旗帜，所以当1990年曼德拉出狱并立即受到全世界爱戴时，阴影里的穆加贝只有嫉妒的眼神。曾经当过穆加贝部长的白人诺曼回忆，一次，穆加贝和曼德拉为津巴布韦和南非边境大桥共同剪彩，当曼德拉说欢迎参加剪彩的学生合影时，大家都涌向曼德拉，很少有人理会一旁的穆加贝。诺曼说：

"他看上去很尴尬,而曼德拉很享受,闪光灯闪烁,大家都在笑……你可以看到穆加贝觉得被这个人抢了镜头。"穆加贝毕生都在追求成为母亲所骄傲的孩子,他也承认自己不如那个死去的哥哥。但曼德拉就像那个哥哥,轻易地夺走了他所有的荣耀。曼德拉也知道这一点,他曾开玩笑说,穆加贝是一颗明星,"直到太阳出山"。

对于穆加贝这样一个内心深处缺乏安全感的人来说,曼德拉的出山是给他的沉重一击——别忘了,他是一个绅士,他应该优雅,然而他无法掩盖自己的嫉妒,无法掩盖自己感受到的命运不公——他是一个穷孩子,而曼德拉出身富贵——他如此辛苦得到的东西,曼德拉轻轻松松就能抢走他的光芒。

穆加贝从政并非出于自愿,所以他没有坚定的政治信仰和节操。真正走上从政这条路后,残酷的现实让他只能以求生存为最高目的——哪怕当了总统之后,他也需要为了自己的安全,平衡各方的力量,甚至不惜用贿赂和对腐败睁一眼闭一眼来保住自己的权位。

莎莉的去世,让他失去了一个心爱的人和最后的平衡器。只有她,能让他真正在这个孤独的世界里感到不孤独。

他这一辈子,需要有人像莎莉一样,教育他如何现实地看问题;他需要一个爱他、接纳他的环境,有信赖的朋友,这样他或许会走上一条不一样的道路。悲剧在于,在善与恶两个方向上,他都有向前走的巨大能量。

当海蒂·霍兰德问他,日后希望被人们以怎样的方式记住时,穆加贝回答:"就这样记住我吧:我是一个农民家庭出生的孩子,和我的同伴一起,感受到了为国奋战的重任。我们也尽了我们最大的努力,我也非常感谢能有幸统领这个国家,我也希望大家记住我有幸带领全国战胜英国殖民主义者。是的,我希望这样被铭记。"

2019年9月6日,罗伯特·穆加贝去世,享年九十五岁。

福里杰斯公馆的前世今生

史烨婷

我所知所识的波尔多建筑瑰宝。

1999年,让-皮埃尔·勒诺丹(Jean-Pierre Renaudin)一家因工作需要,举家搬迁至波尔多市。这个城市位于法国西南,大西洋沿岸,距巴黎约五百八十公里,现在乘坐高速列车约需两个半小时。波尔多以葡萄酒著称,是法国重要的红酒产区。作为法国的第五大城市,工商业发达、居民富足,居住着不少殷实的工商业资产阶级,房产市场上也流动着少许极具艺术价值和历史价值的物业。

在看过四十二处房产后,勒诺丹遇见了福里杰斯公馆(Hôtel Frugès)。只参观了五分钟,他就当场拍板,决定买下这处房产。中介将房产交到他手上的时候,这座建筑于二十世纪初,以新艺术风格、装饰艺术风格与阿拉伯艺术风格交相辉映的建筑,已经历了六十多年的时间封尘。

卖主是一位放射科医生,在那里挂牌行医。经医生改建，出现在勒诺丹眼前的福里杰斯公馆实际上是一个规规矩矩的放射科诊所：二楼住着医生一家，楼下用来看诊。房子的状态非常糟糕：音乐客厅不复存在，几根有着玫瑰装饰的立柱被包裹在隔板里，用来把诊所划分成小隔间，隔板刷着白漆；色彩鲜艳、充满异国情调的壁画和马赛克装饰被覆盖在灰黄色的石灰浆之下，久不见天日；大厅里的大型铸铁水晶吊灯不知去向，花园荒芜……

勒诺丹被房子的历史和建筑风格深深吸引，并隐约可以想见当年的辉煌。尽管面临庞大的修复工程，他还是签下合同，从放射科医生手里接下了这处房产。修复工程历时五年，中间面对的困难和麻烦数不胜数，也给生活带来诸多不便：一楼和地下室施工的时候，全家就住在楼上，二楼施工时他们就暂时安顿在楼下；施工与日常生活同在，长达五年。为恢复建筑原貌，勒诺丹查阅了大量资料，包括档案馆的史料、艺术史书籍、美院学生的论文……2004年施工完成，一切安排停当，这所老房子焕发出前所未有的光彩。这里成为勒诺丹一家生活、居住的地方。

说是住进了童话中的城堡，或是住进画中，都不确切，勒诺丹一家事实上成为一处文化遗产的守护人，照顾它、装点它，与它共同呼吸。房子浸润了主人的气息，主人也对它时时感怀。在平凡的生活中，若说有些许不同，便是每每预约上门参观的访客，以及每年的"欧洲文化遗产日"，家里需对公众开放，接受免费参观。

"欧洲文化遗产日"这种形式的开放日首创于法国。1984年,时任文化部长雅克·朗在法国设立"古迹开放日",旨在让更多普通民众可以近距离参观、感受文物古迹,享受全人类共同的文化遗产。1985年,在西班牙格拉纳达举行的第二届欧洲议会(并非欧盟机构)的大会上,雅克·朗提出将"古迹开放日"推广至全欧洲。很快,荷兰、英国、卢森堡、瑞典等国纷纷推行自己国家范围内的类似开放日。1992年,雅克·朗将开放日从原来的一天延长为两天,并将其更名为"国家文化遗产日"。2000年,时任文化部长凯瑟琳·塔斯卡将其更名为现在的"欧洲文化遗产日"。目前这一开放日早已超越国境,遍及全球五十多个国家,到2021年已举办到第三十八届。从疫情中走来,2021年的主题是"大家的文化遗产"。

每年九月的第三个周末,各大博物馆、剧院、教堂、城堡会以免票或优惠票向公众敞开大门,也会组织策划一些特别的文化活动,比如卢浮宫在遗产日推出夜场参观;还有一些平日里不对公众开放的场所,诸如总统府爱丽舍宫、银行、法庭、省政府、市政府、商会,甚至一些科研机构和工业基地等也会在此时敞开大门;更有一些私人产业,也是在这时打开了大门,但需要你在官方提供的可参观场所清单里耐心寻觅和发现。

学生时期在欧洲游学、生活,每年的文化遗产日是我不可错过的节目。我正好曾在欧洲文化遗产日去到卢瓦尔河谷附近旅行，在这城堡林立的区域，撞上一所私人城堡当日对外开放，便预约了时间到场，在主人的带领下进行参观，结束后，居然还有惊喜：花园里，安排了一场小型无伴奏室外四重唱音乐会。曲目、时长均已被我忘记，但却深深记得那日的光、柔和的风以及悠扬的歌声。

公共场馆的参观和文化活动大多是免费的，至于私人产业，或者归属于地方的场所，则可根据需要收取少量费用。到了那两日，可谓盛况空前，各个开放的参观点门前，人们早早地排起了长龙，一些热门参观点的平均排队等待时间可能长达二三小时。2018年爱丽舍宫参观的排队等待时间更是长达八小时。一场漫长的等待，有时足以摧毁你精心安排的参观计划。

福里杰斯公馆就在波尔多市的免费参观名单上。勒诺丹夫妇决定接受公众免费参观，自愿加入"欧洲文化遗产日"项目。

按法国政府的规定，加入项目的私人产业在日常维护、修复时可以得到政府补贴。具体负责这一事宜的是大区文化事业指导中心，他们拥有具备古迹修复资质的建筑设计师网络，可以帮助联系，这些设计师往往有挂钩的施工机构，能够保证修复计划顺利施工。资助方面，政府规定相当严格：如果同意开放参观，私人能获得古迹部分修复的全额补助；如果不同意开放，则补贴古迹修复费用的一半。以福里杰斯公馆为例，如果修复的是露台上的喷泉，则可获得全额资助；如果是主人之后加建的敞开式厨房的油烟机修理，则得不到任何补贴。

2013年，我作为志愿者之一，协助屋主勒诺丹夫妇为福里杰斯公馆做导览。从高耸的铸铁大门进入，经过门厅、客厅、起居室、露台直到花园。但被评为法国十大最美浴室之一的福里杰斯公馆浴室并不在可参观房间之列。

当时福里杰斯公馆的参观活动招募了四名学生志愿者，我和另一位女孩负责带队导览，这样可以大大减轻勒诺丹先生和夫人的工作量。四个人轮流带队，还可缩短带队间隔，从而减少民众排队等待的时间。另外两位学生则负责帮助维持秩序，引导门外排队的众人。

志愿者事前有一场培训。我们来到这所美丽的大房子，女主人卡特琳娜给大家开了短会，主要是明确分工，告知当日的注意事项，并给了我们一些关于房子的历史和风格方面的参考资料。

卡特琳娜带着我们把整个路线走了一遍。寻出我当年的笔记，除整理好的打印资料外，还有圆珠笔认真补上的注意细节、延伸知识等内容，蓝色的字迹零星散落在纸张各处，有的寥寥数字，多半是讲解中自己不熟的关键词；有的连成一片，是自己组织好的整句"台词"，整张纸上满是紧张和跃跃欲试。

参观时间总计三十分钟，每组不超过十二人。除导览时各个停留点安排的时间，导览中需要特别注意的细节也被强调得很清楚，例如禁止踩踏花园的草坪，关注团队中的每一位成员，不能让他们单独落在后面；参观结束后，送他们直至大门外，再开始下一组导览。

忘了那一天我究竟带了多少组，只记得讲过好多遍后，许多内容就可以自然流畅了。法国人大多亲切友善，他们安静地听、仔细地看、适时回应，很有规则意识，整个过程都很愉快。导览的过程中，我也仿佛漫游旧时光，时常在想，建筑真是神奇的空间，与每日生活息息相关，却又汇聚了时间的维度。曾经的岁月就静静存在于每一处细节里，一座雕塑、一幅壁画、一面玻璃甚至一个纹样，当时的审美、理念、技术和艺术统统汇聚其间。文字的描述和记录，原来都抵不过建筑的温度，那样切近、可触可感。

1918年夏天，福里杰斯公馆历经第一次世界大战终于落成，福里杰斯一家正式入住。

当然，房屋的内部装饰、家具的安排调整还远没有结束，直到1927年，内部装饰和画作才基本安置妥当，而本打算在花园一侧外墙做的马赛克装饰则被放弃。公馆整体以新艺术风格为主，混合着装饰艺术和阿拉伯艺术风格。

繁荣于十九世纪末至二十世纪初，史称"美好年代"的新艺术风格，以工业革命为基础，发端于英国迅速遍及欧洲大陆。在建筑领域，铸铁、玻璃成为当时设计师运用的重要新材质。建筑内外的装饰纹样取材于自然，抽象成线条，加上色彩进行表现。新艺术风格的建筑是努力使工业技术与艺术在房屋建筑上融合起来的一次尝试，有别于出现在十七、十八世纪，观赏性大于实用性的装饰艺术。二十世纪初，人们已经有能力进行长途旅行，因此东方艺术以其神秘的异域之美不断吸引着西方人。再加上公馆主人对阿拉伯艺术的个人偏好，福里杰斯公馆于是展现了众多异国元素：马赛克拼贴、阿拉伯语式样的纹样、东方情调装饰画、波斯皇宫中的喷泉……

福里杰斯公馆只保留了原达威尔公馆的框架结构，无论外观、装饰还是内部结构，都成为一所新房子。房屋的外立面以白色石材为主，阳台栏杆、大门、凸肚窗上部的挑棚为铸铁材质，这是设计师皮埃尔·费雷（Pierre Ferret）钟爱的设计元素，也成为波尔多现代建筑的重要特色之一。外立面的装饰以丰富、精美的浮雕为特点：大门的门框围着一圈浮雕葡萄纹饰，阳台的底部支撑、窗子拱顶石的装饰是成串的葡萄果实。这些若隐若现又无处不在的葡萄，给福里杰斯公馆添上了一笔波尔多地方色彩。

进入铸铁大门，就是门厅。站在里面回身望去，以植物枝蔓缠绕为主题的黑色铸铁拱形大门，配以玻璃，完全改变了木质大门的传统。这并非单纯出于主人和设计师的创新之举，还兼具功能考量，透明的玻璃让门厅拥有自然采光，方便生活，也将内部墙面红砖配以白石海带纹浮雕的美呈现了出来。连接门厅、大厅的八角形连廊是设计师费雷的创意，这样既可以逐步抬升地面,又凸显了通往大厅的玻璃门。八角连廊的墙面装饰以白色石材为主,红砖拼出锯齿形为装饰,用料对比正好与门厅相反。

进入三层挑高的大厅,仿佛来到一个色彩的世界。地面的马赛克拼贴十分亮眼。福里杰斯先生对阿拉伯艺术的热爱,促使他亲自设计地面的花卉纹样,抽象成几何形的玫瑰、雏菊、四叶草……团团簇簇,以马赛克拼贴形式呈现,金、粉、黄、白、蓝、紫……仿佛一大块波斯地毯。大型的主楼梯就在这"地毯"之上,盘旋通往二楼的台阶辅以铸铁栏杆和铜铸装饰。铸铁的纹样取材于大自然,最低一级台阶旁缠绕着一只章鱼,上面盘旋向上的是简化了的葡萄藤蔓。建筑中所有的铸铁装饰(大门、楼梯、穹顶、大型枝形吊灯)均来自巴黎的铁艺大师埃德加·勃兰特。勃兰特于1925年的装饰艺术展览上大获成功,享誉全球。与铸铁配合使用构建穹顶和大门的玻璃,来自当时著名的多姆玻璃制品工作室。波尔多的多姆兄弟在玻璃制造领域是新艺术风格的代表。

随台阶盘旋而上,首先通达音乐客厅的看台,看台门框上方的装饰是福里杰斯公馆的艺术珍品之一——装饰艺术的代表画家让·杜帕的画作《女人与鹦鹉》,画中的女子半裸盘坐在充满异域风情的花园里,一只大鹦鹉舒展双翅,边上还有若干白鸽。女人与鹦鹉这一主题曾多次出现在杜帕的画作中,可惜画作现已遗失,人们只在佳士得拍卖行拍卖的福里杰斯公馆的黑白旧照中看到过这幅画。与看台相对的整面墙上是波尔多画家吕西安·卡修的大幅壁画。与杜帕的画作呼应，这幅壁画呈现的同样是一个东方异域情调的花园，作为主人公的两位年轻女子，像是从《一千零一夜》中走来，靠坐在躺椅上，两只白色孔雀陪伴着她们，各色鲜花、水果环绕四周。

仰头向上，铸铁与玻璃建成的穹顶让人能清晰地看到结构，并带来良好的采光。这种风格的穹顶，让人容易联想到同样建造于十九世纪末的巴黎大皇宫的玻璃穹顶。

若不上楼，左转，就进入了音乐客厅和餐厅相连的区域。当年的餐厅如今在勒诺丹的布置下成为一间华美的客厅，装饰以木材为主，家具均嵌入墙体，壁画、家具融为一体，完美结合了审美、舒适度和实用性。长方形餐厅一端是壁炉，靠露台的一面全是落地玻璃门，与之相对的一面是大幅壁画和餐具桌。壁炉边上是存放银器的餐具柜，壁炉上方绘制着福里杰斯的家族徽章：以蓝色为主的圆形葡萄纹样代表着亨利·福里杰斯（Henry Frugès），以粉色为主的圆形玫瑰纹样代表着福里杰斯夫人玛德莱娜·弗洛朗丝（Madeleine Flourens）。福里杰斯一家在这所房子里生活时，雇有五名仆人，可以想象全家就餐时，仆人们忙进忙出的景象。时代变换，生活方式有了巨大改变，勒诺丹先生如今常常感叹时代前行的力量，我常见他下午近黄昏时坐在客厅里看书，落地玻璃门带来柔和的自然光和外面的花园景致。餐厅壁画由画家卡佐鹏创作于1920年,以波尔多繁忙的港口为题材,画作题为《十七世纪葡萄采收节》。画面未有丝毫提及路易十四的伟大统治,而呈现了偏安一隅的波尔多富足愉快的生活。有意思的是十七世纪时的波尔多,并未建有类似港口码头,且也不在加伦河上庆祝葡萄采收。画家如此处理画面场景,是为展现自己在绘画河景、船只方面技法纯熟。画家卡佐鹏与福里杰斯走得很近,同时也是福里杰斯家孩子的绘画老师,这位画家是在画作中表现港口的专家。房间的屋顶以绘制的葡萄纹样为装饰主题,天花板的四个角落用花体拉丁文撰写着福里杰斯先生欣赏的格言,其中很有趣的一句是:"陈年的酒和老朋友,如金子般处处受欢迎。"

纵观全屋,色彩丰富、气氛热烈,无论绘画纹样、画面主题还是木质浮雕,都贯穿着葡萄——波尔多骄傲的物产。

如今勒诺丹一家安置敞开式厨房和餐厅的日常起居活动场所,是原先的音乐客厅。这个厅是整个公馆里最出其不意的空间,完全是福里杰斯个性和爱好的彰显:建筑创新、阿拉伯艺术和音乐融为一体。福里杰斯酷爱音乐,常常一家人一起演奏消遣。音乐客厅挑高两层,从前还有一个为提升音质而设计的穹顶。那些被封存进放射科诊所隔板内的柱子就在这个厅内,共有四根,均装饰有简化了的玫瑰纹样,与大壁炉周边装饰的葡萄纹样呼应,是男女主人赋予这座建筑的气息。这些立柱撑起的正是音乐客厅二层的看台,在外部有大厅的楼梯通达,在内部由全木质的玫瑰楼梯连接。看台的下面是大壁炉，从整体结构到装饰均为阿拉伯艺术风格，尤其是嵌在拱门四周福里杰斯先生的人生格言，一眼看去极像阿拉伯文，但仔细辨认便能发现，是变体的法文："宁愿在尝试中失败，也不要不肯冒风险。"

跨出现在的餐厅，往左一转来到户外，正是客厅落地玻璃门外的露台，中央正对客厅处设有一座喷泉。若说餐厅本身呈现的还是欧式风格，这座喷泉便尽显安达卢西亚-阿拉伯艺术风格。金色、白色、蓝色三色马赛克拼贴而成，弧形水池，细立柱。喷泉中央立着的雕塑名为《泉》。1920年雕塑家罗贝尔·弗雷里克在一次展览上展出的石膏作品《泉》，福里杰斯非常喜欢，立即订购了青铜版本，运到波尔多安在自家的喷泉立柱上。《泉》的形态让人即刻联想到法国大画家安格尔的名画《泉》。欧式风格与阿拉伯艺术结合在这座喷泉上，并不违和。像这样不着痕迹的艺术风格跨越，在福里杰斯公馆里还有多处，比如著名的主卧浴室。进入这个梦幻般的空间，可见从地到天都由马赛克拼贴而成。主色调为松绿石色，再加上金色的图形镶边拼贴，完全就像走进了波斯皇宫。但仔细观察装饰纹样，又不全是东方情调：地面的纹样分明是罗马式的，金色小连拱廊图案在圣-瑟兰教堂里能看到同样的，墙壁正中美第奇风格的花瓶图案又把我们带回到意大利的文艺复兴时期。

很难以刻板的条框去定义福里杰斯公馆的艺术风格。从时间上看，公馆动工之时，新艺术风格在波尔多并不受欢迎，而完工之时，新艺术接受度在装饰艺术的大背景下有所提升。但我们也很难将其定义为两种艺术风格之间的审美转换之作，它只是在十九世纪末二十世纪初努力摆脱建筑传统，尝试打开现代建筑的新世界。它的独特之处更在于福里杰斯本人，这位在时代的浪潮里沉浮、不走寻常路的拥有良好艺术品味的工业家。

1912年，三十三岁的亨利·福里杰斯买下位于波尔多市中心爱人大道（亦称达慕尔大道，1945年后更名为抵抗运动烈士广场）63号的达威尔公馆（la maison Daverne），想要"建造一处与他当下身份匹配的住宅"。雄心勃勃、年轻有为的企业家要让他的住宅成为二十世纪初艺术和技术的一面镜子，于是从1913年到1927年，在设计师皮埃尔·费雷的主持下，达威尔公馆改头换面，成为福里杰斯公馆。

皮埃尔·费雷是土生土长的波尔多设计师，毕业于巴黎国立美术学院，自1906年起担任波尔多市立美术学校的建筑学教师，后于1928年创建了大区建筑学校并担任校长，同时主持自己的建筑师事务所直至1942年。他是波尔多城市建筑现代化的重要因素。接下福里杰斯公馆的工程时，皮埃尔·费雷也才三十五岁，同样雄心勃勃、年轻有为。他主张运用新形式与过去的传统告别。业主和设计师因此心性相投，一拍即合，决心摈弃十七、十八世纪波尔多建筑的那种"传统的波尔多式好品味"，成就全新的福里杰斯公馆。这正如福里杰斯的做人行事：拒绝继承，锐意创新。

亨利·福里杰斯全名亨利·巴罗奈-福里杰斯，1879年12月生于法国波尔多。父亲皮埃尔·埃德蒙·巴罗奈从自己的父亲那里继承了一家创建于1810年、从事殖民地产品进口贸易的公司，后加入远亲昂立·福里杰斯的公司，并在其去世后将公司更名为巴罗奈-福里杰斯公司，成为实际掌控者。公司以炼糖产业为主，出品的福里杰斯糖纯度高、质量好，在当时风头无两，占据法国西南阿基坦大区的整个市场。亨利的祖父学识渊博，同时也是一位收藏家，爱好绘画和雕塑。亨利的父亲热爱摄影，甚至先锋性地接触了彩色摄影。亨利祖母的家族更具传奇色彩，是统治西班牙将近八百年的阿拉伯皇族的远亲。从小听着祖母讲述家族故事，亨利因此对一切跟阿拉伯艺术沾边的东西都有着格外的兴趣。

从1913年开始，亨利·福里杰斯就加入公司的领导层，在父亲身边工作。1927年，父亲去世，他继承父业成为企业主。作为一位锐意进取、勇于创新的年轻企业家，尽管面临经济大环境的萧条和战争的影响，他依然拒绝炼糖业巨头赛伊、贝根纳等公司的收购，奋力拼搏。他从荷兰进口了新型机器设备提高产能，并在企业内部推行改革，力求产品的多样化。福里杰斯公司开始生产成品糖块、红糖、绵白糖，他还亲自设计了产品的新包装。与此同时，除家族传统的制糖产业，他还发展了木材生意，在大西洋沿岸阿尔卡雄附近的小城莱日生产木箱、板材、木质建材、采矿支柱……尽管如此,小小的外省家族企业很难抵挡席卷全球的经济危机。1929年,亨利不得不接受赛伊公司的收购计划,结束了福里杰斯家族企业。

破产给福里杰斯带来的打击巨大,他陷入抑郁。医生建议他休息、锻炼,多到户外走动,于是他决定去北非殖民地生活。他在突尼斯生活了三年,准备将来在种植业重新创业。在此期间,他的家庭终究还是没能经受住考验,1934年,亨利·福里杰斯与妻子离婚;1938年,卖掉福里杰斯公馆。之后他回到北非,在阿尔及利亚生活。阿尔及利亚独立以后,福里杰斯回到法国,定居在离波尔多不远的一处乡下小房子里,画画,作曲,写作;偶尔回想自己旧日的荣光,接受报纸和电台的采访。1974年1月,亨利·福里杰斯去世。

亨利·福里杰斯始终对艺术充满热情。再忙也能抽出时间画画、作曲。他的艺术鉴赏力和知识储备远高于当时波尔多资产阶级的平均水平。他对当代先锋艺术充满好奇,熟知毕加索、布拉克、马蒂斯的作品,也了解鲁奥、凡·东根、格里斯的作品,却对他们的艺术持批评态度。他的艺术理念始终是忠实于美的原则,要造型清晰、和谐。因为在他看来,画作要体现和谐之美,展示线条、色彩、布局的平衡。他自己的画作中,好奇心驱使他在抽象领域做了若干尝试,而后迅速放弃。他依然追求传统的绘画理念和技法。第一次世界大战后,福里杰斯醉心于伊斯兰艺术,一切与之沾边的东西,他都无条件支持和喜爱。他学习阿拉伯语,常去吉美博物馆参观,订阅博物馆的年鉴,还去西班牙格拉纳达的阿罕布拉宫旅行。

在音乐方面,亨利·福里杰斯的爱好广泛得多。他喜欢歌剧,听瓦格纳,也听爵士乐、流行歌曲。他有相当好的钢琴演奏水平,常在家里的普雷耶钢琴上演奏悲怆交响曲中的慢板。福里杰斯夫人能演唱亨德尔或雷纳尔多·哈恩的咏叹调,他来伴奏。孩子们也都学习乐器,三个孩子分别演奏小提琴、大提琴和竖琴。福里杰斯在音乐上也有自己天马行空的想法。他认为"夜曲"太忧伤了,于是自己创作"晨曦曲"。他应该在巴黎见过作曲家拉威尔、斯特拉文斯基、巴托克和勋伯格,他还曾尝试让乐队演奏他谱写的曲子,结果应该不太成功。

亨利·福里杰斯的人生跌宕起伏,无论事业、生活还是爱好、品味,无不呈现出他人生信条的影响:富于冒险精神、勇于尝试。他的目光始终追随着创新的、反传统的一切。正因为如此,福里杰斯与建筑大师勒·柯布西耶也才有了短暂交集。

勒·柯布西耶,二十世纪最著名的建筑师、城市规划师。他是现代主义建筑的主要倡导者,机器美学的重要奠基人,重要到被印在了十瑞士法郎的纸币上。他出生于瑞士,学成后在法国工作,一战后定居巴黎,与好友奥占芳一同倡导建筑上的"纯粹主义"(Purism)。1920年创办《新精神》(*L'esprit nouveau*)杂志,宣扬抽象艺术、推广他的建筑设计理念。

在福里杰斯公馆设计师皮埃尔·费雷的介绍下,亨利·福里杰斯读到《新精神》杂志,并一直关注。年轻的企业家对一切新理念充满好奇,而勒·柯布西耶在建筑设计和城市规划上的理论亟需拿到一些项目进行实践。勒·柯布西耶捍卫和崇尚的这种超越立体主义传统的"纯粹主义"信念,得到了福里杰斯的欣赏。

当时福里杰斯公司在莱日的锯木厂生产出口糖制品用的箱子。厂子遇到的问题在于很难留住工人,每年都有相当数量的工人离开。亨利的父亲想着给他们提供住宿以期留住劳动力,就把这个任务交给了年轻的亨利。亨利始终充满想象力又富于冒险精神,一下子就想到了勒·柯布西耶,向他抛出橄榄枝。1923年11月,他们在巴黎见面,这次会面双方相谈甚欢。亨利对设计师赞许有加。12月,设计师就给亨利提交了十座工人住房的图纸,在莱日的建筑工程随即展开。第一期工程的工地较小,进行了试探性的建造。紧接着,亨利又交给勒·柯布西耶第二处更具规模、更有野心的工地,这是一处真正的工人城,位于波尔多附近的贝萨克镇。为完美实现这两处工程,年轻的企业家给予设计师完全的信任:"我允许您将您的理论完全实践于工程中,将其发挥到极致,贝萨克应该是一个实验场。"当时的勒·柯布西耶还是初出茅庐的设计师,只设计建造过有限的几处住宅,他决心好好利用这次机会,实践自己的建筑理论,于是贝萨克的

"福里杰斯城"完全推翻了当地当时的建筑传统,用混凝土统一建造"居住机器"。建筑外形呈简单的几何形,线条笔直,少有圆弧。屋顶没有瓦片,而是平坦的露台,可从外面的楼梯通达。装饰上奉行极简主义,立面没有任何纹饰。勒·柯布西耶设计了四种不同结构的住宅,在舒适度上追求现代标准:通自来水,有洗衣间,配备卫生设备,有的甚至还配有车库。

这样的工程在波尔多名噪一时,勒·柯布西耶还在《西南经济报》上发表了一篇文章介绍该项目。1926年,第一批五座住宅落成,时任法国公共工程部长安纳多尔·德·孟兹前来剪彩。当地媒体谨慎地评价道:"全新审美使其在初看之下,有些怪异,但很快就能习惯。"而当地民众的态度就直接得多,质疑和否定成了主旋律,没有瓦片的怪房子很难找到买主。最后,工程因为造价昂贵又遇到经济危机而终被放弃,只完成了规划建造量的一半。原本还想把公司的仓库和圣-科鲁瓦码头边的商店交给柯布西耶设计的亨利也终止了与其合作。

"福里杰斯城"还是在勒·柯布西耶的职业生涯中写下了重要一笔,现在,未完成的"福里杰斯城"被列入联合国教科文组织非物质文化遗产名录,当然也与福里杰斯公馆一样,上了法国国家文物保护清单。

当年,勒·柯布西耶与亨利·福里杰斯初识的"蜜月期",建筑设计师来到波尔多,就住在亨利家里——福里杰斯公馆。他在那里生活、工作了三个月，埋头设计"福里杰斯城"。亨利把他安顿在一楼朝向圣-瑟兰教堂的几间房间里。现在那里是女主人卡特琳娜的书房，窗子对着教堂，早晚能听见教堂的钟声。教堂前面的小广场上种满栗子树和椴树。春天的时候能闻到椴树花的香气，对，就是普鲁斯特笔下的椴树花……时光匆匆向前，而总有那么一瞬间，我们神思恍惚，因为看见的、听见的，仿若从前。

2021年，距我回国已有八年时光，中间因为种种原因，没能再去法国看看。勒诺丹先生赠我的《波尔多的福里杰斯公馆》一书一直在手边。作者罗贝尔·库斯泰（Robert Coustet）是当今著名的艺术史教授，十九、二十世纪艺术史专家，出生于波尔多地区，是波尔多建筑、艺术史的首席专家。波尔多申遗时，市长阿兰·朱佩任命他为波尔多市文物专家。专为福里杰斯公馆而写的这本小书，成书于2012年，2018年再版。前言中写道：

福里杰斯公馆在波尔多的地位独一无二。它是席卷欧洲的建筑潮流的一部分，它是建筑艺术的大胆实验，也是当时的工业家的财富、文化和社会责任感相结合的产物。福里杰斯公馆记录了历史的年轮……

2021年暑假期间，我与勒诺丹先生视频，再度聊起福里杰斯公馆。他告诉我，家里又开始做修复工程了。这次要做的是外立面，墙体颜色和窗户的所有外部百叶窗，他都打算恢复成从前的样子。工程将大约持续五个月。他说年底发照片给我看。我问他，这么多年了，修复工程什么时候才会完结。他笑着说，文物的修复永远不会完结。面对历史，面对这样的文物，我们得非常谦逊。即使买下了这处房产，我们也不是它的所有者，它属于历史，属于艺术。我们只是在某一短暂的阶段成为它的守护者，还要将它传递下去。法国与意大利一样，有着数不胜数的文化遗产，光靠国家的力量去保护肯定不行，且不可能，或者说不应该把所有东西都变成博物馆。文化遗产还是应该活在生活里。

我问勒诺丹先生，当年找库斯泰教授为福里杰斯公馆写这本书，就是为了留下更多记录吧？他说当然，书是很好的传承。然后告诉我库斯泰教授已经于2019年去世了。他当时请库斯泰写书，另一方面的考虑，也是想留下库斯泰教授的见解和渊博的专业知识。我有些错愕，想起自己前一阵子还在网上找到一个2019年的视频，库斯泰教授和勒诺丹先生在福里杰斯公馆，就坐在大壁炉前，聊着这座房子的前世今生。从未想过，那是库斯泰教授最后的公开影像。

勒诺丹先生说，未来福里杰斯公馆终会迎来新的主人。不过，有一天，如果要卖这座房子，他一定要知道接手的人打算怎么做，是否会好好保护。如果打算拿去作为商用，或者大改结构，他们是不会同意出售的。我说："那就还是卖给中国人吧！"笑话有点冷，但却是勒诺丹先生从前时常和我开的玩笑。

挂断视频前，我跟他说，很高兴他没有什么变化。

2006年，我在波尔多第三大学攻读硕士学位。学校放假的时候就四处旅行，巴黎是经常要去的地方。一个人背个包，说走就走，去查资料，去看展览。波尔多往返巴黎的火车很多，习惯以后，赶火车也不那么上心，总爱踩着点到车站。而这一次是真的有点赶。我一路奔进站台，火车已经动了。检票员站在车尾，笑着冲我挥手："加油加油！快跑！"我最终被他一把拉上火车，好险。

我谢过检票员，顺着走道往前寻找自己的座位。车厢安静而舒适，大部分乘客都在看书。我在自己的座位上坐好。放好背包，总觉得有双眼睛盯着我看。我转头望向隔着过道的另外一边，一个不到两岁的小女婴，用滚圆的大眼睛望着我，见我看她，就笑了。带她坐火车的是她的奶奶，卡特琳娜·勒诺丹。我们轻声聊了一路。临下车时，她写给我她的邮箱，让我给她写信，她要邀请我去她家，说她丈夫很喜欢中国。我说好。

然后，一个秋天的傍晚，我第一次走进福里杰斯公馆。惊异于它的美和我从未见过的风格，我问他们这房子是个城堡吗？他们笑了说这叫"私人公馆"（hôtel particulier）。我认真地在随身的小本子上记下了这个生词。

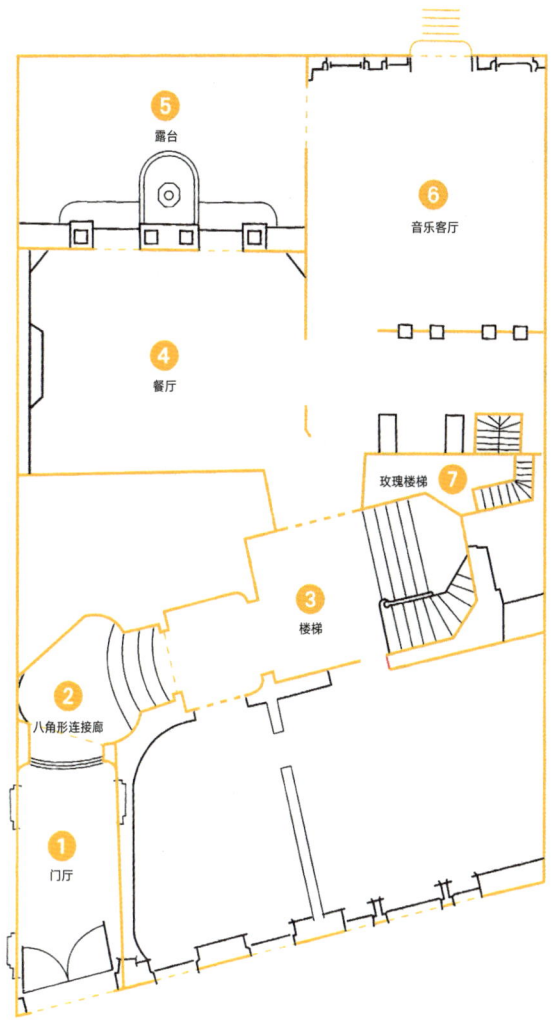

福里杰斯公馆平面图。图片来源:《福里杰斯公馆》

福里杰斯公馆的马赛克拼贴花卉地面。 ©Michel Dubau

楼梯的铸铁栏杆。©Michel Dubau

铸铁栏杆上的章鱼纹饰。©Michel Dubau

大壁炉与玫瑰装饰立柱。©Michel Dubau

玫瑰装饰立柱细节。史烨婷 摄

当年的餐厅全貌。©Michel Dubau

玻璃穹顶。©Michel Dubau

露台上的喷泉。史烨婷 摄

喷泉中央的雕塑《泉》。©Michel Dubau

公馆的主卧浴室，《波尔多的福里杰斯公馆》一书的封面。

上帝是左撇子吗？

汪 诘

科学精神，让我们正确认识科学理论的错误。

这个世界上有一些似乎司空见惯或者天经地义的事情，都会在科学家们的拷问下变得极为有意思，人类的朴素自然观，就这样伴随着一个又一个的科学发现而不得不重塑。

先从一个假想的科幻故事开始。如果有一天，我们与距离地球极为遥远的某个外星文明取得了联系；又假定，由于某些奇怪的原因，我们只能给这个外星文明传送滴答滴答的长短脉冲信号，除此之外，无法传送任何其他东西供其观察——现在，我们想要告诉这个外星文明有关地球上人类的一切事情，大家想一想该怎么办？

在真实的历史上，寻找外星人的先驱德雷克和卡尔·萨根，1974年给两万五千光年外的武仙座球状星团发送被称为"阿雷西博信息"的无线电信号时，他们就面临着这样的问题。

稍微动一动脑筋，会发现这个问题似乎并不难解决。第一步，需要先定义数字。数学是全宇宙通行的语言，用脉冲信号的长短来定义0和1两个数字，这就足够了，因为数学规律与多少进制没有关系，不论是几进制，得出的数学规律都是一样的。有了数字，我们就可以告诉外星人更多的信息，例如，可以用数字3.1415926来指代一个圆；再比如，如果想要告诉外星人我们的身高，就可以用170亿个元素序号为1的原子，也就是氢原子的直径之和，因为我们坚信外星世界的氢原子与地球世界的氢原子是一样大的，用这种方法，最终能够成功地把我们的外形描述出来。

但是，我们很快就会面临一个难题：如何让外星人把我们的心脏放在正确的位置？

你可能会说，放在左边啊。可是，哪边是左边？这个问题如果是问地球人，他会回答你左边就是左边，但现在与我们交流的是外星人。细想一下就不难发现，我们无法用自然语言准确地告诉外星人"左"和"右"的定义。这是一个不折不扣的难题。

如果这个问题摆在1956年之前，那么，所有的科学家都会挠头。因为究其根本原因，那时的科学家们都有一个共同的信念，认为上帝不偏爱任何方向，在宇宙中，所有的物理现象都是镜面对称的，不可能找到一个物理实验的结果对左右方向有偏好。这句话也可以反过来这么说：如果观察一个物理实验，不论是直接观察，还是通过一面镜子来观察，最终得出的物理规律都是相同的。

这个共同的信念,在物理学上有一个名词,叫作宇称守恒。

正是这样一个共同的信念,会让当时的科学家们觉得,想要通过自然语言让外星人与地球人在"左""右"的定义上达成一致,是不可能的。

所有的物理现象都是镜面对称,这是物理学家的一个信念。类似这样的信念,还有三个最通俗易懂的,第一个叫作时间平移对称,就是说同样的一个物理实验,在所有前提条件都相同的理想情况下,在不同的时间来做,结果都是一样的,物理规律不会随时间的变化而变化;第二个叫作空间平移对称,同样的物理实验在宇宙中的任何地方来做都是一样的结果;第三个叫作方向对称(即空间旋转对称),物理实验的结果与实验室的朝向无关,不管实验设备转动几度,得出的结果都是相同的。

在理论物理中,这种对称的信念变得更为有趣和令人兴奋。量子力学研究中,科学家们又发现了这样一个事实:每一种对称规律都有一条对应的守恒规律。时间平移对称可导出能量守恒,空间平移对称可导出动量守恒,方向对称可导出角动量守恒。这些关系是非常美妙的,对于物理学家来说,它们是宇宙中最优美、最意义深远的东西。

在物理学上,基于信念而得出的结论叫作定律。我们没有办法证明定律,因为它们是建立在信念上的,比如"时间平移对称"可写作"时间平移对称定律";基于定律进一步推导出来的结论就叫作定理,比如由时间平移定律导出的能量守恒定理(但约定俗成我们现在依然称之为能量守恒定律)。所以,定律是皮,定理是毛,如果定律失效了,也就意味着皮之不存毛将焉附,这与数学中公理和定理的含义异曲同工。

不过,在物理学史上,也不乏定律变为定理的例子,大家最熟悉的就是万有引力定律。牛顿提出的时候,它是牛顿的信念,无法被证明,但是爱因斯坦的广义相对论出现后,万有引力定律就是可以在广义相对论的方程中被自然推导出来的,因此,准确地说,万有引力定律也就变为了万有引力定理——当然由于历史原因,大多数时候,我们依然叫它万有引力定律。

基于物理现象都是镜面对称的信念,物理学家们得出了宇称守恒定理。但是,信念只是一种定性的描述,如果只能定性,那么科学就无法从哲学中分离出来。哲学与科学最大的不同就在于,哲学只研究定性问题,不研究定量问题,只有当哲学与数学结合,定性与定量结合后,才意味着科学诞生了。牛顿的光辉著作《自然哲学的数学原理》就是这样一部标志性著作。

我们再以能量守恒为例,来看一下什么是守恒。

有这样一个事实,支配着至今我们所知道的一切自然现象,自科学诞生以来,从来没有发现过例外,至少在今天看来，它依然是完全正确的，那就是：在自然界所经历的种种变化之中，有一个称为"能量"的物理量是不变的。

而能量，完全是一个抽象的概念，或者仅仅是一种数学原理，它告诉我们在所有自然现象发生的过程中，有某一个数量是永远不变的。它并不是对机制或者具体事务的描写，而只是一件奇怪的事实。在物理现象发生的任何时刻，我们都可以计算某个数值，不管大自然怎么耍弄其神奇的表演，再次计算这个数值，它的结果也永远是相同的。就好像你给孩子二十八块积木，无论孩子怎么摆弄它们，永远都还是二十八块，哪怕有一天你发现少了一块，也一定能在某个地方找到丢失的那块积木。

能量的形式有很多种，动能、热能、重力势能、弹性势能等等，但总能把它们统一成同一个单位。在物理学中，我们把这样的单位称为"量纲"。在量纲相同时，它们的总量是恒定的。这就是大自然的奇妙之处，我们不知道为什么会这样，只知道就是这样。除了用"信念"来描述外，我也找不到更好的词语了。

每一个守恒规律中，都蕴含着一个守恒量，比如能量，这个量是可以被数值化的，也是可以被计算的。它是实实在在存在于大自然中的一个数量，并不是科学家们在头脑中凭空创造出来的语言游戏。很多时候，像费曼这样的物理学家看不起哲学家的原因，就在于哲学家们经常甚至是随口就编造出很多名词，但这些名词经不起深究，无法做定量分析。

现在回到镜面对称以及它对应的宇称守恒。在这种守恒中，当然也有一个可以被量化的守恒量，这个守恒量就被叫作"宇称"，是描述基本粒子的一个实实在在的物理量，就好像质量、能量、电荷一样。在1956年以前，宇称守恒与能量守恒一样，被认为是物理学中的基本原理，是金科玉律，是共同信念。也正是基于这样的共同信念，科学家们会告诉你，对不起，我们真的没有办法用自然语言让外星人的左右与地球保持一致，不管让他们做什么样的实验，左右都是完全对称的，没有任何区别。

既然说这是1956年前的事情，那么剧情自然就是在1956年发生了反转。

就是接下来这个发生在物理学黄金年代的好莱坞悬疑大片。

事情得从1947年说起。那一年，实验物理学家们发现，宇宙射线中有一种被称为"θ粒子"（θ读作"西塔"）的奇异粒子，在衰变时，变成了两个π介子。到1949年，实验物理学家们又发现了一个新的奇异粒子，它衰变后变成了三个π介子。人们又把这种奇异粒子叫作"τ粒子"（τ读作"桃"）。为后面讲述方便，姑且把这两种粒子叫作"西子"和"桃子"。

西子和桃子的发现当然不是什么令人瞩目的大事，不同的粒子有不同的衰变方式，就好像人有不同的死法一样，这很正常，没什么好奇怪的。但是，接下来，就是这两个

"子"出了大问题，把物理学江湖搅了个天翻地覆。

随着实验的进展，人们发现，西子和桃子除了衰变方式不一样以外，其他方面的性质全都一样：质量和电荷是相等的，蜕变所需时间也是相同的，再有，无论何时生成这两种粒子，它们总是以同样的比例出现，比如说，百分之十四是桃子，百分之八十六是西子。这就好像有两只鸭子，无论用任何方式去观察比对，它们都是完全一样的，按理说它们就应该是同一种动物——科学家们不是经常会说一个段子吗，有一种动物它叫起来像鸭子，走起来像鸭子，长的也像鸭子，那么它就是鸭子——但问题是，它们偏偏死掉以后会变得不一样。西子和桃子唯一的不同点，用物理学术语来说，就是在它蜕变后测量到的宇称不同。而宇称是一个实实在在的物理量，是可以测量的，而且当时几乎所有的物理学家都秉持着一个信念，那就是宇称守恒。既然西子和桃子在死后的宇称不同，那当然就不可能是同一种粒子嘛，这就好像两只鸭子被我们吃掉消化后，经过精确无比的测量，证实我们得到的能量有所不同，那么这两只鸭子生前也肯定是不同的，因为能量守恒嘛。

于是，物理学家们都在尽力改进实验设备和方法，寻找西子和桃子的不同点，因为他们都坚信，既然它们是两种不同的粒子，那就一定能找到不同点。然而，一切努力全都徒劳无功，除了蜕变后的宇称不同之外，两者实在无法区分。

物理学家们陷入了迷惘和思索之中。这种困境,在当时被物理学界称为"θ-τ"之谜。

距离美国东海岸不远的新泽西州,有一处学术圣地,伟大的爱因斯坦不久前在那里与世长辞,就是著名的普林斯顿高等研究院。而在此时,三十四岁的杨振宁和三十岁的李政道,正形影不离地走在校园中,热烈地讨论着西桃之谜。

这对来自中国的青年才俊根本想不到,一年之后,他们将因此时此刻讨论的问题而同时获得诺贝尔奖。

这也是中国人对人类科学事业做出的重大贡献之一。那时的杨振宁和李政道都是中国国籍,而且杨振宁虽然中途加入过美国国籍,但现在又已经是标准的中国公民,所以我们可以毫不心虚地说,物理黄金时代的大师,有中国人。

杨李二人如何解开西桃之谜,而这又与我们和外星人交流左右有什么关系呢?

就是在这一年,1956年。春暖花开的季节,四月,一年一度的罗彻斯特会议在位于美国纽约州的罗彻斯特大学召开。这是当时国际高能物理界最重要的会议,全世界最优秀的粒子物理学家齐聚一堂。杨振宁和李政道受邀参加了这次会议,而本次会议最重要的议题就是讨论西桃之谜。

在会议的最后一天,杨振宁做了一小时的发言。在发言的结尾,他鼓足勇气,再次提出:会不会是我们的信念出了问题?宇称是不守恒的呢?

对于讲故事来说,我很希望到这里可以说,杨振宁抛出了一个离经叛道的观点，举座皆惊。这样的描述充满了戏剧张力，就好像迈克耳逊–莫雷实验之后，爱因斯坦大声宣布以太并不存在，光速是不变的一样。然而对于西桃之谜来说，宇称不守恒并不是什么惊世骇俗的观点，很多初次接触西桃之谜的物理学家都会想到，如果宇称不守恒，这个西桃之谜也就不攻自破了。

但问题是，过去已经有太多的实验符合宇称守恒的信念，宇称守恒不仅仅是物理学家们的一种执念，确实也有大量的实验基础。科学家们都认同实验是检验理论的唯一标准，没有实验基础的理论都是空中楼阁。所以，在罗彻斯特的会议上，杨振宁再次提出宇称是否守恒时，既没有举座皆惊，也几乎没有人同意，杨振宁自己也是心虚得很。

重大转机是在罗彻斯特会议结束后没多久到来的。

在纽约的一家餐馆中，杨振宁和李政道突然想到：似乎之前所有的证明宇称守恒的实验，都没有仔细地按照不同的相互作用来分类，那么，会不会宇称仅仅是在弱相互作用时不守恒，而在其他相互作用时是守恒的呢？

这里解释一下什么是弱相互作用。牛顿把"力"定义为物质之间的相互作用，万有引力是人类发现的第一种相互作用；电磁力是第二种；进入量子时代后，人们又发现了弱力和强力——只是在粒子物理学中，人们习惯性地使用"相互作用"，而不是"力"这个词——而强力（强相互作用），就是把质子和中子结合在原子核中的一种"力"。

有一种弱相互作用叫作β衰变。1896年，德国物理学家贝克勒尔发现了铀原子的放射性现象，92号元素铀能够自发衰变成82号元素铅。接着，卢瑟福和汤姆孙在一年后发现，铀在衰变过程中会产生三种不同的放射线——准确地说，大自然中没有线，所有的线都是由粒子组成的。你可能会问，他们怎么知道是三种不同的粒子呢？这个原理其实很简单，就是让放射线通过一个磁场。然后他们就发现，在磁场中，放射线的偏转方向会不同，根据电荷在磁场中受力的原理，也就知道了铀在衰变过程中，释放出带正电、负电和不带电的三种粒子。他们把带正电的叫作α射线、带负电的叫作β射线、不带电的叫γ射线，那么发出β射线的衰变过程，就叫作β衰变。

在随后的两个星期，杨振宁和李政道设法找来了大量有关β衰变的实验数据，开始动手计算，验证宇称是否守恒。这个过程涉及极为枯燥和复杂的数学计算，而且当时还没有计算机可以作为辅助，最后，他们算出的结果一致：数据不足，没有结论。换句话说，他们惊讶地发现，过去所有β衰变的实验数据，都既不能证实，也不能证伪宇称守恒。用杨振宁自己的话来说：长久以来，在毫无实验证据的情况下，人们都相信弱相互作用中宇称守恒，这是十分令人惊愕的。

这个突破口一旦找到，后面的事情就如同开闸放水，一泻千里。仅仅用一个月，他俩就共同完成了那篇名垂青史的论文《弱相互作用中宇称守恒问题》，投给了著名的学术期刊《物理评论》。1956年10月，文章被发表了。

这是近代物理学史上最重要的论文之一。在这篇论文中，他们提出，在强相互作用和电磁相互作用中，宇称在很高的精度上是守恒的，但是在弱相互作用中，宇称守恒只是一个外推性的假设，甚至可以认为，西桃之谜恰恰是弱相互作用中宇称守恒的反例。为毫不含糊地确定在弱相互作用中宇称是否守恒，我们必须完成一个实验来确定，在弱相互作用中"左"和"右"是否不相同。

必须告诉大家的是，绝不是哪天灵机一动，突然想到一个绝妙的点子，抛出几个与主流科学界完全不同的观点，就可以号称是诺奖级的理论了。一个物理理论必须有定量化的数学分析，并且能够提出可供检验的预言，对预言的结果也必须是量化的，而不是泛泛而谈。杨李论文中提出了五个明确的物理实验，明确给出了需要测量的、被称为"赝标量"的数据，并且预言了可能的结果。他们的工作是极为扎实和细致的，绝对不是偶然的灵光乍现。

论文发表后，却遭到了绝大多数著名科学家的反对，因为要打破一个信念何其艰难。美国物理学家菲利克斯·布洛赫在看了论文后，决绝地说：如果宇称真的不守恒了，我把我的帽子吃掉。

实验才是检验物理理论的唯一标准。对于杨振宁和李政道而言，比科学理论更重要的是科学实验。

不幸的是，他们俩都不是搞实验的，而且据杨振宁的老师泰勒讲,杨振宁的实验动手能力还不是一般的差。

他们迫切需要一位实验物理的大神来帮助。

起初,他们找到了著名的实验物理学家莱德曼,但遭到了拒绝。莱德曼开玩笑说:一旦能找到一位绝顶聪明的研究生供我当奴隶使用,那我就会去做这个实验。这当中还有一个很重要的原因就是:这些实验的难度极高,不值得花大量的时间和精力去做一个很可能没有任何价值、只是证实了一些人们早就相信的事情的实验。

这时候,他们生命中最大的贵人出现了,这就是他们的中国同胞,足以和居里夫人相媲美的女性物理学家——吴健雄。

很多科学爱好者都只知道居里夫人,不知道吴健雄博士。她没有获得诺贝尔奖,是多种偶然原因造成的,但吴健雄在物理学史上的地位是极高的,她是当时全世界最优秀的几位实验物理学家之一,有些书上甚至不加"之一"的字眼。

李政道找到了吴健雄。在听完李杨的说明后,吴健雄毅然放弃了和丈夫一起回中国探亲的计划——她已经二十年没有回国,本来连船票都买好了。

吴健雄一头扎进了实验室,这一年的物理学界注定要掀起轩然大波。

以毒舌著称的著名物理学家泡利,在得知吴健雄正在做实验的消息后对朋友说:像吴健雄这么好的实验物理学家,应该找一些最重要的事去做，不应该在这种显而易见的事情上浪费时间。谁都知道，宇称一定是守恒的。泡利甚至在写给韦斯科夫的一封信中说：我不相信上帝是一个没用的左撇子，我愿意打一个大赌，实验一定会给出一个守恒的结果。

而物理学家费曼也说：那是一个疯狂的实验，不要在那上面浪费时间。他还建议以1000∶1来赌这个实验绝不会成功。

吴健雄选择了杨李论文中建议的一个实验，就是把元素钴-60的核冷却到接近绝对零度，这样原子的热振动基本就消除了，然后再用一个磁场使得这束原子核按照同一个方向自旋。如果宇称是守恒的，电子就会以相同的数量向两个方向飞出；如果宇称不守恒，那么一个方向上飞出的电子将会比另一个方向飞出的电子多一些，这样，对称性就破坏了。这个实验由于要用到极低温设备，哥伦比亚大学的实验室条件不够，吴健雄就与美国国家标准局合作，利用他们的实验室进行实验。

1957年1月9日凌晨两点，吴健雄小组最后一次反复查证，实验终于结束。尽管结果好多天前就已经知道，这次实验只是出于对重大成果的极度谨慎才进行的。实验小组一共五个人，他们打开了事先准备好的法国葡萄酒，庆祝一项伟大的物理成就诞生：弱相互作用下，宇称不守恒。

六天后，哥伦比亚大学做了一件从无先例的事：为这个实验举行一次新闻发布会。

拉比教授在发布会上说：在某种意义上，一个相当完整的理论结构已从根本上被打碎，我们不知道这些碎片将来如何能再聚在一起。

没过多久，包括之前拒绝做实验、肠子都悔青的莱德曼和其他几个实验室的验证实验的结果也都相继出炉，以更加完美的实验数据验证了吴健雄的结果。

整个物理学界轰动了，西桃之谜终于被解开，这是一个无可比拟的、重大的革命性进展。这个实验也被认为是继迈克耳逊–莫雷实验之后最重要的物理实验。当年的诺贝尔物理学奖也以火箭般的速度颁给了杨振宁和李政道，这创下了诺奖历史上绝无仅有的"当年出成果当年颁奖"的传奇。

按理说，吴健雄也完全有资格获此殊荣，许多大科学家都公开表示了他们的失望和不以为然。1988年的诺奖得主、物理学家史坦伯格就认为，那年诺贝尔奖没同时颁给吴健雄，是诺贝尔物理学奖委员会最大的失误。由于诺奖颁奖甄选资料的保密期是五十年，因此在2006年之前，这一直是个谜。后来文件都解密了，大家才知道真实的原因：因为吴健雄的实验也有美国国家标准局另一位低温实验科学家安伯勒的功劳，诺奖的规则却是最多只能同时颁给三位科学家，这样一来委员会就犯难了，如果只颁给吴健雄而不给安伯勒，也有失偏颇。最后权衡再三，只好将吴健雄的名字划去。

到这里，本文开始提出的那个问题就有了答案，现在我们可以对外星人说：听着，你们先制造一块磁铁，把线圈绕上去，让电流通过，随后取一些27号元素钴，把温度降低到尽可能接近绝对零度，然后……（此处略去几百字专业性比较强的实验描述），好了，现在你们看到的电流流出的方向，就是我们地球人所谓的左边。

上帝他老人家居然真的是一个左撇子，他偏爱左方。

科学再次向我们展现了它强大的自我纠错能力。既然在弱相互作用下，宇称可以是不守恒的，有没有可能在电磁相互作用或者强相互作用下，宇称也不守恒呢？这是物理学家们自然而然冒出来的想法。

一切只能以实验为最终判断依据。每一个物理实验都有精度的概念，这就好像平常说自己的身高是170厘米，表明是在厘米级别的精度上，如果把精度再往前推一位，到了毫米级别，你就可能是1703毫米了。当科学家们做了某个验证强相互作用下宇称守恒的实验，准确地说，是宇称守恒在某个精度下得到了验证，如果精度继续往前推进，那么实验就必须重新做。因此，我们可以宣布在弱相互作用下，宇称是百分之百不守恒的，但却不能宣布，在强相互作用下，宇称是百分之百守恒的。而且从逻辑上来说，永远不能这样宣布，原因就在于对精度的追求没有止境，至少从现在来看，还远远没有止境。

这就是所有的科学理论一个非常重要的特征：它是有适用范围的，任何一个科学理论只能说在某个适用范围内是正确的。

但是这句话反过来理解会更加重要和有意义：当我们说推翻了一个现有的理论时，其实并不是说现有理论错了，而只是将现有理论的适用范围框定在了某个精度之下。

如果未来有一天，科学家告诉我们现在的量子理论是错误的，能量守恒也是错误的，那也并不会导致我们今天在这些理论指导下发明的手机、电脑突然就不工作了，我们可以跟那时的人们说，对不起，在我们当前的适用范围中，这些理论会一直、永远正确下去。在相对论"推翻"牛顿力学的一百年后，人类所有的航天发射依然只需要用到牛顿力学，科学精神让我们正确认识科学理论的错误。

几十年来，一些物理学家认为，在夸克和胶子构成的等离子体中，可能存在强相互作用下宇称不守恒的区域。为验证这种猜想，过去十年，美国相对论重离子对撞机的STAR合作组，与欧洲核子研究中心的大型强子对撞机的ALICE合作组一直在做实验。他们在极高的精度下未能观测到宇称不守恒，这条上世纪就建立起来的物理学家们的共同信念，到今天依然是坚挺的。

泰勒把杨振宁誉为继爱因斯坦和狄拉克之后建立一代风格的物理大师，而本文介绍的，只是杨振宁一生众多成就中的一项。

图书在版编目(CIP)数据

读库2201 / 张立宪主编. -- 北京:新星出版社,2022.1(2023.2重印)
ISBN 978-7-5133-4730-3
Ⅰ.①读… Ⅱ.①张… Ⅲ.①中国文学-当代文学-作品综合集
Ⅳ.①I217.61
中国版本图书馆CIP数据核字(2021)第259943号

读库2201

主　　编:张立宪
责任编辑:汪　欣
责任印制:李珊珊

出版发行:新星出版社
出 版 人:马汝军
社　　址:北京市西城区车公庄大街丙3号楼　100044
网　　址:www.newstarpress.com
电　　话:010-88310888
传　　真:010-65270449
法律顾问:北京市岳成律师事务所
经销电话:010-57268861
官方网站:www.duku.cn
邮购地址:北京市海淀区万寿路邮局67号信箱　100036
印　　刷:北京雅昌艺术印刷有限公司
开　　本:770mm×1092mm　1/32
印　　张:11
字　　数:220千字
版　　次:2022年1月第一版　2023年2月第五次印刷
书　　号:ISBN 978-7-5133-4730-3
定　　价:42.00元

版权专有,侵权必究;如有质量问题,请与读库联系调换。客服邮箱:315@duku.cn

我们把书做好　等待您来发现

读库微信

读库天猫店

读库App

读库微博：@读库
读库官网：www.duku.cn
投稿邮箱：666@duku.cn
客服邮箱：315@duku.cn